当我们与神相遇

用神性向往改变习性生活

Desiring for Divinity, Transforming with Habitus

徐育楠 著

华南理工大学出版社
· 广州 ·

图书在版编目（CIP）数据

当我们与神相遇：用神性向往改变习性生活/徐肖楠著．—广州：华南理工大学出版社，2015.5
 ISBN 978－7－5623－4615－9

Ⅰ.①当… Ⅱ.①徐… Ⅲ.①中国文学－当代文学－文学评论
Ⅳ.①Ⅰ206.7

中国版本图书馆 CIP 数据核字（2015）第 083261 号

当我们与神相遇：用神性向往改变习性生活
徐肖楠　著

出 版 人：	韩中伟
出版发行：	华南理工大学出版社
	（广州五山华南理工大学 17 号楼，邮编 510640）
	http：//www.scutpress.com.cn　　E-mail：scutc13@scut.edu.cn
	营销部电话：020－87113487　87111048（传真）
责任编辑：	龙　辉
印 刷 者：	广州市穗彩印务有限公司
开　　本：	787mm×1092mm　1/16　印张：16.75　字数：263 千
版　　次：	2015 年 5 月第 1 版　2015 年 5 月第 1 次印刷
印　　数：	1～1 000 册
定　　价：	39.80 元

版权所有　盗版必究　　印装差错　负责调换

前言

用生命神性去生存 <<<<<<<<<<

用生命神性去生存——这似乎是让人迷惑和远离的观念，这样的观念好像不食人间烟火，离现实生活很遥远，甚至与生活不相干，实际上，神性就在每一个人的身边，而且，一旦你察觉了它，就会迷恋它。

神性不是神鬼的神性，也不是无所不能、长生不老的神性，而是人的神话的神性，也是人的现实的神性，所以是生命神性。从远古起，神话就既与现实水乳交融，又是人类的超现实向往，而人类的最根本品质是永远不愿被现实所困顿压制，所以才有人类对自身的不断创造以及创造的愿望，才有人类的精神和心灵对现实的改变。

神话中一直保存的那种高高在上的人类精神就是神性，神性是人对最高生存的最大想象和向往。生命神性的最重要之处，是包含着人类生存的精神性、心灵性、思想性和纯粹性，不追求对人类存在的物质性与实在性掠取，而是一种象征性和想象性的生活引导，是有清晰理性控制的意愿与方向，不是放纵发泄的诱惑与目标。

神性意识在当代社会不可能像在原始社会那样普遍展露在生活中，而是隐藏在一些艺术行为和生存感受中，更普遍存在的情况是：人们可能不仅是不知道、不相信神性信仰，而且是当需要神性信仰的引导时，不知道神性向往怎么发生、在哪里发生，人们茫然，是因为神性信仰并不是一种环绕在头顶的可见光环，而是一种教养、一种品质。

神性是一种生命神圣性，每个人都有生命神圣性，社会群体也有群体的生命神圣性，文学作品以至生活中表现出的某种精神倾向，不过是在唤起这种生命神圣性。如果每个生命本来都有神圣性，那么由生命群体组成的生活中本来也遍布神圣性，只不过，时尚中国生活和文学将这种生命神性遮蔽了，神性信仰在文学中的具体实施和表现，就是普遍的生活倾向或者文学倾向以至个体生命倾向中的神圣性可能。

人活着必定有向往，好的向往是对神性生存的向往，坏的向往就成为无度的欲望，比如，对爱情的向往是每一个普通人的向往，却是一种神性向往。所以，神性不是抽象的存在，而是在每一个人生命中、每一种生活中的具体存在，不论是财富权势、酒色享乐还是心灵愉悦，都是向往，人的区别不在于有无向往，而在于向往什么和实现了什么向往，神性就是由人对自身不满足而产生的向往美好的品性。

　　神性是最高的人性，神性向往是最高的人性向往。假定神是一种人类再也无法超越的想象存在，那么，所有的神话就都有了存在的理由：神话世界是人类无法超越而向往的世界，因为它用想象对现实进行了补充，于是，神的好品质即神性也就对现实中的人进行了完善，神性就成为对于人性的最高向往，也就成为最高的人性，当神性转化为人性时，所有对人性的要求和人性的实现都与每个人的具体生活分不开，由此，神性时时刻刻与我们在一起，神性就在身边。

　　文学是引导人激发行为方式、生活形式、生命意义变化的最重要方式和领域，也最突出地包含了神性。所有文学形式都像神话一样，以虚构的方式再现生命和复活生命，当按照这种具有神性的方式去确立生活形式和行为方式、生命意义时，观察文学所确立或叙述的这个世界对现实世界的影响，就会发现，人们由此获得了一种对待生命的新眼光，并且能更好地洞察生活本质。

　　文学所创造的神性向往可以让人抛弃、克服、脱离生命的弱点，抵达现场经验限制之外的神性领域，于是文学创造了生命的飞升象征和想象情景，这种象征和想象可以理解为到达了一个新的精神层面和灵魂层面。如果到达了一个新的精神层面和灵魂层面，随着生命感受的不同，生活就发生了改变，也就到达了一个新的现实生活层面。

　　好的文学所给予人们的，是一种有区分的生活——一种神性与习性相区分的生活，因此，好的文学就有神性追求，也教导人们有神性向往。神性向往不同于平庸向往，平庸向往只是对习性生活的满足，而习性生活是无所作为、无所辨别的生活，只有习性欲望、没有心灵向往的生活很容易堕落为粗鄙生活以至卑鄙生活，神性向往正是对粗鄙生活的遏制，这种遏制的根本之处，就是要过一种有区分的生活，而不是去过浑浑噩噩、不加区分辨别的习性生活。

在当代中国的生活和文学中，难以看到为什么而生活的提问和区分，只看到人们在生活和文学中一样地快乐、普遍地快乐，什么样的快乐人们都要。当像斯芬克斯对每一个过路人提谜语那样，提出"你为什么而快乐"时，几乎没有什么人能回答，极少有人能像俄狄浦斯一样猜出谜底。既然追求快乐是人的天性，当代中国又不加节制地放纵快乐，那么，不知为什么快乐就是不知为什么活着，放纵快乐就是放纵习性欲望。快乐本来是有节制和区别的，因此，当有了快乐的节制和区分时，才会知道为什么快乐和为什么活着，才会有神性向往。

要克服简单依从习性的粗鄙生活意识，就需要神性生活意识的引导。在时尚中国，作为一种理想主义象征的神性虽然只有微弱的光亮，但仍然有一些人具有这样的教养、品质、向往、信仰，这样的意识和作品就对文学和生活具有引导意义，问题只在于我们能否识别和接受这样一些人、一些意识、一些作品的存在，在混沌不清、朦胧难辨的时刻，寻找、辨识、接受神性信仰就成为重要的事情。

问题不在于是否要相信神性是真实的，而在于要证实神性信仰造成的生活是真实的，这种证实很困难，它只能存在于精神之光和心灵飞翔中，无法被实际效果和生活事件所证实，无法显示某种能让人看见的神性光环。但当我们的生活信仰被改变后，我们的生活感受就改变了，这可以被我们自己的心灵生活品质与生活感受变化所证实，并在相似人群、相似文学中相互感染，当改变我们的生活信仰和生活感受时，文学会有独特的影响和意义。

在资本化与小农习性深刻结合的时尚中国生活和文学情境中，能否接受神性指导是一回事，根本不要神性信仰是另一回事。原始人一方面由于其生命的

>>>>>>>>>>>>

纯粹而需要对生命的敬畏，另一方面也需要认识和解释世界，但在时尚中国，这两方面的需要都没有了，技术进步和享受主义代替了一切。如果一个人因为生活在这个时刻，就以为能够蔑视神性信仰，不需要神性信仰来指导生活，那就意味着他蔑视人类传统，他与人类整体生存无关，与人类美好、知识、传统、经验、教养、历史无关。

神性包含对人本身的全面理解和对个体生命的全面同情。不像时尚中国的大多数作品那样对生命的轻浮随意、粗糙鄙俗态度，神性表现不是放纵生命的某种倾向。具有神性的生活品质并不能给人提供吃喝玩乐的好处，而时尚中国对生活与文学普遍存在一种简单依从、盲目快乐的心态：不主动、不承担、不负责、不思考、不辨识。当不知道、不承认、不理解、不需要神性时，是因为从未想过一种更高的生活，只想获得实际的生活好处，只想简单地依从顺应以享受无忧无虑。更高的生活不可能完全无忧无虑，更高的生活要优雅、高尚、浪漫、要思考、辨识、判断。

本书不是一部脱离当代中国生活和文学实践的、套路化和模式化的、浮泛空洞的文学批评，而是力图返回文学的审美意趣、灵性感受与理性言说一体化的状态，并保持自己观察文学与当代中国生活具体联系的美学敏锐。

本书针对当代中国文学提出了独立的文学思考和文学观念，特别适合于文学批评和文学写作者阅读，由于这部书中的文学言说涉及广泛的生活形式、现实情境和文学情景，它既可以作为专业文学工作者的参考用于文学批评、文学研究、文学教育以及审美和艺术研究与教育，也适应于文学爱好者阅读、一般性文学兴趣，也可作为解读大众文化与时尚审美的参考。

感谢我的妻子和孩子对本书的参与和支持：作为一个文学家庭的成员，他们和我共同讨论过书中的很多内容，并做了不少具体工作。

徐肖楠

2014年8月18日于广州

目录

导言　神性向往照耀文学奇观与习性生活 / 3
一、与当代中国生活现场有关的古老神话 / 3
二、神性向往与习性生活的不同 / 6
三、能改变人们生活的神话才是真实的神话 / 10
四、神性奇观在当代生活中的不断延展 / 12
五、斯芬克斯在生命路口永不罢休的追问 / 15
六、习性文学成为一种更隐蔽的疯狂方式 / 18
七、习性奇观需要共同的习性意识和情趣 / 21
八、被消费的自我幻想与习性生活形式 / 24

第一章　神性趣味与意义在每个人的生活空间 / 29
一、神话是一种生活,神性是一种品性 / 29
二、爱与美像一种澄明的气息浸润我们 / 31
三、我们有意无意间与神性相遇 / 33
四、生活判断出了问题,文学判断就会出问题 / 35
五、庄重还是轻佻是个要思考的问题 / 37
六、娱乐的习性感受制造虚幻生活 / 40
七、童年消逝的本质在于神性向往的消逝 / 43
八、资本时代的习性意志变成了精英意志 / 44
九、想要什么生活和为什么而生存 / 46

目录

第二章 在与神性断裂中茫然转向的往事与风格 / 53

一、没有一种神性照耀就没有一种文学大气 / 53

二、与中国传统无法断裂的神秘文学和风情文学 / 56

三、90年代文学断裂催生的粗鄙化文学转向 / 61

四、从《狂人日记》的壮阔到《上海宝贝》的琐屑 / 63

五、倾斜在现实中的精神方向与思想传统 / 66

六、在为我所用的渴望中的那些文学 / 68

七、不断积累文化自恋和民族自大的90年代后文学 / 71

八、能否回归精英意识与宏大精神 / 74

第三章 以神性清澈澄明习性浑浊：摆脱诡异迷恋和想象 / 79

一、在混杂而自相矛盾的文学中坚守神性纯粹 / 79

二、习性写作是中国生活现场的兴奋剂和毒化剂 / 82

三、习性叙事不是比宏大叙事更纯粹的叙事 / 85

四、逃离生命神性意味着逃离叙事难度 / 88

五、神性写作中日常生活的崇高与庄严 / 92

六、时尚习性生活中的理想主义感受 / 94

七、人格想象对两种生活冲突的超越 / 97

目录

第四章 飘浮的美学性情与灵魂追求 / 103

一、文学立场与生活形式的迷宫隐喻 / 103

二、想要打破习性现实的坚硬外壳是困难的 / 105

三、文学是一种美学意义上的灵魂追求 / 107

四、没有灵魂没有美的性情陷落 / 109

五、为了纯粹的生命问题和美的生存 / 112

六、寻找精神圣徒式的灵魂叩问 / 113

七、无法把超越性融入精英精神 / 115

八、缺乏神性精神的文学狂舞 / 116

九、失去对文学神圣性的信仰 / 119

十、重建生活与文学的诗性品质 / 121

第五章 神性立场与诗性立场开启诗性伦理生活之门 / 127

一、诗性智慧标志着最高生存品质 / 127

二、"荷马教化了希腊"的诗性智慧 / 129

三、由诗性智慧显现的诗性伦理生活 / 132

四、用来探究生活的诗性伦理功能 / 135

五、由诗性生存思考而体现神性生存 / 137

六、必须抬起头来仰望天空的写作身份 / 139

七、生活方式深处积累着他们本性的恐惧 / 142

八、一个人无法从他自己的生活本质中逃亡 / 144

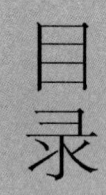

第六章　在人类性与神性渴望中升起文学理想 / 149

一、中国文学理想怎么走向人类性 / 149

二、人类的才是理想的和民族的 / 151

三、获任何文学奖都不能代替文学方向 / 152

四、权力逻辑与中国文学的内在需求 / 154

五、发现生活形式与文学观念的人类性意味 / 155

六、理解西方文学的观念品质和生活品质 / 157

七、人类性观念体系中的文学形式 / 159

八、现实与传统对人性书写的双重威胁 / 161

九、与文化结构和权力结构有关的习性秩序 / 163

第七章　神性想象与奇观智慧悠远深长 / 169

一、神性奇观与习性奇观的不同风格 / 169

二、无限点亮人类的神性智慧 / 172

三、没有故事，人类就少了很多智慧 / 174

四、高难度智慧是新形式的奇观智慧 / 177

五、开启当代神性奇观的芝麻之门 / 179

六、时尚中国文学的奇观修辞术 / 181

七、审丑炫恶是习性奇观文学的突出风格 / 183

八、在文学和审美中被鄙夷的炫恶习性 / 185

九、审美教育是一个人所经历的精神际遇 / 187

目录

第八章　资本与小农缠绕的时尚习性中的真理和人性 / 193

一、让文学给我们一种有真理性的生活 / 193

二、我们必须承担习性生活中的人性 / 197

三、向文学场域实施小农习性的资本逻辑 / 199

四、小农习性给现实和文学都造成了迷惑 / 202

五、文学逻辑怎么面对利益逻辑 / 204

六、思考并突破滋养自己的习性传统 / 207

第九章　无法被神性意愿预设的生活现场 / 213

一、习性写作自己就是现实也是自我证明 / 213

二、资本演化和习性延伸带来了思想贫困与意识混乱 / 216

三、文学与现实的唯一区别是诗性蕴含的程度 / 219

四、生存意愿是面对历史的美学意愿和梦想意愿 / 221

五、再次预设意愿的空茫和神性的贫困 / 224

六、从驱除宏大精神到放纵资本梦想 / 227

七、习性气息以个人和时尚的名义借资本化弥散 / 230

第十章　依赖神性关系无边展开的生命力量 / 235

一、用神性想象反抗习性写作 / 235

二、洞穴中的蒙蔽生存与习性生活 / 237

三、像蝶蛹互化一样不断变身 / 240

目录

四、寻找文学神性不是徜徉于袅袅晨雾中 / 243

五、创造一种连接神性的诗性生存秘密 / 245

六、用生存发言突破习性语境 / 247

七、让文学行动纠正我们的错误和邪恶 / 249

八、神性力量构成对现实的发现和介入 / 252

摘要

导 言

<<<<<<<<<<

\>>>>>>>>>>>>

　　神话中保存的高高在上的人类精神就是神性，神性是人对最高生存的想象和向往，它不追求对物质性与实在性的索取，而用理想主义想象对现实进行补充、对人进行完善，成为对人性的最高向往。当神性转化为人性时，所有对人性的要求和实现都与每个人的具体生活分不开，所以才有人类精神和心灵对现实的改变。神性信仰不是环绕在头顶的可见光环，而是一种教养和品质，每一个人和社会群体都有生命神性，但神性意识不会像在原始社会那样普遍展露在当代生活中，而是隐藏在一些艺术行为和生存感受中，所以文学要从时尚中国生活中呼唤出被遮蔽的生命神性。从人类精神生存的意义上说，一切文学叙事都是神话。我们把社会行动和叙事与神话联系起来，去理解并解释人类神性向往与习性生活的关系，通过神话的意义和结构去掌握每个人的意义与个人对社会的意义。在当代中国基本生存关系和社会行动中，神性向往与习性生存都必然在文学中反映出来，文学的独特方法、风格、语调就变得非常突出。中国生活长久和连续的演变生成了当代习性，习性几乎是每个人与生俱来的生活方式和生命感知，是组织生活的习惯意识和文化精神，在我们行为最微妙和最不明确的部分中发挥作用。习性形成的生活感觉构造了文学的习性感知，对生存方式、社会特点、一般活动、价值模式、感觉结构会有具体反映，使人们可能获得更为容易接受的价值态度和借以存活的经验。中国时尚习性文学奇观往往由某种习性制造并体现这个习性概念，这个概念的演绎决不超越自身，它既是形式也是内容，只要人们不厌弃，它就可以自我繁衍、无限重复，所以习性文学奇观是习性生存策略的复制与变形表现。

导言

神性向往照耀文学奇观与习性生活　<<<<<<<<<<

　　神话和神性一直贯穿于人类传统中，它们永恒不变地诉说着本质的生命愿望和生存精神，虽然神性在后来的人类现实中会遭遇不同的削减境遇，但改变不了神性的永恒延伸。与其他生物不同，人类会不停地追问生命，并且不会停下来，这种追问就是神性的表现，是因人类的神性向往而生。

　　在当代中国的生活和文学中，人的浪漫可能在于追问神性在哪里、神性向往在何方，即使强迫这种神性追问停顿下来，也不会改变这种追问的存在，而当代中国生活与文学的危险是：正在迫使不会停顿的神性生命追问停下来，这种强迫性的停止带来的问题将是灾难性的。

　　优秀作家把身边的现实变成历史，平庸作家把历史改成作品，蹩脚作家把历史换成自己：蹩脚作家肆意编造历史、让历史突出他们，反过来又说他们标志时代，历史和时代成为个人的耐用品和化妆术，说小时代就是反时代，但这迎合了很多人没有时代感的情绪。

一、与当代中国生活现场有关的古老神话

　　神性首先与古老的神话有关，然后与当代中国生活现场有关，即是说，神性是从人类古老的童年时代一直源远流长地来到人们身边的生活。因此，不承认身边的神性，就是不承认古老的神性。

　　神性向往和神性意义都与神话有关，要说明神性意义和神性向往，就要对神话有所理解——神话是最古老的神性，也是神性向往和神性想象的最突出表现。古老的神话包含人类最早的聪明智慧，神话从来都是严肃与

欢乐交织的升华和敬畏，神话的神性想象是一种对人类本身的敬畏和希望，它全面而巧妙地体现了人类生存的根本品质和意识。

从人类的精神生存意义上说，一切文学叙事都是神话，即使在当代中国，严格的叙事也与人类的最早叙事——神话叙事的观念相关。神话是特殊的叙事，本来有观念深度，神话叙事反映了社会的基本方向和观念，它们塑造人类生存的基本意义和基本秩序。

于是，神话一般被当作承载和表达象征的框架，被当作一种人类最高的生存象征和叙事向往，大多数神话的情趣和意味主要都在神话的社会象征与符号意义上，人们似乎不太在意神话的故事构成、情节变化、人物性格以及细节描述，但实际上，神话叙事本身就是神话意义，正是意义与形式的一致才构成象征性的人类生活。

离我们遥远的古老神话今天仍然在告诉人们如何去洞悉有形世界，并发现似乎包含彼岸性的另一世界；贴近今天生活的文学神性也依然在告诉当代中国如何洞悉现场生活和此在世界，并去发现另一种高于中国时尚现场生活或不同于时尚现场生活的生活。

这是因为，遥远时代的神话已经证明人类有超越日常生活经验的能力，今天的文学同样证明人类可以超越日常经验或者世俗经验，以至将世俗经验与某种神圣想象结为一体。

当世俗生活与神圣想象一体化时，日常生活便有了神性，神性存在——包括作为神性存在的古老的和今天的文学，就能够解释当代中国对超越日常生活和世俗经验的渴望与可能。所以，古希腊神话中的代达罗斯用蜡做翅膀而飞翔便有对当代中国精神飞升的启示：即使这种飞翔有可能失败也要飞。

既然当代神性与古老神话相关，就要明白今天的生活主要与什么样的神话意义相关，更细致地说，是要明白中国神话与西方神话不同、要明白中西方的神性向往不同。中西神话包含的文化意味和文明气质不同，神的气息和意味不一样，神性也不一样，既不能混淆，也不能同一，不然就会影响对神性的理解，造成对神性的误解。

中西神话的含义和构成不一样：中国的神是经验的、现实的、解决具体生活问题的，西方的神是超验的、象征的、追求浪漫生活情景的；中国的神往往是权力的和享受的体现，西方的神也有这种因素，但主要的倾向不是这样；在更大程度上，西方的神包含的，是救赎生命和提升生活的意味。

中国古代神话中神的特质倾向是这样的：他们孤独，只做一件事，也没有传统和渊源，他们解决的是人们的实际生活问题，是一种完成生活的工具化体现、实用化体现，而不是超越现场经验的生存，如精卫填海、夸父追日、女娲补天、大禹治水、后羿射日都是一个人完成的，也都是解决人们生存实际问题的工作。联系到一些当代中国文学作品中的表现，比如《白鹿原》《鹿鼎记》《废都》《丰乳肥臀》，我们会发现，一个女人与七个男人或者一个男人与七个女人所做的，主要是生育的或者满足性欲的事情，与爱情和浪漫无关、与激情和思想无关，这很像是中国古老神话中族群意识或者集体无意识的一种狭隘自足的延伸。

西方神话中的神，如古希腊神话中的神，他们不是孤独存在，而是集体存在，有一个完整的谱系，有来源和传统。这样一些神分别专司生活的不同方面，每个神不是只做一件具体的事，而是专司某种责任，这实际上是一种专业责任和精神传统的起源，所以，古希腊的各行各业有一种高高在上的精神信条，如从医者有希波克拉底誓言。而且，神自己也是生活化的以至人格化的，既有人的七情六欲，又是一种更高人性的表现，因为有时他们会超越人的七情六欲，遵守一种高高在上的指导世俗生活的神性。

神话中的生存意识普遍渗透在后来的日常生活中，古希腊的神的责任精神和相互平等关系的传统体现在星座说上，便是各个星座之间的平等，没有从属关系；而中国的神的孤独性转化到后来，便形成一种集体无意识的相克文化，从中衍生出属相说：各个属相以自我为中心，与他人相生相克。实际上，这表现出中国社会人际关系的相互牵制的文化经验，不能超越实用得失、限制现实生存的生存经验，即是说，中国文化缺乏超越现实生存的神性领域。

有意味的是，正是西方的具有神性向往的艺术气质，深刻影响了20世纪的中国文学，改变了中国古典文学的方向，形成了现代中国文学，又延续出当代中国文学。在这个过程中，中国现代文学和当代文学的几次重大转折都与西方文学直接发生联系。

所以，这里所说的文学的神性，主要是指从古希腊神话开始发生，一直延续在整个西方文学传统中的精神品质，它与西方的文化、艺术、历史相关，是西方文学的人道主义和理想主义的一种精神气质。

当代中国文学并没有脱离中国神话所确立的文化传统，越是晚近，越回到了中国神话所确立的文化传统，时尚中国文学非常注重解决人们现成的生活经验和世俗享受问题，这多少来源并依托于中国的神话传统。同时，当代中国文学作品中的人物和事件总是有缺乏广阔性和深刻性的缺憾，这也与中国一些古老的神话意识相关，比如，从陈忠实的《白鹿原》就可以看出几丝与神话集体无意识相关的端倪。

二、神性向往与习性生活的不同

神性叙事与其他文学叙事一样，是由叙事行动产生的形式和内容来共同构成意义，叙事结构是由叙事顺序决定的：沿着开端、过程、结局，叙事顺序提供了在故事中塑造人物和解决冲突的规则，正是这些叙事行动，才使神性叙事作为一种观念的象征符号被读者所理解。

因此，分析神话叙事就是分析神性意义，组成神话的叙事结构本身就是神性意义的叙事规则，这样，神性的叙事结构就变成了神性的存在规气息和意味不一样，神性也不一样，既不能混淆，也不能同一，不然就会影响对神性的理解，造成对神性的误解。

中西神话的含义和构成不一样：中国的神是经验的、现实的、解决具体生活问题的，西方的神是超验的、象征的、追求浪漫生活情景的；中国的神往往是权力的和享受的体现，西方的神也有这种因素，但主要的倾向不是这样；在更大程度上，西方的神包含的，是救赎生命和提升生活的意味。

中国古代神话中神的特质倾向是这样的：他们孤独，只做一件事，也没有传统和渊源，他们解决的是人们的实际生活问题，是一种完成生活的工具化体现、实用化体现，而不是超越现场经验的生存，如精卫填海、夸父追日、女娲补天、大禹治水、后羿射日都是一个人完成的，也都是解决人们生存实际问题的工作。联系到一些当代中国文学作品中的表现，比如《白鹿原》《鹿鼎记》《废都》《丰乳肥臀》，我们会发现，一个女人与七个男人或者一个男人与七个女人所做的，主要是生育的或者满足性欲的事情，与爱情和浪漫无关、与激情和思想无关，这很像是中国古老神话中族群意识或者集体无意识的一种狭隘自足的延伸。

西方神话中的神，如古希腊神话中的神，他们不是孤独存在，而是集体存在，有一个完整的谱系，有来源和传统。这样一些神分别专司生活的不同方面，每个神不是只做一件具体的事，而是专司某种责任，这实际上是一种专业责任和精神传统的起源，所以，古希腊的各行各业有一种高高在上的精神信条，如从医者有希波克拉底誓言。而且，神自己也是生活化的以至人格化的，既有人的七情六欲，又是一种更高人性的表现，因为有时他们会超越人的七情六欲，遵守一种高高在上的指导世俗生活的神性。

神话中的生存意识普遍渗透在后来的日常生活中，古希腊的神的责任精神和相互平等关系的传统体现在星座说上，便是各个星座之间的平等，没有从属关系；而中国的神的孤独性转化到后来，便形成一种集体无意识的相克文化，从中衍生出属相说：各个属相以自我为中心，与他人相生相克。实际上，这表现出中国社会人际关系的相互牵制的文化经验，不能超越实用得失、限制现实生存的生存经验，即是说，中国文化缺乏超越现实生存的神性领域。

有意味的是，正是西方的具有神性向往的艺术气质，深刻影响了20世纪的中国文学，改变了中国古典文学的方向，形成了现代中国文学，又延续出当代中国文学。在这个过程中，中国现代文学和当代文学的几次重大转折都与西方文学直接发生联系。

所以，这里所说的文学的神性，主要是指从古希腊神话开始发生，一直延续在整个西方文学传统中的精神品质，它与西方的文化、艺术、历史相关，是西方文学的人道主义和理想主义的一种精神气质。

当代中国文学并没有脱离中国神话所确立的文化传统，越是晚近，越回到了中国神话所确立的文化传统，时尚中国文学非常注重解决人们现成的生活经验和世俗享受问题，这多少来源并依托于中国的神话传统。同时，当代中国文学作品中的人物和事件总是有缺乏广阔性和深刻性的缺憾，这也与中国一些古老的神话意识相关，比如，从陈忠实的《白鹿原》就可以看出几丝与神话集体无意识相关的端倪。

二、神性向往与习性生活的不同

神性叙事与其他文学叙事一样，是由叙事行动产生的形式和内容来共同构成意义，叙事结构是由叙事顺序决定的：沿着开端、过程、结局，叙事顺序提供了在故事中塑造人物和解决冲突的规则，正是这些叙事行动，才使神性叙事作为一种观念的象征符号被读者所理解。

因此，分析神话叙事就是分析神性意义，组成神话的叙事结构本身就是神性意义的叙事规则，这样，神性的叙事结构就变成了神性的存在规则，有时候，当神性叙事进入生活中，意义规则就变成了生存规则。

从这样的意义规则出发，神话特别能够揭示人类的神性生存品质，当神话复制并宣示神性意义时，现实意义就与对神性的理解合二为一，于是，神话结构为沟通神性与习性的生命差异提供了观念路径，由此，神性生活形式也为当代中国的生活观念提供了结构可能，在当代中国的现实结构中，神性的生活观念可以被我们包容和理解。

如果我们要理解并解释人类以至当代中国特定的神性向往和习性生活，就可以把社会行动与叙事和神话联系起来，通过特定神话，至少部分地理解中国时尚习性生活与神性生活的关系，进而，通过神话的意义和结构，让每个人自己的意义和自己对社会的意义被掌握。

神话的形式结构本来就具有神性生活意味，这一神性向往意味携带社会意义，能调解不同的社会观念和生存观念，因为这些观念体现在人类相互沟通的叙事结构中。所以，从神性出发的、共同的无限延展意义上说，每一个神话都是一个神性意义序列，并指向人性的意义序列。

在神性叙事结构中，神性与社会的关系具有明确的叙事向度，因此，作为叙事，即使在时尚中国生活中，神话也可以解释日常生活与社会行动的观念模式：神话故事和人物代表了社会类型或社会原则，通过可辨认的社会类型，叙事结构提供了社会行动的模式，神话的接受者可从中认清自己在社会行动模式中的位置，并观察社会行为的解决方式，从中学习如何参与社会行动。

随着中国社会的时尚文化改变，人们的现实关系和社会类型发生改变，人们的生存观念与文学观念也发生改变，如果他们要认识自己的生存状况和文学状况，叙事结构就必须反映他们生活中的基本生存关系和社会行动，而在这样的基本生存关系和社会行动中，神性向往与习性生存都必然在中国文学中同时反映出来。

要进一步理解神性，就需要了解习性，可以由时尚中国文学作品而深刻地意识神性向往与中国这个时期习性生活的联系。当衡量一部时尚中国作品的外在社会特征时，即使它们有个别变化，只要在中国习性生活中，仍然存在着习性的某种中国式共同重要联系和因素。

什么是习性？习性是长期存在的满足实际需求和生存欲望的习惯性情，它让人们顺着惯性思维和行为去解决生存问题，但并不追问为什么生存。习性几乎可以说是每个人与生俱来的生活方式，并且几乎每个人都有对这种与生俱来的生活方式的独特感知。习性在我们行为的最微妙和最不明确的部分中发挥作用，习性所形成的生活感觉构造了特定文化，它是生活形式所产生的传统因素的现存结果。

习性是形成生活组织的习惯精神和文化传统，生活习性作为价值态度和行为系统，是正式和非正式地同时被承传的，在习性生活中，人们可能获得更为容易接受的对生活的感知和价值态度，以及借以存活的经验。中国生活模式的长久和连续存在，演变生成了当代生活习性，当代习性沿着习惯行为模式延伸，对生活行为的利益选择、构造和评价，就产生了符合中国当代国情和民性的习性生活形式。

如果对普遍共有的当代中国习性生活方式进行任何一种类似分析，就会发现一种对生活的特别感知，这种感知几乎完全来自一种不需要特殊表现的经验共同体。当代中国文学作品中不同代人之间的对比和交流、不同生活类群对同一生活的不同描述、不在同一生活形式中成长生活的人的差异、不同的人的言语或行为风格上的细小差异，其实都可能深藏于同一习性传统，但有不同的习性表现，可以表现与生俱来的对生存方式的独特感知。

一旦作为习性感觉结构的传统载体普遍消失，时尚中国文学就成为接触习性生活最便捷的途径。因为，时尚习性以普遍的方式存在于这个时期的生活中时，对于社会特点、一般活动、价值模式、感觉结构等，习性文学作品就会有一个清晰的反映。在这个意义上，中国这个时期文学的独特方法、风格、语调就变得非常突出：文学的真实现场感受被强调，因为它表现了一种强烈的中国习性生活的共同性，这种共同性被本能地加以利用，它们的表现通常是不自觉的。

有意味的是，在很大程度上，习性并不是以各种形式后天习得的，而似乎是先天具有的，容易与文学化的习性感觉结构一拍即合。这种文学化习性生活不但受这个时期的历史支配，而且受以往传统逐渐延伸而构成的新传统支配，经过长期生活习性严格选择的生活过程会时刻发挥作用，每一个生活活动领域都是如此，尽管人们缺乏对于不同时期习性生活主题的明确意识。

比起明确的社会体制特征，这种文学化的习性感觉结构更容易被利用，更容易被不同生活类群以同样的方式进入而获得，并且成为一种广泛而深刻的普遍占有，这正是习性文学能普遍传播所依赖的。通过时尚中国习性生活经验，可以对习性生活形式的特征进行描述，而习性文学可以赋予习性生活经验和形式以外表。

一个社会的特定文学总是倾向于与其同时代的利益和价值系统保持一致，生活在中国的资本化时期，每一个人都会重新获得以往习性生活的感受——我们很可能重复了以往的习性生活。实际上，每一个人都融入了一个不断被选择的习性传统之中，而这个选择发生于这一时期生活自身内部——从正在经历的全部生活中选择出某些事物来加以强调和评价，这种选择反映这一时期的生活整体，这种选择继承了一般习性文化，也产生了特定社会的文化。

这些被选择的文学形式保持与传统习性的深入联系，这种选择所产生的习性文学不代表全部文学作品，而只是一种选择的表现和阐释，对于当代中国所有文学作品来说，只能或者与它所体现的全部当代生活相联系，或者与它从中利用的那部分生活相联系，但在描述这种联系时，一种文学和社会过程将会呈现。

有意味的是，习性传统在当代的变化是激进的时尚表现，人们出于自身目的，以一种特殊方式使用文学作品，而一种更高、更纯粹的文学选择才是能压制我们习性经验的核心部分。

三、能改变人们生活的神话才是真实的神话

一个神话或故事能改变人们的生活时，它才是真实的神话，如果神话无法转化为一种生活现实，那么它将疏离人们的生活，并最终在人们的生活中消失，它也就不具备神性流传的意义。

神话和文学并非因为它们能给予人们事实真相而有意义，而是因为它们是一种能想象真相的艺术而有意义。艺术的特质是可以从理性和逻辑的约束中解放出来，去构想或者创造新的生活形式，改变并丰富现有的生活，从中揭示一种更深刻、更广阔的神性真实——神话和文学因为拥有这样独特的生命力而成为一种真实、一种生活。

人们可以就此衡量时尚中国文学的价值，看看那些流行的或者受重视的作品是否真正符合这样一种改变人们生活的神性要求：衡量一个当代中国文学故事的成败，并不以给出多少事实为凭据，而是以它的精神能对人们产生什么影响为尺度，最重要的，是它能否对当代中国生活给予一种生活价值的概括和评估，同时，给予当代中国的生活形式和生活风格一种方向。

文学的神性所体现的这种生存方向和生命价值，无论是生存仪式的还是生命伦理的，都既是理性的又是感性的，可以让人们从具体生活上升到生命意识的更高层面。如果这样去看，那些直接追随当代中国现实意识的作品，比如绝大部分网络文学作品、青春文学作品、类型文学作品，甚至很大一部分主流文学作品，在很大程度上会失去一部分意义。

时尚中国的生活和文学产生了与神话和神性相疏离以至相断裂的状

态，这样，人们就不会对生存境况产生思考和焦虑，而是轻松和放纵、娱乐和享受，也就不会换一个与生活现场体验不同的角度来体察生命，于是，在所有现实的欲望和享受、放纵和轻佻背后，生命的另一重意义和价值、人的庄重与尊严，就不会被发现。

既然大部分神话和神性依然存在于当代人类生活中，当然也应该存在于当代中国生活中。本来，神话创造的世界与创造神话的世界是一体的，所以，虽然创造神话的那种生活和社会离这个时代的中国生活已经遥远，但跟这个时代的中国没有根本隔阂，因为神话中一直保存的人类天性并没有发生根本变化，神性也没有根本的历史区别和国度区别。

古老时代的文学神性高扬，当代生活的文学神性深藏，但不会消失。既然人类一直存在着向往神性的传统，如果当代中国特殊到与人类传统、与世界不一样，中国也就不在世界中了，因此，没有什么脱离人类的、脱离世界的、独一无二的当代中国文学的独特和经验，这样的独特和经验只能是习性，这种习性会产生很多习性奇观。

在今天的中国生活和文学中，习性奇观层出不穷：任何让人感到稀奇古怪的事情与行为都可以被视为日常神话，而真正的神性被视为荒诞不经的东西。人们即使看到一种浪漫、一种理想主义、一种高贵和尊严、一种优雅和庄重出现，也不会相信它们的真实存在和发生。这样对神性事物或神性观念的远离和抵触，不仅诱导人们远离对身边生活进行思考，而且宣泄着人们内心一些肤浅与阴暗的习性。

一种神性文学奇观往往由两方面形成：一方面，依靠其诞生时代的现实生活的神性观念而呈现原初奇观，神话普及的时代就是文学神性完全普及的时代，神性造就了文学奇观，因此，在原始时代，神话本身就是神性文学奇观；另一方面，神性文学奇观被以后时代改编或者改写而形成新的奇观，这两方面都必须依靠其中的神性来构造和演变。

反过来，新型文学奇观效应又保证了原初文学神圣性的延伸和衍生，所以，当代的话剧、歌剧、音乐剧、电影、电视剧以及各种新的艺术形式和技术都能将经典文学作品重新呈现，并形成一种精神回响和震撼的奇观。莎士比亚、巴尔扎克、斯丹达尔、雨果神奇地永远在人们身边，他们的重要作品似乎永远能被重新改编、以各种形式重新呈现为当代心灵感受的奇观。像大仲马的《三个火枪手》可以使用3D效果去与当代生活共振，雨果的《悲惨世界》用音乐剧的形式产生了新的奇观效应。

同样，当代一些重要的小说也被及时改编为电影，以使这样的小说意图更直接、更普及地进入人们的生活，像《英国病人》《马语者》《云图》《战马》《少年派的奇幻漂流》等获得世界小说最高奖——布克奖的小说都被及时改编为电影。

四、神性奇观在当代生活中的不断延展

神性向往在当代生活中同样能够发挥独特的效应，每部文学作品都由作者对文学神性不一样的态度而包含着不同的神性表现，但不论怎么表现，一种真正的文学神性奇观是能够无限延展的。

经典文学作品所包含的神性往往是无限的，可以一直延伸进当代生活，这种文学的无限神性可以被多种艺术形式去重新表现。时尚中国文学奇观由于缺乏神性观念，往往形成与习性生活现场对应的瞬间反应，而经典作品即使以新形态重新表现，也会与时尚的平庸作品大为不同。

一部文学作品由于其包含的神性而可能被改编，并重新产生对心灵的神性震撼，获第85届奥斯卡金像奖的音乐剧电影《悲惨世界》就以新形式重新呈现了雨果所创造的伟大人性、人道主义和理想主义的奇观。《悲惨世界》这部嵌入宏大叙事的经典文学作品，在20世纪晚期被改编而确立为音乐剧经典后，再次以音乐剧电影的形式呈现出来，它兼具多重美学形态和复杂文化表述，让人们以新的美学心态和生活感受再次看到小说原

作中震撼人心的人性力量,重新体验到其主题能经久不衰而不断延伸的魅力。

在第85届奥斯卡颁奖典礼的表演环节中,虽然《悲惨世界》《追梦女孩》《芝加哥》一并向观众展现了其经典唱段,但《悲惨世界》与另两部歌舞剧电影完全不同,它不是单纯的当代艺术形态,它是经典文学作品和经典美学形态的重新演绎,震撼人心的仍然是其核心的人道主义意识,只不过,它被赋予了更能让当代人感受的音乐剧电影的形式,以便其更能融入当代生活。

无论怎样演变,新的艺术形式都依靠古老的文学经典性以及文学神性而形成,新技术和新形式将文学的神性呈现为一种更加具有感官效应的奇观而进入当代生活。这一方面说明文学的普及性——文学与生活有广泛深刻的联系;另一方面说明文学的象征性——一直有文学的神性高高在上地照耀着生活;还说明文学的隐喻性——古老神性和文学始终与当代种种艺术奇观效应隐喻相联。

但是,若用当代中国生活和文学的习性奇观去感受和知觉,就很难进入伟大作品的当代呈现中,当代中国的写作意识和生活意识无法理解类似《悲惨世界》这样的作品所包含的伟大而广泛的人类性。中国式解读常将《悲惨世界》解读为替弱势群体和受压迫者发声、为底层呼号,但这显然将《悲惨世界》狭隘化了,不符合雨果在一系列作品中始终坚持的广阔的人性情怀和人类精神。

一般来说,一部西方作品以底层或弱势群体为描写内容或对象时,都会与一种超越单一群体的深刻人性相连,而中国的底层意识和底层写作常常是愤怒、嫉妒、孤独、单一的——正像中国神话传统中隐藏的族群意识那样表现,因而会狭隘地局限于为单一群体写作,例如为底层、为青春、为草根而写作——任何写作都只能有一定的群体代表意味。

也正因为当代中国这样为某种群体张扬的狭隘意识,使类似的类群写作变成了底层有理、青春有理、网络有理、任意写作有理,有了不避丑恶鄙陋、不避肤浅自得、不避轻佻狂妄的权利——没有控制意识是当代中国文学的一个重要缺陷,优秀的文学都是有控制、有节制的,文学在一种和谐有度的控制中产生力量。

当代中国文学作品大多缺乏神性意识,或者包含有限的神性,因而难以被后来的人们所接受而获得改编。如果回溯,就会发现,与中国古代神话中的神都是孤独和单一的对应,时尚习性中国写作也是单一的:女性写作常常只为女性群体写作、青春写作只为青春群体写作、类型写作只为某种类型的读者写作,不具有超越性。它们并不具备与现实的神性广泛联系,因为它们缺乏神性向往,无法获得在当时和以后不断延续伸展的奇观效应,所以,时尚中国文学习性奇观只能直接与现实习性对应一致。

这里可以观察到,中国神话表现出的集体无意识延伸在当代中国生活和文学中,便是只表现、只注重单一群体怎么活着的现场经验,不追问、不关注人类整体为什么活着的现实超越。仔细观察,我们会发现大部分当代中国文学作品都不追问为什么活着:只呈现,不追问。

如果大多数时尚中国文学作品都是这样,那么人们就会发现:当代中国文学其实空空如也,既没有提出和发现当代中国的生命问题和人性问题,也没有追问人为什么活着的价值。

活着必然与生命和历史相关,当不追问为什么活着时,当代中国文学作品就缺乏生命大气和历史大气。当然,当代中国文学自身并不愿意承认这一点,所以,很多作者和批评者还是竭力把一些作品说得很大气。有一些作家有追求,也写得相当不错,但仍然缺乏那种神性大气或者人类性大气,比如王安忆的作品和严歌苓(虽然严歌苓身为华裔美籍作家,在实际写作中,严歌苓仍然在以中国人的身份意识写中国人的生活)的作品就是这样。严歌苓的《娘要嫁人》被评价为"一个女人的爱情史就是社会史",这就把这部作品说大了,其实最多只能是一个女人的爱情史就是她的生活史。

一个女人并不是一群女人,哪里来的社会史?这是女娲式的孤独意识。谁都懂得爱情并不是生命的全部,一个女人的爱情难以表现全部社会历史,一个女人的爱情史不可能就是社会史。跟巴尔扎克笔下一大群30岁女人与法国社会的联系比较,当代中国文学中孤独的爱情描写很难真正具有社会史的意义,巴尔扎克才真正以一群女人生命与社会的联系写出了历史意义,但是,那有一个庞大的《人间喜剧》的叙事所形成的社会生活去支撑。

当代中国文学作品难以有大气,因为人们缺乏高高在上的神性照耀的传统,并非只有女性文学作品才这样。像王安忆的《天香》和严歌苓的《陆犯焉识》这样一些作品,当然比一些可看可不看的作品、比完全不必去看的作品更有价值,也比那些引人们趋恶的作品更好,但缺乏对历史、灾难、爱情、神性这四大文学元素的大气把握和深入理解。

五、斯芬克斯在生命路口永不罢休的追问

中国文学的神性意识有个变化过程。中国古典文学的神性意识比较薄弱,但从1919年开始的文学,直到20世纪30年代的现代文学,都含有很强烈的神性意识,这一阶段的文学中包含了强大的崇高追求和理想主义,这种神性的崇高意识形成了一种传统。

这种传统在中国现代文学后来的各阶段中表现不同,在20世纪50年代到20世纪70年代的文学中,这种传统表现为一种单纯的革命激情,形成了后来所说的红色经典和革命文学;在20世纪80年代的文学中,它表现为一种梦想现代中国的宏大激情,虽然这两个阶段都具有神性崇高意识,但艺术方向和审美风格不一样。

在2010年以后的中国文学中,神性崇高意识越来越淡薄,而习性奇观

意识越来越强烈，但如果追溯，会发现，这种习性奇观倾向在20世纪80年代就已萌生，它既与寻根文学的民间自我幻想相连，又与先锋文学的历史自我幻想相连。

  在很大程度上，先锋文学是当时中国文学的精微影像，也是以后中国文学奇观化的前兆。中国先锋文学的形式主义与神秘主义虽然产生了对历史和个人的双重幻想，但缺乏一种在历史中有根基、能延续的理想主义，它们主要倚靠与具有宏大追求的理想主义精神相反的个人意向构成，它们从思想的、精神的、写作的意识深处培养着反前一代精神价值的萌动，这使先锋文学的形式主义囿于对历史的狭隘理解，脱离了对现实的追问，把一切交给神秘性命运，因此产生了不追问为什么生存的现象化神秘主义的先锋文学奇观。

  由于先锋文学避开了现实问题，对历史自我幻想的文学奇观就缺乏现实根基，也缺乏明确的精神方向，因此先锋文学对历史进行诉说的神秘主义奇观能量便自然衰减，被充满现实动力的平庸化、日常化、个人化、身体化的写作冲动所拆解，但仔细辨析，会发现，个人化和身体化写作冲动早已在先锋文学中隐藏，它们是先锋文学孵化衍生出来的，也是先锋文学另一形式的延伸。

  20世纪90年代以后的中国文学，其实是先锋文学的一种泛化表现，中国先锋文学所连带的中国意识和西方意识，以各种形式与观念散入当代中国文学的普遍状态。最早从事个人化写作和身体化写作的女性作家所受的现代西方文学影响，不但与先锋文学所受的现代西方文学影响差不多，而且直接与先锋文学的写作观念和方法相一致，后来兴起的60后作家和70后作家的自由叙事与任意写作观念，也与先锋文学相关。

  在市场化兴起后，市场观念鼓舞了人们的欲望生存，在欲望化生存意识的引导下，中国日深年久的习性生活意识开始聚集，当代中国文学以各种名义普遍地去描写以习性欲望为主导的生存。只不过，身体或底层、个人或日常由于其各自所描写生活的物质层面不同,它们在精神层面上也有所区别,但它们的共同点基本上都要依托于颠覆宏大、躲避崇高。

不过,颠覆和躲避之后,其并没有建立起一套与这些反叛的文学行为相适应的文学价值,也没有描写出与被颠覆生活不同的生活价值,因此,这些写作在很大程度上是无价值写作。

由于在个人化和日常化引导下兴起的各种写作没有告诉人们怎么生存和想要什么生活,重新建立和积累的,仍然是习性表现。这些写作是从市场化意识形态或资本观念上统一而没有差别的,这影响了2010年前后各种时尚写作的无价值性和无差别性。在无价值依托的情况下,大部分时尚写作中的人物和生活是茫然无绪、没有方向的,由此产生的,大多是对失去精神方向和心灵方向的生活的描写。

也就是说,20世纪90年代以后,当代中国文学作品的形式意味和主题内容与生命和历史间的关系是茫然无绪、混沌不清的。在远离20世纪90年代以前宏大崇高的文学传统后、远离人类理想主义的主流传统后,中国文学究竟怎么变成了一笔糊涂账谁也不明白;实际上,文学是什么与我是谁、我从哪里来、我到哪里去这样的问题一脉相承,这样的问题对生命和文学都是一样本质性的,是每一个人、每一个时代、每一种文学都要面临的。

所以,古希腊的斯芬克斯在路口追问每一个过路人:人是什么?这样的神性追问对于人类有预言性和永恒性。于是,苏格拉底说:我就像一只牛虻,唤醒你们、说服你们,整天到处叮住你们不放而追问为什么活着;哈姆雷特也提出了活着还是不活的问题。

但要命的是,这些问题在时尚习性中国根本没有被提出来,人们被颠覆所鼓舞而兴奋,没有什么人去质疑这些问题,更没有作品去回答这些问题,这形成了自先锋文学之后一个不提问的普遍文学传统:对什么是生活价值和想要什么生活都不以为然。

因此，从寻根文学的民间奇观和先锋文学的自我奇观繁衍出来个人奇观、身体奇观、偶像奇观、日常奇观，从60后作家开始，经过70后作家、80后作家、90后作家，从纸质文学到媒介化文学，都与此有关。

六、习性文学成为一种更隐蔽的疯狂方式

当代中国是时尚与古老结合的生活习性完全普及的时代、是资本化生活习性完全普及的时代，生活和文学中的神性被资本与习性普遍剪除，不断生长的时尚习性将古老神性从空中拉到地上踩踏而培养了人们的生活观念，随着这种生活形式的发生，产生了时尚中国文学普遍的习性奇观。

时代粗鄙、习性粗鄙、文学粗鄙共同形成了习性奇观，而习性奇观脱离了神性和文学性，变成现实奇观的复制。当习性文学奇观塑造人们的生活时，它们具有反崇高、反庄重的集体无意识共同特点，这样的习性奇观几乎与纯粹意义上的文学无关，完全依靠现实推动而不断生成和繁衍。

时尚奇观写作对生活的诉求大致有两类：一类虚幻化：架空生活，以男女情爱纠结为主体叙事，在文学奇观的掩护下，习性化生存情结肆意释放，习性意识迂回曲折地侵蚀人们；一类恶鄙化：模糊意义的故事让恶意和污秽可以美化自身，张扬恶鄙情趣，挑战人们的审美感受和道德底线。

当代中国习性文学奇观一方面彻底利用恶鄙习性去解释生活和历史，另一方面用美化性色、美化圣贤、美化丑恶去吸引本能和诱惑生命，这两方面习性并行不悖，同时欺骗和误导人们。

这样，鄙俗习性和虚幻向往结合而形成各种现成类型文学奇观，这是这个时代中国文学的倾向性突出标志，类型文学奇观最容易流于习性化，以迎合与附着于不同人群。

类型奇观作品适于分众阅读，经典文学也是分众阅读的，却无类型限制，而类型分众则被锁定和固化于某些类型，其情节、故事、人物、节

奏、叙事都有确定的模式和规则，类型文学的基本共同点是：粗糙描写、框架完成，而经典作品的最重要特质恰恰是可以细致阅读，在细节的独特性上各自区别于其他作品。

　　类型奇观作品不但不相互区别，反而刻意相像、多重复制，比如：玄怪/奇幻、武侠/仙游、科幻/灵异、修真/穿越、历史/架空、盗墓/历险、惊悚/恐怖、侦探/悬疑、都市/言情、游戏/竞技、青春/校园、职场/官场、军事/谍战、权谋/宫斗、女性/美男、同人/耽美、新红颜/轻小说等，这样的制作导致艺术想象力的衰减，因此更加依赖于固定套路和模式写作，阻断了文学与现实的真实依存关系。

　　类型文学奇观除了在同一类型和类群的人中产生反复效应，很难与类群外的其他类群相通，因此别人不关注他们，他们也不关注别人，这实际上加剧了人的隔膜、孤独和艺术的无知，形成了一个个孤立自足、无知而又无畏的类群群体，这与经典文学对人性的沟通完全相反，经典文学是更广泛的人性表现，使生命群体被一种神圣性所笼罩而相互联结。

　　时尚习性文学奇观发生的兴奋点在于：逃离人类性限制或逃离神性向往。作者怎么极端就怎么写，读者怎么变态就怎么写，作品怎么奇怪、虚幻、鄙恶就怎么写。但本质上，文学是有人类性限制的想象生活，是人类的某种共同认识，如果没有人类的共同认识，即如果没有什么人类性，时尚中国文学习性奇观无论怎么玄怪奇幻，都很可能只是单方面满足一时一刻的情趣，没有什么持久性。

　　持久性是文学价值的根本标志，真正的文学作品是能让人反复阅读的，读了一遍就不愿意再读的作品，甚至让人一遍也读不完整、读不下去的作品，就没有什么吸引力、感染力，这样的作品有什么存在的意义呢？

　　文学空间与社会秩序之间的关系急剧变动时，会看到一些难以理解和接受的，甚至纷乱无序的情景，但仍然要保持基本文学协议下的文学理性，才能有效地进入文学。文学信息的任意铺展、文学作品的高速生产和过度载入，使人们难以保持文学理性，当代中国文学在碎片化和游戏化的生活中变得轻佻浮华，过量信息和简单模式介入人们的生活习性和写作习性中，形成了现成的习性文学奇观，使文学变得浅俗从众、矫情卖弄。

在这样的中国文学情境中，当缺乏宁静从容的文学心态、对生活不加辨认和发现时，就会常常依附于普遍习性而为时尚炫耀，让功利、短视、热闹、搞怪、浮躁、外挂等奇观层叠而出。当所有的文学现成模式和常用套路被混杂接受时，文学作品就变成了随意混合现实杂物的容器，这样的混合与杂交，让文学话语以相互重复的类似性和类型化而自动生殖，而这样简单粗浅的生活判断和自以为是的写作方式，既缺乏责任感和道义感，也缺乏对读者的尊重。

在这样的中国文学习性境遇中，享受性生活变成了虚幻化生活，而习性生活意识渗透其中。人们阅读时没必要弄清文学和自己的关系，只是根据文学行为来生产自己的情绪倾向。于是，习性奇观文学成为一种更隐蔽的疯狂方式，作者和读者将任何自命为文学的东西都统一载入生活，不加思考和创造，随意读写，各得其所。

在人类的共同认识下，写作与阅读、作品与现实共同构成协议，这个协议是对生活共同想象和理解的。既然是共同协议，无法进入文学的，也无法进入现实，反之亦然。在中国的时尚社会条件和生活秩序中，虽然文学协议发生了变化，但它仍然是公共协议而非个人协议，也不是纯粹的私人空间，个人写作和阅读都在动用公共资源，文学仍然在公共空间里展示和交流，除非写作文学作品只是为了作者自己而远离他人，但若果真如此，作品就没有发表出来给别人看的必要了。

传播学中有个经典理论叫"沉默的螺旋"，是指人们在表达意见时，会考虑多数人的意见，以确认自己的归属。当发现自己的意见属于优势时，会积极发表观点，反之会因为无形的舆论压力而保持沉默。这样的表明和沉默形成的螺旋式传播造成了强势意见气氛。"沉默的螺旋"在文学传播中同样发挥作用：当文学的大多数开始脱离文学神性的话题，纷乱自立并裹胁人们时，就形成了习性文学的强势气氛和盲目的习性文学秩序。

七、习性奇观需要共同的习性意识和情趣

任何时代都有与其他时代人类性地、历史性地相似的地方，都会有在那个时代被共同张扬或压制的东西，都有对善恶好坏的混淆和辨认，狄更斯在《双城记》中有个对时代的著名评说：这是最好的时代，这是最坏的时代，这是智慧的时代，这是愚蠢的时代。

如果文学只是依附生活，不能改变什么，那人们要文学干什么？今天的娱乐性已代替了文学的一切，如果文学只是某种巫术或游戏，极为发达的技术和娱乐完全可以代替文学，文学的无可替代性在于它用想象超越了有限生活，从而创造生活、改变生命，如果不具备这种人神一体而改变生活的象征可能，文学就不会发生，所以，文学从古希腊和古春秋的神性向往就开始了；所以，一切文学准则都是精神准则。

如果承认文学是人类的神性向往和精神准则，那么，不论什么时代，一切精神准则都有着同样的终极目标：对人类完美和理想主义实现的追求，一切文学形式和内容都被其所引导与升华。当文学的神性准则被替换为娱乐嬉戏的玩世主义，当文学的诗性准则变成一堆现成的习性符号，文学的精神准则和想象难度就被偷走了，就可以省略写作的人类性和美学动机，直接进行快餐式文学制作，这里面包含着：通过自我站位和类群认定而自我标榜的意味。

因此，习性文学奇观最流行于渴望成功而没有成功、有压力又想轻松、不思考又自以为是、有血气冲力又无知轻狂的人群，这使它们更多也更能与年轻一代相联系。习性文学奇观对习性的执迷不悟、强调嬉戏生活、随情随性与反主流价值等，解构了神性价值，人们很难意识到：欢

乐、多元、自在等不意味着非理性和非价值。

这样,当代中国习性文学奇观空间就像一个节日空间,充满享受与放纵的气氛;又像一个市场空间——不是都市超市而是乡间集市,其中叫卖的各种产品以没有什么精致加工成分的土特产最为引人注目。而且,这种文学的节日气氛和集市气氛时时弥漫在现实生活中,文学世界与现实世界的界限从中消失,因为节日体验和集市体验消弭了文学的诗性感受,也混淆了文学与非文学的感受。

数量众多肯定不是文学品质的标志,当人人都可以随意跨越穿行于文学中时,文学的神性精神和诗性特质一定会大量丧失。习性文学奇观凭借其粗疏而快捷的制作而易于为大众接受。凭借山野草根和技术传媒的优势,习性文学奇观开辟了千年不遇的版图,恒河沙数般的文学数量确认了其自身在场和生活新锐的性质,但这样的作者身份和技术手段,恰好常常是非文学的,由此确立的文学便令人生疑。

本来,文学感受与现实感受、文学体验与日常体验相互依存,但在很大程度上,当代中国文学奇观不是现实所生成的文学客体,而是一些生存习性和生活策略的变形表现。作家在作品中所提供的,不是文学对象和艺术客体,而是作家自我生存的习性策略,即是说,这些奇观常常是作家确立自我成就感并以此控制读者的策略。

既作为习性生活策略又作为习性文学策略的时尚中国文学习性奇观主要有两大倾向。

一类奇观倾向主要是由类型化文学产生的,主要有这样的特点:

(1)反对文学的收藏性,反对延伸阅读和深入体验,无价值、瞬间性地拥有此刻、排除历史,不关注文学的时间延续性,只注重奇观的瞬间扩展和话题性效应。

(2)反对含蓄和体味,注重引发浅俗情趣,注重场面热闹的展览性效果,一览无余地暴露事件性效应,即使看过便忘也要挑逗一时围观。

（3）反对风格，无个性，因为风格和个性需要诗性创造、审美情趣、形式特质，而奇观只需要制造一时的现实效果，注重像礼花一样绚丽的、短暂停留的空间效果。

（4）反对深度，无差别，深度需要意义，而意义是奇观作者和读者都难以体验也不愿体验的，因为习性奇观需要一种共同习性之下的意识和情趣，必须排除个性、价值等差别才能产生共鸣效果。

另一类习性文学奇观与类型文学奇观对立，因为人们对文学无知，这一类习性文学奇观可能被误读为是由经典文学传统延续下来的文学，但它们表面上似乎与前一类文学奇观表现出的形态和风格不一样，实际上，被这样认为的作品，可能已经背叛了文学的经典精神，徒具经典文学传统的表皮，不具经典文学的内核，在远离诗性精神本质上，这类习性文学奇观与类型文学奇观是一致的。

这类习性文学奇观有几个特点：

（1）奇观展览意识。注重以似是而非的现象、以奇观暴露意识的直接和惊异去延展奇观的时效，以保证作品的传播。

（2）并非是像礼花绽放一样的短暂现象，而是充分释放某些深度隐藏的畸形体验，让人可以对其进行反复玩味咂摸。

（3）假借纯情扮演风流。这类奇观为了遮掩其中的恶丑，常常将好人写成坏人、坏人写成好人而呈现奇观，乔装改扮、半遮半掩地表现暗藏阴恶的奇观。

（4）示范效应。这类奇观的作者往往具有较多的写作经验和一定的写作技巧，他们作为成熟的和有影响力的写作者出现，其作品往往具有一定的文化资本和资源的支持，常常引发追捧效应和效仿效应。

（5）不是以作品内含的精神品质而是以奇观意识形成其风格标志，因为其描写内容与其语言、其奇观制造与其生存意识紧密一体，并会熟练地操作语言和技巧，从而造成一种风格性标志的感受。

(6) 心理暗示效应。这类文学奇观从深层心理上与当代中国的生活情志相应合，从心理上诱发人们深度隐藏的潜意识，使这些意识公开地炫耀展览，比如窥私、嫉恨、刻毒等，在没有这些奇观诱发时，这样的心理羞于启齿，处于休眠状态。

作为控制策略而不是文学形式，这些习性文学奇观就脱离了文学的主体精神本质，拥有一整套实现自身的模式、规则、技术手段，因此，很自然地产生了相互复制或自我复制的模式写作与类型写作，在这种自我繁衍策略的运作之下，文学产业生产的不再是艺术品或者具有文学特质的产品，而是文化事件以至生活事件，这些事件具有一切时尚特点、媒介特点以及商业特点。

并且，这些生产自身的策略能不断制造事件，借事件推动而繁衍扩张，因而，这样生产出来的作品一定具有相似性和复制性，弱智简单的作品迎合了狂欢放纵、快乐减压的诉求。

八、被消费的自我幻想与习性生活形式

文学有自身的传统，所有的神性文学奇观既造就了这种传统又延伸了这种传统，并且，一定是在这个传统中生长出来的。文学既在文学之内又在文学之外，虽然文学与现实必然相关，仍然不能避免文学传统的自我控制，因为，在形成和延续文学传统的过程中，已经将现实融合其中，所以，神性文学奇观不可能将现实与文学截然分开。

当代中国文学习性奇观倾向于将文学与文学本身的传统分开，疏离神性，亲近现实，于是在习性奇观中找不到神性奇观的反复体验和长久动力，因为它没有真正的文学目的，只有混乱的现实目标，它的生成是混杂的，它将文学内外的不同可能、不同种类拼装组合，利用人们用过即扔的消费心理给予人们瞬间现场感受。

习性奇观往往由人们的一种习性制造出来，并且具体体现这个习性概念，这个概念的演绎决不超越自身，它既是形式也是内容，只要人们不厌弃它，这个概念就可以反复自我繁衍，无限重复，直到自我妖魔化，直到变成作者的名字、变成荒诞的偶像，直到变成排除异己的唯一存在，并且被黄袍加身——被典型地加以模式化。

被典型地加以模式化的作品又作为典型出现，成为这类作品的唯一形式和内容，当然也成为唯一的意义，但与此同时，这种唯一的形式和内容也就非意义化，甚至反意义化了，因为意义被其本身的模式所消解。在这种情况下，习性就是模式，模式就是奇观，这种模式奇观很有外挂魅力，实际上，一些看上去似乎来自经典的伪经典化作品也深藏着习性模式，那些以经典化的作品形式出现的奇异品恶的模式，正是依靠对恶的外挂形成了奇观。

当人们欣赏这类文学奇观时，就进入了被这类作品反意义化的概念所控制的过程，比如成为"穿越控"或者"品恶控"，文学写作和阅读不再是个体审美行为，而是集体品味习性事件，不再具备文学本来要开启思考的功能，这时消费和感受的，不再是语言艺术，而是某种深藏又展露的习性与空洞华丽的概念，于是作家可以不再精耕细作，而是粗糙堆积。

习性文学奇观对神性文学奇观的远离，带来了主体感觉和个人经验的重大改变，人们在文学中，就像在现实中，对文学的神性体验正在被直接替换成现场体验，而且，人们对普通现实体验的真实性正在被习性奇观文学的虚幻性所替代。

这种对习性奇观的普遍迷恋，实际上根植于小农幻想与当代生活之间的不平衡，于是造成了习性文学奇观中乡村迟滞与文明高速间的魔幻化乡村感受，也造成了从乡民变为市民的眼花缭乱的都市幻想，也造成了欲望与现实不对等的穿越满足，因此，在更加充分的当代生活奇观中，神性与习性、高雅与粗鄙、庄重与轻浮间的区分被抹去，奇观不过是一种更充分的现实幻想，同时也是更欲望的生活标志。

作为被消费的自我幻想和标志，习性奇观是必然的生活形式，正因为如此，它才能被热切和普遍地关注。在当代中国，几乎每个人都是文学消费者，问题在于消费什么产品：创造和消费神性奇观的人与制造和消费习性奇观的人并不一样，他们的生活形式、追求、愿望都不一样。同时，每个人都被文学消费控制着。当文学完全变成了消费与被消费的关系时，文学作品不过是一种生活表象或者生活延展，文学与生活的差异让位给非神性的杂乱堆积，文学成为自动容纳文学不平衡与现实差异的空间。

习性奇观的一切终止于身体和此刻，它们寻找的只是一个被人为制造后强化的、自我满足的生活现场和此在时刻。在习性文学奇观感受中，人们患得患失，失去了历史的绵延感而得到了此在的欢乐，失去历史感的主体变得鼠目寸光、弱不禁风，以至于芸芸众生在习性奇观的生活中既能相互一眼认出，又要承受相互认同的困难。

在奇观每日俱增的境况中，文学与生存都发生着改变，文学与现实、身体与自我都走向日益缩减的过程，切实感受而充满幻想的身体与个人成为最后的现实，是变化和变异的最后保留生发地，是主体昂扬自信的激情消退后残留的一点心情，这就是人们依赖习性奇观和留恋习性奇观的原因与立场。

摘要

第一章

<<<<<<<<<<

>>>>>>>>>>

　　文学必须面对人类的神性向往和理想主义,如果神话是一种生活、神性是一种品性,那就在于神话和神性对生活有特别的意义,在于人一定有一种神性向往,今天的文学仍然与神话相连通,含有神性的文学必然与这个时代的世俗生活结合。优秀文学显示人类的纯粹性而有神性纯粹和童真单纯,而中国资本时代的习性意志变成了知识精英意志,并且投身到文化、生活和文学语境中,使时尚中国文学在很大程度上失去了神性向往和童真单纯。文学改变我们的生活,也让世界变得更好,文学趣味与意义指向每个人的精神空间,以另一种生命感觉、另一种身心创造自己的生活时,就有意无意间与神性相遇,文学的神性向往不在于给人们提供生活方便,而在于改变了人们的心灵和命运、生活形式、生活风格。文学对生活的影响是个人生存的审美生成过程,神性文学奇观不能决定长生不老,但可以追述灵魂不朽,用好故事去注释那些本该每个人都遇到的神性瞬间,一部好作品就成为每个人生命中的一刻。文学并非是置于我们身心之外的观赏品和娱乐物,文学被历史建构出来而与庄重相关,凡讲述神性向往和理想主义的作品都表现出庄重,而中国现实的最大特点是失去庄重,让文学轻佻化、娱乐化、浮华化是习性文学的重要生存策略,端庄凝重的奇观与喧嚣轻浮的奇观完全不同,因此要辨识文学本身的品性,爱与美就是衡量一部文学作品的精神倾向的基本准则,而单纯是爱与美的根本品质,隐藏意义和显示意义的文学乐趣构成了有意味的文学表现和生活形式。

第一章
神性趣味与意义在每个人的生活空间

所有的文学趣味与意义都指向每个人的精神空间，表面看来与生命意义和文学意义无关的生活趣味，实际上指向每个人的生存意义和生活目的，也指向每个人的幸福与自由，指向生命所注重的独立和尊严。所以，文学的神性向往所做一切的意义，不在于仅仅给人们提供生活方便，而在于巨大地改变了人们的生活形式、生活风格，改变了人类的心灵和命运。

意义与趣味、文学与生活彼此依存在生活过程中，在生活被文学化或者文学被生活化的过程中获得一致，也就是说，不论文学还是生活中的自由、幸福、独立，都需要共同的品质：真理性、激情性、创造性、想象性，而趣味和意义的可能性与每个人的实际生活相关，每个人的实际生活又由其所占经济资本或文化资本多少而决定：资本决定态度，在资本决定生存态度的同时，也决定了文学态度。

一、神话是一种生活，神性是一种品性

如果神话是一种生活、神性是一种品性，那就在于神话和神性对于我们的生活有特别的意义，在于人的生活中一定有一种神性向往，而神性中包含着最接近人类童真生存状态的纯粹，这是人类最早的故事是神话的原因，也是文学为什么会发生的原因：文学是以故事意味而发生并存在的，最早的和最好的故事就是神话。

故事的趣味中包含着意义的期望，故事是隐藏意义和显示意义的最受欢迎

的方式，而意义可能就是神性启示，并常常包含在故事中。在故事的形式意味中，往往同时交织着崇高与平庸、历史与个人、宏大与渺小、敬畏与放纵、天国与世俗，将两者彻底分离是不可能的。

这就是人类文学一直在坚持的神性向往，在每一个似乎仅限于个人感受的交流空间中，实际上包含着每个人生活的终极神性，这当然是暗隐在个人生活中的宏大生活，每个人都无法逃离。

文学是神性向往的主要表达领域，文学的神性本来是帮助我们避免习性损害的，所以，神话是最明确包含神性纯粹的故事，故事往往是有神性纯粹和童真单纯的，即使到了今天，一个好故事也必然包含神性纯粹和童真单纯，在这个意义上，今天的好故事仍然与神话相连相通。

包含着神性纯粹和童真单纯的作品是好的作品，不好的作品不会流传至今而被人们称为文学。由此出发去看，并不是什么样的写作都是文学，也不是随便什么人写的都是文学，文学必须有神性、有诗性、有思考、有情趣，而且，文学必须有童真单纯和神性纯粹。

人们通常说的文学其实是显示人类纯粹性的优秀文学，一个对人类有重要影响的文学作品，或者说一部优秀的文学作品，首先是一个包含神性纯粹和童真单纯的好故事。如果是坏作品，就没有纯粹性可言，它讲的就是一个坏故事，坏故事会损害人类的好声誉、损害人们的现实生活。因此，人类对于讲坏故事的叙事一直在批判和抵制，留下来的，就是经典的和优秀的作品，也就是被称为文学艺术的那些作品。

今天，时尚中国习性文学在很大程度上失去了神性向往和童真单纯，时尚习性中国作品常常把坏人当好人写、把好人当坏人写，或者良莠不分、好坏不辨，尤其是，那些不断绽放、引人妄想的习性文学奇观只重诱人、不顾真伪，人们对好坏故事已经难以辨别，或者不愿分辨，实际上，这损害了人们对生活性质和生命品质的好坏优劣知觉。

文学写作与阅读是童真单纯和神性纯粹的发生过程，是神性感受和童真感受的发生过程，也是文学写作和阅读对生活影响的审美发生过程，也是个人生存的审美生成过程，这里面必须包含快乐或乐趣或审美趣味。童真单纯和神性纯粹影响了对生活的情趣和感受，这样的意义和乐趣共同构成了有意味的文学形式和生活形式，也构成了对世界和生命的价值与意义。

二、爱与美像一种澄明的气息浸润我们

每个人都会由写作或阅读文学而获得一些个人快乐，满足一些独特情趣，但这种个人和独特仍然在人类主流价值和共同美感之中，如果一个人独特到与世界完全不一样，他就不在这个世界中，而且，不论文学还是其他艺术，它们的最好表现都是讲述人类共同的话题。

一个没有人类主流价值观念和共同美感的人，很可能是对生活没有美感方向而充满利欲观念的人，这样的人即使在写作和阅读，也不可能单纯、安静、浪漫，更不可能有激情和理想主义，而没有这些，就意味着没有文学。

因此，所有的文学趣味与意义都指向每个人的精神空间，这些趣味和意义的可能性，与由每个人所占经济资本多少而决定的实际生活相关，或者与在生活中实际占有的文化资本相关：资本决定态度，在资本决定生存态度的同时，也决定了文学态度。

这样，意义与趣味、文学与生活是不可分离的，它们彼此依存在审美化生活的过程中，在生活被文学化或者文学被生活化的过程中获得一致。也就是说，不论文学还是生活，自由、幸福、独立都需要共同的品质：真理性、激情性、创造性、想象性。表面看来与生命意义和文学意义无关的生活趣味，实际上指向每个人的生存意义或生活目的，也指向每个人的幸福与自由，指向生命所注重的独立和尊严。

所以，文学的神性向往所做的一切的意义，不在于仅仅给人们提供生活方便，而在于巨大地改变了人们的生活形式、生活风格，改变了人类的心灵和命运。文学甚至与乔布斯所做的相似：苹果产品给人类带来的日常生活变化也有

这种神性向往的意义，苹果产品给人们带来了对生活的憧憬和想象，而不仅仅是实用和方便。

这说明科学与文学对人类生存的价值和意义在本质上相似：一种科学发现和一种文学发现一样，都是一种对生活的创造，如果不能对生活进行创造、不能开启生命的意义之门，就只是无效咒语、空洞躯壳，既不会是真正的科学，也不会是真正的文学。

因此，不能对文学提问的人，意味着他不能对生命和生活提问，反之亦然。而对生活与文学都不能提问的人，就没有创造性可言，只能仿效别人而被动生存和被动写作，这样的作品就没有什么价值可言。当时尚中国的许多习性写作不能对真实生活提问、只能满足一些作家的功利需求时，这样的习性文学已经失去了对生活创造和发现的意义，也失去了文学存在于生活中的价值。

这时候，理想主义与实用主义的矛盾就会严重地出现，就会发现理想主义实际上不在我们的生活现场，因为想写什么和想要什么样的生活本质上是一种理想主义的具体目标，这种意愿和预设会与现实中的实用主义发生冲突。

有人会说：我有理想主义，可现实不是这样，我的理想主义无法实现，所以我没有必要也没有办法去坚守理想主义。但是，这是一种自我辩解和虚假装饰，这不是理想主义与现实主义的不一样，而是理想主义根本不在现场。

同样的生活事实、生命状态，有不同的思考与立场，就会有不同的态度，如果根本没有对文学和生活的提问与想法，那么，戏演不好就可以拍艳照，作品写不好就可以弄风情，用底层悲情、用身体表演、用窥阴品恶、用炫富玩世、用浮华卖弄都行，只要能满足习性感受就能增加销量，但这改变不了文学固有的品质：文学的神性品质仍然会放在那里，透彻地照亮所有作品。

如果当代科学、技术、媒介只能解决感官娱乐的问题，不能解决审美快乐的问题、不能解决生命意义的问题，那也就不能解决文学问题，因为文学与生命意义、与审美快乐连为一体。文学一定在我们的生命之中，并非是置于我们身心之外的一个外在观赏品和娱乐物。

因此，当一个时代、一个生命无可挽救地没落时，能挽救它的只有爱与美。只有爱与美才能解决生命意义问题，而文学需要去创造爱与美。爱与美就像一种澄明的气息浸润我们，无法触摸、无法看到，只能用心灵感受，文学就创造这样的爱与美的心灵感受。

要有爱与美的心灵感受，至少要有三要素：现实、梦幻、理想——今天的中国生活缺乏理想主义，少了理想主义要素，爱与美自然不会实现。但爱与美能实现美好的生活愿望，在这种爱与美跟现实的不断转化中，现实与文学中的爱与美共同构成了历史与生命。

生命脆弱短暂，但爱与美不是，爱与美相互的依傍使一种精神是永远的。美的条件是爱，有爱才有美，但美会转化为爱，可如果不追求爱与美，爱与美就永远不会转化为每个人的生活。在很大程度上，文学帮人们实现这种转换，进入每个人的生活，还原生命的爱与美。

不论在文学中还是在生活中，爱与美既是生命的梦想，又是生命的实现，于是爱与美变成生命的奇观，这种生命奇观常常会由文学来演化创造。这样的文学奇观来自生命又还原生命，既表达原始的生命起点和梦想，又表达久远的生命终点和梦想。生命的起点、终点、梦想在文学中重合，构成了人类历史和精神浪漫，在这样的历史和浪漫中，我们会完成一种生命的单纯。

三、我们有意无意间与神性相遇

当一个时代无可挽救地没落时，能挽救它的只有爱与美；当我们的个人生活无可挽救地没落时，能挽救它的也只有爱与美。保存和发挥这种生命神性的，只有文学艺术这种进行诗性创造的神秘领域了，只有文学艺术能表现也能创造爱与美。

我们只能依靠文学艺术来提升自己的生活感觉，当我们处于这种生活感觉中，会让我们以另一种眼光去看世界，以另一种身心去生活，我称之为：创造自己的另一种生活。

也许，这就是神性向往，我们在有意无意间与神性相遇。神性或者神性文学奇观与今天的生活密切相关，虽然不必强迫自己去意识和承认神性对自己与世界的重要，但知道神性存在于生活中却并不多余，即使处于神性与习性的中间地带，也比偏于习性一隅更好。

人类创造了很多神性奇观，人们不能用它们决定自己的长生不老，但可以用它们追述灵魂的不朽。一部好小说或者好电影的一个好故事，能让其中的伟大人性——一种神性感动我们，一部好小说、一部好电影由此就成为每个人生命中的一刻。在这一刻，我们似乎突然从我们的俗常生活中升起，从俗常习性中超脱出来，与这种升起和超脱相应合，神性感受能解释这种超越日常生活的经验，而习性文学奇观不能解释被文学所追述的永恒。

我们试图用好故事去注释那些本该每个人都遇到的神性瞬间，去解释我们对神性的迷狂。有些当代作品能产生一种在历史中延续的神性情感奇观，例如获小说最高奖布克奖的加拿大作家迈克尔·翁达杰的《英国病人》这样的作品，有那种只因在人群中看了你一眼就魂梦相牵的感受，有超越历史而凝然不动的神性感受，让人注视、让人恍惚，让人思考如何面对爱情、生命和人类。

但当代中国文学作品很少这样让我们震撼地感受神性，它们给我们提供的常常是一种外在于我们身体和灵魂感觉的奇观感受，例如一些描写后宫怨恨阴毒那样不知道什么是人类爱情的乱恋奇观——以为一个当代怨女能像清宫后妃那样纵情就是爱；例如一些以乡土为名描写阴暗刻毒、以古旧为名品玩变态畸形、以本性真实为名钟情纵欲的奇观文学。

在时尚习性中国生活和文学中，爱与美已经难以具有神性的奇特感受，只可能被削减为利益与纵情的故事，但在实际上，人们并不能否认那些重要文学作品中爱与性的神奇，也不能否认那些我们生活中爱与美的真实感受，它们具有一种神性气息，可能在瞬间将男女提升到一个截然不同于现实的、完全超越狭隘习性生活的存在感受和生活层面，但这得依靠本来具有超越性的生命神性。

问题在于，对时尚习性中国生活中的人来说，文学中的或者生活中的这一刻感受到了吗？对于这种文学和生命的神性，可能有人终生无法得到也不予理睬，也有人终生追求而毫不后悔。

那么，觉得神性或生命的崇高精神对文学和自己重要，以至觉得文学重要，就好好对待文学、好好对待生活，这是神性向往；觉得谋生重要，就努力去谋生以至不择手段地谋生，这是习性使然；但是，不要将两者混为一谈。

文学和生命都属于专心的人和单纯的人，属于神性纯粹和童真单纯，即使偏于习性生活的利己主义一端，也不要把习性的圆滑和复杂弄得很高尚，不要因功利欲望而鄙视文学的神性，更不要用文学标榜和掩护自己，不要用文学去卖萌、卖身装清纯。

四、生活判断出了问题，文学判断就会出问题

有神性的文学是好的文学，好的文学才是人类所憧憬的文学。好的文学一定有教诲意义，坏的文学只会教人学坏，会把人引向堕落和腐败，所以坏的文学会被人类逐渐辨识淘汰，以至好的文学变成了文学经典。

经典文学一直含有神性，也必然与我们这个时代的世俗生活结合。事实上，我们不但仍然用含有神性的经典文学理念和品质去理解文学，而且只有用经典才能将我们这个时代解释得更好，只不过，我们对此可能完全没有意识到。

经典成为标准，使人们从经典的眼光能辨识文学的优劣好坏，这使那些想用文学满足自己欲望的人轻蔑、排斥甚至仇视经典。

所以，要尊敬那些以文学为生命的人，不要相信那些以文学谋生的人。不能凭借当代中国作家所获得的地位和奖项去判断他们是否以文学为生命，作家的身份和职位不能说明生命和写作的品质，也许，著名文学家之类的身份正是谋生的方式和谋生的结果呢。归根结底，判断文学品质要从作品本身去判断。

人类不灭，文学不死，坏的文学被人类淘汰了，自然也就不是文学了，所

以，我们通常所说的文学，是人类尊严的象征，不包含坏的文学。只有好的文学才是文学，我们要做的，是不断地对好的文学和坏的文学进行辨识。我们必须对文学进行辨识，因为：文学必定是对人类有益的，至少不是专门用来娱乐或者满足习性感受的，当然也不是为了宣泄粗鄙和恶毒等对人类不利的情绪的。

一方面，我们要辨识好坏文学；一方面，我们要辨识文学本身的诗性品质。我们这个时代称为文学的或者想要被称为文学的，并不就是文学，并不是所有文字形成的文本都是文学，即使有文学语言才能，写出来的也未必是文学。我们所知道和景仰的文学，是前人和历史为我们筛选过的文学，并不是所有的文字形成的文本都当作文学留给了我们，这种历史淘汰并不是自动形成的，而是每一代人都在做的。所以，对文学本身的诗性品质也需要辨识。

但当代中国似乎忘记了这个文学辨识工作、疏忽了这种文学辨识能力，恍惚间遍地都是文学，人人都可以是文学家，人人都觉得文学没什么了不起，人人都觉得自己有文学才能。但很多人恰恰忽视了追问文学是什么，如果连文学是什么都不清楚，那么，其从事的文学可以相信是文学吗？

文学应该是写自己想要表达的，不过，我们总是希望所看到的任何表达是美好的，而不是丑恶的。问题在于，这很难辨别，人们常常可能混淆两者，要提高文学辨别能力，就要提升生命审美品质，但提升生命还是要辨别和选择被什么人、什么书、什么观念、什么倾向引导，所以很难，所以要避免遇人不淑、遇书不懂。

对生活的判断出了问题，对文学的判断才会出问题，当我们不知道我们想要什么生活时，也就不知道我们的文学是什么。一部艺术作品在其所在时代的价值，首先要看这个时代看重什么，然后是后来时代对这部艺术作品看重什么。

如果我们这个时代不知道我们该看重什么，那就是容易发生艺术判断错误的时代。如果我们对我们这个时代的作品发生错误判断，需要这个时代以后的人们重新判断，一定是这个时代的整体艺术判断力出了问题，那就要对这个时代的整体艺术判断力进行反思。

我们会发现，当人类的一些基本生存观念和价值追求没有发生改变时，文学也不会改变，对文学的判断也不会发生改变，但新的生活变化可能为文学增添一些新的东西。当我们追随时尚、不具备诗性的基本理念而轻狂自是时，反而会发生对时代和文学的错误理解。

文学中含有超越具体时代、超越我们具体生活又存在于我们具体生活中的神性，我们本来需要这种神性的依托才能更好地理解时代和文学，以不发生判断错误。神性向往的当代变化不是抛弃和废置神性向往，从这个时代与科技文明紧密相关的生活变化来看待文学神性时，神性向往的内容和方式会有与这个时代相应的变化，但神性进入生活的基本观念和立场无法改变。

因此，文学就像人类本身一样，是一个修补递进的过程，并不是颠覆替换的过程。也就是说，我们这个时代发生的任何中国文学情景，都不可能颠覆文学，除非颠覆人类。当然，那些在当代中国试图颠覆文学价值的人，本来就是企图颠覆人类价值的，只有这样，才能完成他们自己的存在。

五、庄重还是轻佻是个要思考的问题

文学改变我们的生活，也让世界变得更好，人类追求用文学改变人类的命运。狄更斯的作品改变了伦敦底层人民以至世界底层人民的命运，可惜当代中国文学匮乏这样的作家和作品，当代中国在关注底层的作家和作品领域时，更多的只是在关注底层自身，几乎难以逾越。

在当代中国，对文学的神性向往变成了精神的奢侈要求，更多的作品趋于制造粗糙炫目的习性奇观，对于消费惯了新奇文化快餐的一般读者而言，他们已经习惯成自然地不去思考意义，不去判断价值。反过来，那些思索的人倒是有违常情、有悖他人了，于是，诗性感受和神性意义便被悬置了。

习性的放纵使我们忘记了人本来的纯朴品性，也使我们忘记了文学本来要

保持庄重、追求宏大的神性。失去神性的时代，是一个失去庄重纯朴的时代，是一个轻佻浮华的时代，正像曹禺的戏剧《日出》中陈白露说的那样：太阳要出来了，但太阳不是我们的，我们要睡了。

这个年代中国文学观念的确立，一方面依赖于写作和阅读对文学的要求，一方面依赖于从传统中延续下来的文学观念对文学的要求，但在当代中国文学中，这两方面现在都发生了混乱。发生混乱至少不明白文学存在的唯一理由是：如同花与美一样，文学本身就是目的，但文学在不同时代的命运并不一样，它必须以它本来的样子被时代所确立。

文学的稳定总是与历史相关，文学的紊乱也与历史相关，时尚中国文学并不是自动生长的，而是被生活形式建构出来的。文学倾向和文学价值主要来自生活形式，中国生活在这个时代的最大特点是失去庄重，同样，文学也像时代生活一样失去了庄重。

与历史相关就必然与庄重相关，与浮华相关就必然与轻佻相关。于是，生活形式重视庄重还是重视轻佻就很重要。进入21世纪，中国文学越来越盛行两个品种：①脱离宏大，讲述最平庸的故事；②脱离庄重，讲述最轻佻的故事。

平庸与放纵相互欣赏地勾连起来形成奇观异想，异想天开地不要任何价值和意义、不要任何历史和传统，只要能激起感官刺激和欲望放纵的手段，最好是没有任何根基和逻辑、不受任何控制、想怎么样就怎么样的悬浮奇观，所以，穿越、玄幻、畸形、变态等酣畅淋漓地得以发挥。

庄重叙事需要有意义的故事、有层次的情感、有趣味的形式、有深度的细节，简单说，需要一种诗性能力和神性想象。对于习性化、浅俗化文学奇观来说，能否提供一种庄重宜人的审美情怀并不重要。作为一种习性文学的突出表现，它们的突出特点是轻佻的虚幻，轻佻的虚幻之所以受欢迎，就是因为它们代表了这个时代轻佻虚幻的生存意识。

习性奇观有短暂性、游戏性、惊羡性、炫耀性、自恋的、把玩的、怪癖的等特点，这些特点迎合了人们的不同习性，让读者心悦诚服、毫不反抗地臣服追随，它们既让一些读者不需曲折地从中匆匆掠过，简单直观地吸收其中的现成观念，又让一些读者深陷其中，被其有悖于人性的异常表现所吸引控制，从而完成其恶劣观念的实行。

端庄凝重的奇观与喧嚣轻浮的奇观完全不同。神性文学奇观既不是维持和复制对现实的浅俗感受，也不是引导人们坠落于现实的丑陋恶习之中，而是发现和提升以至创造现实，这样的文学不是简单直观地与每个人的生活平行掠过或者漠然交接，而是需要主动参与、慢慢品味，因为它布满了诗性的生活思考。

文学奇观其实是在神性与习性之间徘徊，控制不当就会矫揉造作，失去庄重。要完成的神性奇观只是一个预设，当既要表达人类生存的价值和意义，又要新鲜有趣时，就会难以两全。当叙事有了庄重意识，会干净节制、不铺张渲染，就最大限度地避免了造作煽情，才会产生"清水出芙蓉，天然去雕饰"的神性奇观感受。

凡讲述神性向往和理想主义的作品、讲述生存意义和价值的作品、讲述诗性品性与品质的作品，都必须庄重节制，不会像仅仅制造习性奇观效果的作品那样容易成功、那样轻佻放纵。在这个时代，虽然世界文学整体上面临保持庄重、追求宏大的更大威胁，更多因素不利于文学保持神性向往，但世界文学中一直有顽强保持的对庄重纯朴的追求。

人类文学一直在保持庄重，当代世界依然如此。每年英国颁发的小说奖"布克奖"一直在鼓励文学的矜持、高雅、庄重、宏大，英国的电视季播剧《唐顿庄园》、美国热播的电视季播剧《国土安全》《尼基塔》《猫鼠游戏》都在鼓舞人类良好的品德，坚守庄重的叙述。

有一种传统便会有一种回归，依托于传统神性向往的艺术表现与当代中国的对经典传统茫然而轻浪放纵的艺术景观形成了不同。第84届奥斯卡金像奖的倾向已经显示了正在逐渐复活古典精神，《战马》表达人性抚慰与英勇精神

间的紧密关系、《雨果》表达小男孩在历史中庄重的梦想情怀、《艺术家》以黑白默片的形式表达在新技术时代脱去声音和颜色的依附与喧嚣。2013 年第 85 届奥斯卡金像奖也似乎又开始回归有神性追求的庄重叙事倾向，一些获奖重头作品如《逃离德黑兰》《林肯》《悲惨世界》都具有宏大气质，与人类的神性生存气质相连，让人憧憬 1990 年代那样的大片时代会再次到来。

不过，有意味的是，在新的科技条件和文明生活中，人类艺术似乎走向一种更加开阔的人类生存想象，而本来代表人类理想主义文学追求的诺贝尔文学奖却在逐渐狭隘化和偏执化：诺贝尔文学奖似乎只是注重当代世界现实中的势力格局、民族格局、国家格局的均衡，忘却了人类过去和未来的庄重与神性。

六、娱乐的习性感受制造虚幻生活

文学的庄重既是形式和内容，也是风格和传统，而且是重要的神性文化符号。在经典文学与当代生存所构成的符号张力中，文学的庄重不断建构延伸着人类生存的意义和秩序，并成为神性价值显现的表征。

作为一种神性生存典范，经典文学甚至仍然引导规范着当代生活，因为经典文学有持久发生效力的人物和情节所建立的美学秩序，有美学秩序的稳定与庄重。时尚中国文学习性奇观放纵任意写作，无节制、无目标、无规则，既瓦解了美学秩序，也瓦解了内置于经典文学中的情感秩序和道德秩序。

习性文学反经典文学的庄重传统，让文学轻佻化、娱乐化、游戏化是习性文学的重要生存策略。轻佻与娱乐相连，娱乐化是习性奇观的基本出发点，娱乐化是颠覆经典文学神性的工具，也是时尚商业元素，这使文学以习性娱乐感受制造虚假生活，人们依赖习性去逃离身边的现实，并反过来沉迷于文学制造的虚幻生活。虚构幻象与现实真相产生了错乱，于是，人们开始依赖文学去制造虚假的生活真实，文学中本来指向人类本质的生活真实被抛弃，因此，文学的泛娱乐化对文学和生活同时构成了损害。

文学本来含有娱乐，但这是审美的娱乐，并非单一地放松身体和发泄情绪，文学在本质上寓教于乐，娱而不俗。形式相似、内容相像、趣味同质、价值虚无的娱乐并不是与文学天然共生的，真正的文学娱乐既赏心又悦目。时尚中国对文学娱乐有很大的误解，将普遍快乐等同于普遍流俗，把文学的庸俗奇观效果等同于文学的审美效果。这时，娱乐变成愚昧，人们被娱乐所控制，被习性所选择。

文学包含快乐与个人，但快乐和个人只要进入文学，就是文学化、审美化的，不再只是具有平衡身体和生活的功能，不再是不发生意义、价值、情感判断的，它必然由审美化的角度重新进入生活并引导生活。而且，文学化的快乐和个人已经不可能是孤立的、单一的，而是与历史和人性的广阔结合在一起。除非不被文学化、不被写作和阅读，当然就没有专门的审美情景和审美领域可以专门进入，当然也不必追求美的生活和人类生存价值了。

文学不是用来玩乐消遣的，这种不追求单纯玩乐消遣的神性向往是人类作为精神生物所独有的。动物也会游戏娱乐，动物娱乐与人类娱乐的根本区别在于是否有审美感受，是否能在娱乐游戏中净化身心、提升自己的品质和精神。所以，人类娱乐具有追求审美创造和审美感受的方向，在这样的意义上，才产生了最初的文学艺术，否则，有了结绳记事这样的记录自己历史的刻板性，人类原始时期就不必在洞窟岩壁作画了。

因此，文学虽有娱乐功能但不等同娱乐，也无法排除其中的审美因素；文学虽可用于网络、手机等媒介化工具和方式进行游戏，但这不等同于文学，也无法因媒介化方式而贬低、排除、否定文学，正好相反，若无文学构成叙事，网络游戏无法做得更好，不能颠倒过来舍本逐末。

在很大程度上，网络文学叙事是一种更具文学性的游戏叙事。纯粹的文学叙事与游戏叙事的区别在于间接参与叙事还是直接参与叙事。文学要叙事才能吸引人，网络游戏也要叙事才能吸引人，吸引就是吸引读者或者玩家参与其中。当我们阅读一部文学作品时，已经在参与文学、参与文学叙事了，只不过我们可能没有意识到。而网络游戏的特点是让玩家直接意识到自己已经参与到游戏中,参与到叙事中,成为游戏中的角色、人物和构成者。

明白了这一点,也就明白了网络游戏真正使人沉迷的是其中的故事性,故事性既然对生命如此重要,那就应该去寻找故事,寻找能更好表达故事的文学和有更好文学表达的故事。形成故事要叙事,文学叙事就是故事性叙事,叙事是文学的,没有非文学的叙事,叙事的区别只在于文学元素的参与状况。

网络游戏是玩家直接扮演的叙事,文学叙事看上去读者没有直接参与故事、不扮演其中角色,实际上读者在不断期望、预设故事,因此有悬念、情节和结构等叙事期望系统,在这个过程中,读者也在完成自己的体验,因此有审美的美学空白供读者去想象和体验。

这样说来,网络游戏是玩家直接参与的叙事,文学是读者间接参与的叙事,进一步看,网络游戏是低级文学叙事,文学作品是高级文学叙事;网络游戏是非审美娱乐,文学阅读是审美娱乐。实际上,网络游戏的叙事元素可以更多地由戏剧叙事去看,网络游戏的参与者有些戏剧表演的意味又不完全是,因为戏剧表演是有剧本事先设定的,而游戏的参与却变化多端。

极端地说,当一个人不能达到一定的阅读文学作品的审美层次时,就不具备参与文学叙事的阅读能力,就只能去参与电子游戏的叙事,而电子游戏叙事的最大特点是什么人都可以进入,甚至智力未发育完全、知识积累不够的人也可以进入,因此,电子游戏是一般智商叙事,文学作品是特殊智商叙事。

正因为网络游戏不受智商限制,一种文学叙事与网络游戏的智商水平越是接近时,读者就会越是众多,而一般智商人群总是远远多于特殊智商人群,所以一般网络文学首先就是不能设置审美条件限制,要一般智商人群进入。从网络文学中的特殊智商要求低这个意义上说,网络文学中的文学叙事成分较少,所以网络文学更加容易接受,更加普遍地受欢迎。

从表面上看来,网络游戏以至网络文学更普遍、更适应于人们的生活,实际上,网络文学普及的原因是真正的文学因素包围了每个人的生活,不但网络游戏叙事常常根据文学作品改编而成,而且人们每天都会遇到各种各样细小的文学叙事，因为以文学方式与人交往会更加灵动、丰富、柔韧，商品广告、服务用语都在以文学叙事的方式体贴入微、深入人心。

七、童年消逝的本质在于神性向往的消逝

文学与文化的娱乐化并不是人的单纯性，单纯是一种神性，它包含着儿童的纯真，它本来就来源于人类古老的没有杂念的时代，因此，神性与童真相通。虽然在电子媒介时代有"童年消逝"的现象，但更可能引发的，是对童年的追寻，或者说对神性的追寻，因为童年消逝的本质在于神性向往的消逝。

文学需要童真，文学就是童真，文字却没有童真，文字可以在任何情况下被任何人任意使用，写出来的文字在大多数情况下都不是文学。没有童真的文字可以被写作，但这样的写作一定不是文学。文学越是接近人类童年的原始时代，或者作品越是接近人类的童年气息，就越能深刻地影响人类，像古希腊文学和古春秋文学对人类的影响都举足轻重。

伟大的文学所包含的神性单纯就是儿童般的单纯，文学童真随人类文明不断变化形式与内容，但时尚习性中国对文学童真的冲击最厉害。在以往时代，一方面有培育童真的较好环境，一方面有较多的人在追求和保持童真，而且，文学中也会有较多的童真表现，这些坚守童真的行为和文学作品会相互呼应支持。在时尚习性中国，由于习性放纵和资本培育，一方面缺乏培养文学童真的环境，一方面缺乏坚守和追求文学童真的人，同时，文学童真本身也孤独寂寞、难有应和。

但是，时尚习性中国环境并不能真正让文学中的童真品质消逝，这与文学本来的神性品质相关。人类几千年的时间强大到足以改变任何事物，却不能改变文学品质，因为文学是人类的荣誉和尊严的象征。如果文学的神性品质能被改变，如果今天的文学能因媒介因素而变得与以往的文学有本质区别，那就不再是文学而是另外一种东西。

离开了文学特有的品质谈变化，所言说的就不是文学变化了。时尚中国的

习性写作和阅读不能既崇奉文学带给人们的光环,又不承认文学的神性品质。同时,电子媒介改变了人们的生活形式,并不能完全改变人类的基本价值,这与文学一样。另外,不管怎样,文学与普通生活有区别,不可能用电子媒介对生活的改变来套用文学。

印刷媒介时代注重信息接受的循序渐进,在文学中从无知到有知有区分过程,而电子媒介使这种区分消失了,文学写作和阅读从无知到有知的过程在不断消失。本来文学的业余与专门、通俗与高雅是有区分的,文学是专门化的诗性领域,进入这个领域需要专门的知识、感觉和能力。

但电子媒介带来的大量信息使文学的专门界限消失,一方面,大量信息使人们的文学成长感消失,文学的无知与有知的区分消失;另一方面,电子媒介将非文学的与文学的信息混杂,使人误以为文学与非文学没什么区分,可以随意跨越,不同文学水准的人就可以在同一文学平面狂欢而不分彼此。

这样,加重了当代中国文学延续了20年的无差别倾向,文学的无差别化成为当代中国文学的一大弊病,也使人人都可以践踏文学。文学的神性要求和儿童般单纯的品质正需要文学成长的朦胧感和一体化,就像儿童接受了大量信息把自己当成人一样,普通人大量、平面化、不区分地接受文学信息时,所接受的信息是同质化、无差别的,文学从中消逝就像童年从中消逝一样,这造成了文学与非文学分野的消逝,本来像童年以成人把握成长的参照一样,非文学以文学来把握文学成长的参照,但这种参照的缺位最终导致文学的消逝。

中国时尚青春文学已经没有什么童真,青春文学更多表现的是习性、是少年老成。这样的青春文学之所以大量流行,是因为当前青少年的生活世界是学校与社会的杂糅世界,而传统生活观念与电子时尚信息的冲突成为青春文学集中突出的主题。相似的是,当代中国文学是文学与生活的直接混杂,因此传统价值、经典文学与电子时尚信息中的现实构成直接冲突。

八、资本时代的习性意志变成了精英意志

文学成长如同儿童成长,需要经典文学或成人的伴随,既要保持儿童纯真

一样的品质纯真，又要将纯真转化为文学，而错误和悖论——一厢情愿和单一真相的偏执，将会破坏文学经验，打断必须经历的文学成长历程。因此，在当代中国文学中需要重建文学成长过程和文学经验历程，弥补过量媒介化文学信息所忽略以至删除的过程，恢复被遮蔽的文学完整性和生活完整性。

文学与生命就像成人与儿童：一方面，成人不能总是给予儿童现成的东西而不给独立儿童自己创造的空间，另一方面，成人不能总是给予儿童成人想给的东西，成人应该知道儿童想要什么，但成人又必须对儿童进行引导。文学要给予生命、引导生活，但不能强迫生活。

如果成人要给予儿童什么，总要知道儿童想要什么，儿童也应该知道自己想要什么，但这不意味着放纵儿童或生活，反之亦然。简单说，文学既要成人化又要儿童化。

考察时尚中国文学的习性语境，对时尚与经典、习性与神性、庄严与轻佻冲突的消极解决，形成了布满冲突的文学语境，经典文学与时尚文学的冲突不可避免，而文学大众在这种冲突中不可能有自己的选择能力，就像选择的权力被交到了法定儿童监护人手中一样，文学选择权力实际上被交到了文学精英——写作者和批评者的手中，他们给予什么样的文学，决定了文学的命运：与莫言、韩寒等身份和影响相似的人给予人们什么样的作品，人们就把文学当作什么样。

这种专业权力意识的任意性改变了普通人的文学权力意识，也使不少人更加渴望这种权力，也认为这种权力自己容易得到、应该得到，而这是可以用资本来发展和交换的，于是，资本时代的习性意志变成了知识精英意志，并且投身到当代中国文化、生活和文学语境中，这就形成了习性文学与资本相联系的资源领域，这个领域可能被非文学专业或非知识精英者认为这是引导他们意愿、代表他们利益、迎合他们需求的满意空间。

这样，一部分所谓文学精英借鸡生蛋地制造了他们自己生存的空间，人为地抹杀了文学领域与非文学领域的差异，同时也人为地制造了文学领域中的权

力空间和某些人的垄断地位——以保护文学的名义实现对自己的保护和对无差别文学的保护。

文学需要成长，文学经验需要积累，并非所有人都能在文学中一开始就处于同一平面。但当代中国的媒介作用破坏了文学的成长环境，过量的文学信息充斥于生活的各个角落，使人们误以为自己已经在文学中生根开花了。

于是，人们随意以文学人自居，将自己喜欢的任何作品都看作文学，并不意识，表面上具有文学形态的，本质上并不一定是真正意义上的文学，因为真正的文学必须具有启示和提升人类的品质。

另一方面，由于不了解文学，也就不了解与文学相关的真实，任意将自己喜欢的作品看作现实真相、生活真相去接受，并以此为由去肯定或否定作品：与自己生活意愿相反的作品，就被看作不真实的而加以否定。当这种判断理由成为唯一的、没有联系和参照时，这种单一的真相和理由就出现了错误和悖论。

如果回到对生活和文学的提问，那么：一个不会对生命和文学提问的人，也就不会对科学提问，一个不会提问的人意味着他不会去思考、不知道为什么活，也不知道想要过什么样的生活。这就是当代中国生活和文学的核心问题：只知道活着或写作，不知道为什么活着或写作，也不知道想要过什么样的生活和想写什么样的作品。

九、想要什么生活和为什么而生存

单纯是爱与美的根本品质，爱与美是文学主要去发现、追求、创造的，这是衡量一部文学作品的精神倾向的基本准则，最单纯的，往往是最文学化、最理想主义、最富于爱与美的气息的，因为单纯必须面对人类的神性向往和理想主义。单纯集合了人性品质单纯、生活风格单纯、审美趣味单纯、思想气质单纯等等方面。

从我们读过的文学作品中，我们可能读出文学的单纯与生命的联系，也得到一种面对文学的态度和方法，直到这种单纯改变我们的生命，这是一种极为激情、浪漫和理想主义的单纯过程。

海明威的《老人与海》中的老人极为单纯，任何复杂的生活事件都无法影响他、改变他单纯的生命，正因为如此，他能不向任何东西屈服——自然、狮子、鲨鱼、大海、女人，但这种单纯的生存精神里包含着勇敢、忠诚、责任、幸福、美好的共同实现。桑提亚哥与大马林鱼之间的故事所形成的生命奇观，自然与当代中国文学中的底层丑恶奇观或者白领穿越奇观完全不是一个意义方向，也就是说，完全不是同一个生活方向。

《老人与海》的伟大在于确定了一种单纯的生活方向——正确的生活，桑提亚哥老人非常清楚自己想要什么生活，因此他绝不向自己不想要的生活屈服。当我们读这样的文学作品时，就是在读这样的生活。因此，想要什么文学就是想要什么生活，一个不知道自己要什么文学的人，也不知道要什么生活，反之亦然。

想要什么生活和为什么而生存一直是人类文学共同的话题，而今当代中国文学远离这样的人类共同话题。当生命价值逐渐模糊，我们就难以判断要什么生活，当然也难以判断要什么文学。比如《三国演义》是部什么样的书？《丰乳肥臀》是部什么样的书？《小时代》是部什么样的书？我们已经难以判断了。不过，至少，我们应该知道这些书想要告诉我们什么，无论《三国演义》在当代重新演绎，还是当代文学作品承继其意识传统而大行其道，它们都没有告诉我们想要的生活方向。

如果与西方一些现代文学作品比，比如与海明威、福克纳、戈尔丁、翁达杰的一系列作品比较，会明显发现，西方的现当代作品表达了对生命、道德、理想的思考，表达了一种在历史压力和生活矛盾中的人性之美，表达了人的忠诚、责任、尊严、高贵。

比如，《老人与海》中的勇敢是桑提亚哥和人类的一种品质，作品表达了为什么而勇敢：

（1）勇敢不是目的，勇敢是为一种崇高和庄严发出的行为，有一种精神目的，不是为君为友的实际需要而尽忠义。

（2）勇敢不只是单纯保存自己生命的活命行为，也是一种精神行为，老人捕马林鱼的行为与马林鱼的壮美行为都是精神性的，而这种精神行为最终只剩下大马林鱼的骨骼作为垃圾倾倒在哈瓦那港口被旅游者观看，这是具有精神悲剧性的，意味着老人和大鱼的英勇行为最终被当代生活所毁灭遗弃。但老人仍然坚守着，在大鱼被遗弃后，他仍然安静地做着象征纯真与久远的孩子和青山的梦。保持着他的梦幻，意味着他在当代复杂功利的生活中保持的单纯。与此相比，中国传统故事中的《武松打虎》也是一种勇敢，但具有另一种意味，这种勇敢行为主要是功利性的，缺乏精神性意义。

（3）老人的捕鱼行为和马林鱼的抗争行为都不仅仅具有实际的生存需要，而且具有生命的尊严和荣誉意义，它不是为自己的，而是为某种更高的生活而努力的。这是从古希腊的战争和体育行为是为荣誉而战发源的一种传统，一直延续进当代西方作品，比如电影《拯救大兵瑞恩》《勇敢的心》《金刚》中的人的勇敢都不仅仅是为了自己的实际生存需求。

所有的美好都是生命尊严和生命思考，文学描写革命也是追求美好的一种形式，因此这种描写也与对神性向往的理解有关。比如，《白鹿原》中为个人的革命行为是一种伪造的革命理想主义，故事中三分之一是神秘主义，三分之一是风月男女，只有三分之一是现代革命环境中的个人行为，它不包含为他人的美好，它将政治革命当作一种目的与个人生活相对立，使之成为小农意识、小农品质的另一种表现。

当一种革命行为或者勇敢行为是为他人的美好时，这种美好以及描写这种美好也是为他人的，而远离革命为个人的美好时，这种美好生活反而是虚伪狭隘的。而把文学主要当娱乐需要、功利需要、自我需要的民族很可能会垮掉。当我们的生活和文学都不能鉴别像勇敢、革命、美好这些人类品质时，我们就已经不会写真善美了，因为我们的生活已经失去了真善美。

尊严与勇敢相连，尊严和勇敢在这个年代的中国生活和文学中不被重视，尤其是超越个人意义的勇敢似乎与某种革命精神相连，就使很多人茫然。似乎革命总会过去，生活永远长存，但革命如同勇敢一样永远不会过去，更深刻的勇敢和革命永远在内心和身边发生。革命和勇敢的精神本质是追求生活美好，如果不追求生活美好，就不可能去发现和写作生活中的勇敢。

美好不可能是一时一事、一个人一种生活的，而是人类共同的，这就是文学描写某种美好给大家看的意义。有对人类普遍价值的普遍认同，才会有文学，而坚守人类主流价值观并不能挣钱，这就是问题的核心所在。

第二章

摘要

<<<<<<<<<<

>>>>>>>>>>

　　有神性照耀才有文学大气。20世纪初发生的中国文学一直有一种大气，20世纪末神性奇观逐渐衰亡、习性奇观逐渐兴盛，在此过程中，中国先锋文学误读了神话和神性，把神秘历史用作对付现实的武器，让现实消融在无边神秘主义中，与寻根文学共同引发了后来习性文学神秘奇观的先声。这种文学神秘主义深植于中国古代文化和集体无意识的讲述神秘事迹的传统，中国古代叙事有教化文学、神秘文学、风月文学三大线索，但常让神秘和风月去演绎教化，彻底放弃教化讽喻让当代中国文学奔向神秘和风月，这种演化与现代中国文学中发生的五次传统断裂有关：20世纪20年代与古典文学传统的断裂；20世纪80年代与狭隘社会主义文艺传统的断裂；20世纪90年代与从20世纪20年代起延续至80年代的宏大文学传统的断裂；2000年以后与精英文学传统的断裂；2010年后与人类庄重文学传统的断裂，而20世纪90年代文学具有传承意义和转向作用：它既是对某些刻板观念的突破，又不是完整意义上的文学高峰，它是生活、文化和写作进行试探性突破的标志，但不是美学力量、诗性精神和文学创造融合为整体艺术精神的表现，20世纪20年代的文学在古典与现代之间起承转合，20世纪90年代的文学在追求庄严崇高与反对庄严崇高之间对峙变换：它表现出文学的思想对峙和风格变换，并埋设了2000年以后文学愈来愈反抗精英传统、让文学趋于粗俗和功利的伏兵，这显示20世纪90年代的文学与2010年前后发生的文学间有某种潜隐暗藏的意识关系。

第二章

在与神性断裂中茫然转向的往事与风格

作为现代中国文学两种叙事传统和文学精神的开端,20世纪20年代的文学断裂和20世纪90年代的文学断裂产生了两种不同的文学繁荣:宏大叙事的繁荣与个人写作的繁荣。

断裂与繁荣同时并行的结果是产生了两个文学神话:一个是民族国家的启蒙神话,一个是个人自由的解放神话,这两个神话代表了两种完全不同的生存意识:一个是理想主义和浪漫主义的,鲁迅、巴金、茅盾、老舍、曹禺都为着更理想的社会写作;一个是个人主义和功利主义的,日常化、个人化、身体化、青春化等写作更多关注个人生活得怎么样。

20世纪20年代的文学在古典文学与现代文学之间起着起承转合的作用;20世纪90年代的文学在庄严崇高与反庄严崇高之间起着对峙变换作用:它首先标志出文学思想的对峙,然后产生了与这种文学思想相一致的风格变换,并埋设了2000年以后文学愈来愈反抗精致庄重传统而趋于粗俗功利的伏兵,这显示20世纪90年代的文学与2010年前后的文学之间有某种潜隐暗藏的传统关系。

一、没有一种神性照耀就没有一种文学大气

没有一种神性照耀就没有一种文学大气。从20世纪初发生的现代中国文学一直到20世纪末的当代中国文学,一直有一种大气。20世纪末以前,当代中国文学虽然没有什么比1950年以前的现代中国文学更伟大的创造,但延续

了现代中国文学的神性照耀。

在当代文学自20世纪80年代以后的延续过程中,先锋文学曾经和有神性追求的大历史气氛有过一面之缘,但可惜失之交臂,自己败坏了自己。这与中国当代文学发育不健全的神性意识传统有关,先锋文学从最初朦胧的神性意识走向神秘主义,在创造自己的神话国度的过程中,先锋文学对神话的理解和对神性的理解有着巨大误读。

在当代中国文学中,神性奇观逐渐衰亡,习性奇观逐渐兴盛,而先锋文学在这个过程中表现了一种神秘奇观,比如格非的《迷舟》表达了北伐战争与个人命运之间的神秘联系。先锋文学对历史与个人的表现是一种走向神秘的奇异,这种神秘性归根结底也是一种传统习性延伸出的现实习性:对奇异和神秘着迷。

进入神秘表现的当代中国先锋文学与寻根文学共同引发了后来习性文学的神秘奇观。含有神性意识的神话世界与神秘主义世界不一样,神秘思考与哲学思考不一样,当代中国先锋文学对此并没有清晰的意识,因此,进入神秘表现的当代中国先锋文学并没有真正进入神性思考,他们的文学世界也就没有真正进入神话世界。

在世界当代文学作品的神性奇观表现中,神的直接出现或不出现在很大程度上决定着是神性还是神秘。在小说《云图》和电影《逃离德黑兰》里,都没有神的明确出现,《云图》中有先知的预言与神性相连,电影《逃离德黑兰》象征性地与古希腊阿尔戈英雄神话相对应,就如同乔伊斯的《尤利西斯》与古希腊史诗《奥德修斯》相对应一样,它们表现的,都是人类的崇高品德或崇高事件。

贯穿在西方文学传统中的是神性意识,而贯穿在中国文学传统中的是神秘意识,中国式神秘主义是一种古代中国文化的根源和集体无意识。小说《少年派的奇幻漂流》被改编成东方意识的电影后,让神直接出现,这其实表达的主要是有中国传统意识的神秘,而不是有崇高信仰的神性,这似乎是无法避免的整体性传统意识，先锋文学也是离开了西方的神话意义和神秘意识，走向一种中国式神秘主义。

时尚中国习性文学的神秘主义深植于中国古代文化根源和集体无意识之中，它们对奇异和神秘着迷的原因有三方面：

一是处于传统中国的世俗生活实践和生命体验中，对儒家文化疏远、对神秘文化亲近，也就是说，对儒家教化疏离而对神秘命运更感兴趣，因为儒家教化的都是确定的现实经验，而实际上人们将幸福感寄希望于人生的神秘变异。

二是当代中国文学无法克服传统生命体验的局限，停留于对西方神性文化的被动模仿，将神性误解为类似中国传统神秘一样的东西，无法进入一种更广阔的生命空间。

三是没有神性经验的传统，也没有与之相关的文学传统，无法以神性文学传统为基础而创新当代中国的写作方法和文学观念。

这三方面缺陷普遍存在于当代中国文学中，也使当代中国先锋文学处于神秘历史的拘囿，从而停留于中国传统神秘习性在当代生活的演化中。所以，先锋文学之后的中国文学仍然延续了这三方面的缺陷。这种缺陷的延续可以由两方面来观察：

一方面，是寻根文学中像《棋王》那样代表纯正儒家文化的作品被人们疏离，而像《爸爸爸》那样表现在野从俗文化的作品情趣被发扬光大，以至在后来的诸多作品中都有类似表现，像贾平凹、莫言等的作品在很大程度上都依托于民间文化的传说性和神秘性，这种传说性和神秘性延续到2010年以后更加放纵和普及，于是便有大量的玄幻、怪异、穿越等稀奇古怪的习性文学奇观出现。

另一方面，是中国当代文学中的习性奇观与西方文学中的神性奇观不同，当代中国文学习性奇观缺乏"天空"和"大地"之间的意义。海德格尔特别欣赏荷尔德林的诗，认为这些诗表达了"天空"和"大地"之间的意义，他认为，能够真正表达思想的语言是诗的语言，这可以理解为诗歌以及文学是思

想奇观。《悲惨世界》《老人与海》《喧哗与骚动》这样一些作品，都是以平凡现实去呈现、发现、寻找、创造伟大人性的思想奇观。

思想与神性相连，思想奇观就是神性奇观。当人思考存在，其实就进入了神性存在，思考存在是试图攫夺上帝的荣耀或者说神的荣耀，尤其是，文学的想象性思考是无边的。海德格尔认为存在是一片林中空地，它处于天、地、神、人之间，天空是明亮敞开的，大地是隐藏关闭的，神是神秘之域，人是生存之域。

时尚习性文学的误区在于把历史归于神秘的单一性，失去了神性，自然也失去了存在。文学存在进入了语言，而语言是存在之家，人是栖于语言之家的。从海德格尔出发，语言以至语言形成的文学所显示的，是既敞开又隐匿的意义，因此，神的神秘性最终落于人的身上变成神性存在，这样的神秘性不是唯一、孤独和最高的。

虽然时尚中国习性文学走向更开阔的描写空间和更多样的描写方式，但时尚中国习性文学主要是由模仿现场生活事件而发生的，并且，对于中国传统文学与文化意识从根本上难以克服，所以，任何对当代西方文学的形式主义模仿，实际上都来源于中国文学深处的习性，也来源于当代中国文学对西方现代主义和后现代主义文学的误读。

这种误读无法克服时尚习性，所以这种误读至今还在中国文化精英中发生，他们误读了亚里斯多德的模仿理论与后现代主义文学的关系，他们从后现代主义哲学观念片面地、唯一性地进入文学，扭曲了亚里斯多德的文学观与后现代主义文学的辩证关系。实际上，亚里斯多德的学说和后现代主义学说不是分离的，它们都与一种超越具体时代经验的神性诉说相联系，都在推动、延伸、修补一种对人类的永恒思考，对人类的永恒思考当然是神性的。

二、与中国传统无法断裂的神秘文学和风情文学

当代中国先锋文学似乎最具有神性追求，这恰好是由于它们深植于中国传

统意识中，而不是像它们表面所呈现的深受现代西方文学影响那样，它们对后来的各种文学都影响很大，这当中，神秘化、奇幻化与后来的中国文学联系最深。

当代中国先锋文学有语言感觉、逃往历史、神秘主义三大法宝，这三种主要的探索都是有问题的：语言实验有成功也有失败，但毕竟改变了当代中国文学的语言感觉和语言方向；逃往历史避开了历史的直接性和历史的未来感，把历史用作对付现实的武器；神秘主义避开了对现实的明确回答，让现实消融在无边无际的神秘主义中。

除了使先锋文学被迫停止的社会因素和文学因素，让先锋文学自动停下脚步的有两大致命问题：一是神秘主义；二是不追问存在。这两大问题不但是先锋的问题，而且是中国文学传统和文化传统中一直存在的问题，当然也成为当代中国文学的通病，先锋文学之后的所有当代中国文学重要作品，几乎都有这两大问题，这也是当代中国文学难以出现有人类生存意识和价值感受的成果的重要原因。

哲学的不追问为什么存在，就是生活的不追问为什么活着。通常，中国传统习性重视活着，不重视为什么活着，先锋文学保持了这种生活本能和习性，这也是余华的《活着》为什么能成为先锋文学重要作品的原因：活着就是旷达，活着就要想得开，再进一步延伸，就出现了在同一中国传统中延伸的阎连科的《受活》和刘震云的故乡黄花系列。于是，《活着》作为先锋文学的重要标志，其实标志了先锋文学最终并不先锋的本质，因为他们无法逃逸出中国传统习性生活的限制，后来格非的《人面桃花》和苏童的《碧奴》都有这样的依附或者回归习性生活之嫌。

中国文学一直偏重于"志异"——记述异事异变，从《山海经》开始，经过魏晋志怪、唐宋传奇、明清小说，直到《西游记》《聊斋志异》出现，中国文学大多记述神秘事件而没有什么神话意义，即是说，中国当代小说缺乏《荷马史诗》那样源远流长的讲述神性向往的传统。

这种志异传统或者讲述神秘事迹的传统是中国文化的一种重要表现，也是中国文学传统的三大重要线索之一——这三大线索与当代中国文学密切相关。仔细观察与中国文化相连的中国古代叙事文学，会发现有三大线索：教化文学、神秘文学、风月文学。

需要注意几个问题：

（1）教化文学与政治相关，但并非国家文学，也不是宏大文学，不是讲述人类理想主义的神性文学。

（2）严格地说，教化文学是政治和道德的教化文学，但它总是出于本能地往神秘文学和风月文学两边偏，所以我们看到在以教化带动的中国主流文学延续过程中，总是会顽强地、间杂地不时出现神秘文学和风月文学，以至最终神秘文学和风月文学渐居主流地位。

自《三言二拍》开始，明清以后，市民风情和神异仙妖在文学作品中大量出现，不但短篇作品出现了《聊斋志异》，即使长篇的《水浒传》《红楼梦》也都以神异为引，《西游记》更是神异的集大成者，其实，《西游记》的神异是世俗生活的变异表现。

（3）风月文学其实是市井文学，只不过，这种市井文学的内容主要执迷于男女风情或男女风月，以琢磨品味男女风月为主要趣味。要注意的是：风月可能是风情，但风情并非爱情，它一是指才子佳人终成眷属的实际求偶过程，二是指天赐良缘的意外情遇。这种风月文学有色艳癖恋、琢磨把玩、物得情变、奇情怨叹的特点。

中国古典文学中的男女风情是男女相遇时的惊叹之情和怨叹之情，要么是《西厢记》式的，要么是《杜十娘怒沉百宝箱》式的，不是西方的骑士与贵妇人之间那种可以没有实际结果的精神追求，而是彼此郎才女貌、门当户对的实际婚配或相反结果。所以，有《西厢记》和《牡丹亭》这样的婚姻结果，有杜十娘怒沉百宝箱这样的惋惜，也有秦淮河名妓董小婉、柳如是与才子相遇的故事。

天赐情缘或风流艳遇更是一种民间风月，这种民间风月愿望或者民间意外情遇故事，从《卖油郎独占花魁》一直延续进当代中国文学，演变为贾平凹作品中那个木讷少男与风流妇人之间的艳遇，这种传统进一步扩展，就可以看到莫言的《丰乳肥臀》中一个女人与七个男人间的风流故事、金庸的作品中一个男人与七个女人的风流故事，大抵与此相关。

正因为中国教化文学一直不守规矩和信条，就时时会偏向神秘和风月，常让神秘和风月去演绎教化的传统，所以，一旦当代中国社会和文化对文学教化的管束骤然放松，中国文学就像一匹脱缰的野马奔向神秘和风月，并且由此彻底放弃教化讽喻之责。

当代中国文学中也典型地体现这种特质，例如贾平凹的作品的变化便显示了这种特质，这些作品从最初的《满月儿》几经周折，终于从《废都》回归风月传统，这是挡不住的本能，同时既显示了风月传统的强大，也显示了风月现实的强大。

20 世纪 90 年代初开始，从贾平凹的《废都》等一系列作品和林白、陈染的作品一直到 20 世纪最后一年卫慧的《上海宝贝》出现，当代中国文学从不同层次和方面偏向风月文学或者风情文学，而此前的先锋文学则偏向神秘文学。

将风月文学的现代表现往前延伸，就可以看到鸳鸯蝴蝶派小说对古典风情意识的变化表现，更有张资平、张爱玲、东吴系女作家的小说等一系列强大的铺垫，中国古典风情文学的现代延伸表明，中国现代社会对风情文学有各种不同层次和角度的依恋与癖好。

如果从群体表现而言，东吴系女作家在这方面的表现很典型，很能说明中国文学的一种现代特质，她们试图将中国传统的风月文学改变为有西方浪漫风情意味的情恋文学，只不过，由于她们生不逢时，湮灭在历史风尘中，所以东吴系女作家今天不太在平常文学生活中为人所知。

东吴系女作家是由 20 世纪 40 年代特殊的历史条件在上海文坛蕴育出的一

大批年轻女作家，她们是风行一时的著名女作家群体，是"五四"以后最为喷薄的中国女性作家，其中最受瞩目的是张爱玲、苏青，但如珠散落的女作家还有施济美、汤雪华、俞昭明、程育真、杨琇珍、郑家瑷等人，她们大都出身于当时的东吴大学，因之名为"东吴系女作家"。东吴大学于1900年由基督教监理会在中国苏州创办，是中国第一所西制大学，学校以"Unto a Full‐grown Man"为校训强调学生人格的陶冶。这个创作群体受其自身与时代的多重因素制约，在新中国成立后数十年中一直没有什么作为，直到21世纪才获得重新被认识其价值的机会。

实际上，中国古代文学传统的风情依恋和玩物癖好中，含有强大、浓烈的窥探私人空间的意识，而且，中国民间本来有普遍的窥私意愿，总喜欢追问打听别人的事。在很大程度上，当代中国文学描写私人空间和民间生活的意愿与这种窥阴意识相契合，躲避崇高而描写平庸生活和日常生活的文学倾向使这种窥探意愿同时得到了文学和现实中的有效生发点。

一方面，那些从20世纪90年代开始的对平庸生存和日常生活的描写，多多少少与此有关。另一方面，当然也与专事描写私人空间以至暴露身体隐私和精神隐私的描写有关。因此，这其中既有女性文学对个人隐私的细致琢磨和对身体行为的着迷，也有其他文学对窥探的放纵和把玩，比如刘震云的《手机》便是借手机功能的新鲜生活感受而发泄陈旧的窥阴欲望。这是广泛普及并受欢迎的，不论在乡村文学还是在城市文学中，都有对当代生活中窥阴欲望和本能描写出来的新生活形态，有的甚至专事于此，津津乐道。

当这种窥阴意识和欲望专注于某个方面、痴迷于某种满足时，就产生了变态欲望和畸形心理，在文学中衍生出一些奇怪的情景和异常的表现，从窥探别人的家事私情、言语行为，到窥探别人如何痛苦、如何受难、如何产生羡慕嫉妒恨，借此满足一种施虐感和受虐感。比如，《丰乳肥臀》写了身体异常和感觉古怪的恋乳癖，这是窥阴传统意识的一种衍化，而《檀香刑》写了迷恋于想象并制造别人的身体痛苦，两者都有施虐和受虐的满足，这是在观赏、品鉴、玩味变异与受难，试图把它们当作一种精美感受来满足，当作一种生命奇观来满足。

实际上，有政治教诲、道德教诲和社会教诲意义的教化文学没有完全根本地控制住中国文学传统，所以，那些神秘文学和风情文学能以各种形式在当代中国文学中大爆发；所以，有正统教化意义和古典文化意义的阿成的《棋王》与演绎在野从俗文化的韩少功的《爸爸爸》虽然同时在寻根文学中发生，但《棋王》的影响极为有限，而《爸爸爸》那样的作品却大行其道、广为流传，以致王安忆这样极为坚守现实主义文学传统的作家也按捺不住神秘主义的诱惑，写出了《小鲍庄》这样非中非西、不伦不类的作品，其中中国神秘主义与西方神话相扭结、政治现实与神秘命运相扭结，最终王安忆无法继续写这样的作品，而是写出了《长恨歌》和《天香》这种远离神秘和风月的作品。

三、90年代文学断裂催生的粗鄙化文学转向

20世纪初延续至今的现代中国文学整体中，发生了四次断裂：第一次是20世纪20年代与古典文学传统的断裂；第二次是20世纪80年代与狭隘社会主义文艺传统的断裂；第三次是20世纪90年代与从20世纪20年代起延续至20世纪80年代的宏大文学传统的断裂；第四次是2000年以后与精英文学传统的断裂。

在这个过程中，20世纪90年代的文学所具有的传承意义和转向作用非常重要。伴随着四次断裂发生的，有时是文学高峰，有时是文学低谷，而20世纪90年代的文学富于意味地居于两者之间：它既是对某些刻板观念的突破，又不是完整意义上的文学高峰，因为，它是生活自由、文化自由和写作自由进行试探性突破的标志，但不是美学力量、诗性精神和文学创造融合为整体艺术精神的表现，虽然它显得热闹铺张、繁华如水。

一方面，20世纪90年代的文学以新写实、个人化、身体叙事、底层叙事等文学类群命名所显示的不同表现实际上相互重复太多；另一方面，对于宏大

精神的刻意抗拒使20世纪90年代的文学过于狭隘。可以看到，20世纪20年代的文学和20世纪80年代文学虽然都强调宏大精神，但并不完全刻意排除个人写作的自由，只有夹在其中的20世纪50年代至20世纪70年代的文学对个人写作自由刻意排除，但也因为这种排除，那些年代的文学就相对冷落和狭窄。

20世纪20年代的文学在古典文学与现代文学之间起着起承转合的作用，20世纪90年代的文学在庄严崇高与反庄严崇高之间起着对峙变换作用：它首先标志出文学思想的对峙，然后产生了与这种文学思想相一致的风格变换，并埋设了2000年以后文学愈来愈反抗精英传统、让文学趋于粗俗和功利的伏兵，这显示20世纪90年代的文学与2010年前后的文学之间有某种潜隐暗藏的传统关系。

作为现代中国文学两种叙事传统和文学精神的开端，20世纪20年代的文学断裂和20世纪90年代的文学断裂产生了两种不同的文学繁荣：宏大叙事的繁荣与个人写作的繁荣。断裂与繁荣同时并行的结果是产生了两个文学神话：一个是民族国家的启蒙神话，一个是个人自由的解放神话，这两个神话代表了两种完全不同的生存意识：一个是理想主义和浪漫主义的，鲁迅、巴金、茅盾、老舍、曹禺都为着更理想的社会写作；一个是个人主义和功利主义的，日常化、个人化等写作更多关注个人生活得怎么样。

这样说的理由依托于精英意识变化至今的结果：精英意识总是与宏大精神、理想主义、庄重精美等密切相关，20世纪90年代文学既突破了七十年的现代中国文学传统所形成的宏大精神局限，又孕育了2000年以后文学逐渐趋于非精英化以至非精神化、非诗性化的趋势，这明确表现为文学愈来愈被资本和技术结合的商业文化所控制。2000年以后，许多文学作品以张扬个人为中心，明晓溪的《泡沫之夏》中明确地说："这世上除了自己，并没有完全值得信赖的东西。"而且，大多数作品粗糙且复制，个人欲望、快速生产和模式制作成为文学的主要表现，以至今天更受欢迎的是《小时代》这样语言铺张的炫富媚富作品。

　　这样的文学粗鄙和文学重复能否转化为一次文学辉煌尚难定论，但这种状况最早却发端于20世纪90年代浮泛的平庸化和个人化文学思想：新写实小说中的庸常叙事以安全熟悉的日常生活规避崇高与宏大的风险；身体叙事在自我迷恋的感性体验中脱离理性、国家、真理、庄严等精神追求，在此基础上延伸的新写实、新体验、新生代、欲望化、日常化都带有观念上的狭小，表面上的多元和丰富掩饰着其根源上共同的商品化和媚俗性。

　　可以明显观察到，20世纪90年代的文学断裂已经催生了文学意识粗鄙化的转向。前三次断裂产生的是三次文学繁荣和三次文学转向，文学繁荣随着精英精神的起伏而变化，文学方向也随着精英思想的蜕变而变化。在20世纪90年代前期，精英精神衰落就已经随着所谓人文精神讨论的不了了之而发生，在20世纪90年代后期，精英精神倾颓的表现更加明显：反精英意识已经开始萌发，像身体叙事、底层叙事、个人化写作等已经具有了迎合潮流和时尚而快速写作的反精英意识，这是20世纪90年代文学难出精品的重要原因之一。

　　所以，2000年以后接着发生的文学繁华明确表现出脱离精英精神的倾向，但这次很可能是彻底偏离精英传统、偏离文学诗性和审美本质的转向，因为网络和资本改变了文学媒介、文学生产，也改变了文学品质，网络给通过与精英文学断裂而崛起的新一代文学提供了平台，重要的是，网络可以让文学与非文学都以文学的名义混淆共存，由此抹去文学的精英品质和美学品质。这样的文学繁荣和转向可能意味着一个悲剧：与精英文学的断裂是一次与文学本身的艺术思考和审美品质的断裂，也是一次与人类文化的根本精神品质和经典文学观念的断裂。

　　这样说的理由之一，来源于下一节要谈论的以20世纪90年代文学为界而发生的现代中国文学中的不一致性。

四、从《狂人日记》的壮阔到《上海宝贝》的琐屑

　　我们将比较第一、二次断裂与第三、四次断裂的不同和一致，说明前两次

断裂推动了社会与文学的启蒙意识,后两次断裂则是反启蒙主义或追求个人化的,这种颠覆的核心点就是以20世纪90年代的文学为界而发生的现代中国文学中的不一致性。

在中国现代文学的整体过程中,第一次断裂和第二次断裂生成的文学核心精神不一样,但两者间具有庄严崇高方向的一致性联系,而第三次断裂发生的,恰好是对第一次断裂所建立的宏大叙事传统的疏离和搁置,以此为界,当代中国文学走上了离宏大叙事和精英意识愈来愈远的道路。

严格地讲,20世纪90年代的文学与当时已形成的整个现代文学传统的断裂主要由对抗20世纪80年代的文学宏大叙事的意识所激发,20世纪90年代文学来源于20世纪80年代的文学,但却以断然反抗20世纪80年代文学的核心精神而走上新的方向。在20世纪90年代,个人化、平庸化被崇尚,谁坚持宏大叙事和理想主义谁就守旧、固执以至不懂文学。并且,20世纪90年代的文学依托于市场化现实的强大与合法性而占有天然优势,这与20世纪90年代并无明确的思想方向和精神方向的社会功利意识城下结盟,最终引发了琐屑、鄙俗、粗糙的叙事。

在此之前,从中国现代文学发生直到20世纪80年代文学的过程中,仍然有一次表面的断裂:从表面上看,1949年以后的主题和格调似乎与之前完全不同,实际上,1949年以后的文学与之前的文学是一致的,它们都追求国家强大和民族振兴的宏大叙事方向,20世纪80年代的文学传统实际上是延续着1949年前后的宏大文学传统下来的,像张承志的小说《北方的河》,讲述的并不仅仅是一个人的热血青春,而是表达一代人磨砺成长的精神力量,有强烈的主观抒情却没有吮吸自我的个人圈套。

只不过,由于政治方向的限制,1949年到20世纪80年代之间的宏大叙事变得比较狭隘,20世纪90年代的文学对20世纪80年代的文学反抗的,就是这种政治化狭隘,但这种反抗以偏概全,以反抗狭隘的宏大叙事为由否认了任何内容和主题的宏大崇高,同时,也以平庸化和日常化为由否定了日常生活中的崇高因素和宏大精神。像苏童的作品跨越了20世纪80年代和20世纪90年代，其早期作品更多地包含了理想主义色彩，《三盏灯》中一个小女孩、一艘小船、三盏灯，便可与燃尽整个平原的战火抗衡，而写于20世纪90年代和2010年代的一些作品，却不再有一组简单事物就可勾勒的美的力量，《离婚指南》《已婚男人》《蛇为什么会飞》都在世俗情景中丧失了很多灵动。

虽然，第三次断裂和第四次断裂之间并不具有文化和思想的一致性，也就是说，20世纪90年代的文学与2000年以后发生的一系列文学事件并不具有文化和思想的一致性，但两者却具有连续性：20世纪90年代的文学已经暗藏了远离精英文学意识的可能，因为，精英意识与宏大思考、理想主义以及人道主义历史难以分离，于是，2000年以后发生的一系列跟新生代和新媒介相关的文学事件与非文学性，大致可以在20世纪90年代文学暗藏的反精英文学因素中追本溯源。

这个结果，在20世纪中国文学的开端与结尾中已初露端倪：20世纪中国文学以鲁迅的《狂人日记》对启蒙的推动起始，以卫慧的《上海宝贝》对个人的推崇作终，这样，由《狂人日记》确立而贯穿几乎一个世纪的宏大叙事风格被《上海宝贝》这样的琐屑叙事风格所颠覆而结束。这个被颠覆的命运违背了以鲁迅为代表的现代中国文学开创者们的初衷，也使启蒙的光荣与梦想彻底黯淡。

《上海宝贝》不是孤立和偶然的，它是整个20世纪90年代文学演变的一个终结。与《狂人日记》这样的作品相比，《上海宝贝》如果仅仅作为一个文本，其本身无足轻重，但它标志了反宏大叙事的最后结果，对它的一时推崇，坦然裸露了整个20世纪中国文学转向的欲望，也明确标志了一个时代像一道虹一样的结束，并对未来散漫无序、随意自在的文学状态充满了暗示意味。

这个终结对应了中国文学在21世纪最初表现出的一些东西，这种反抗宏大、躲避崇高的尝试在2000年以后逐渐扩散而具有普遍化、随意性，在21世纪初的十多年文学中，这些表现更加放肆和纵情，以至于在得到80后写作、

90后写作以及网络写作的支持后，它们变得无限扩张，造就了流连于模糊的生活片段和情绪起伏中这样的青春写作，搁置了对自我与历史关系的思考，把个人生命问题推给时代。

2000年以后的各种时尚写作将文学变成了个人文化大餐，这说明20世纪90年代的文学缺乏一种对抗精神败坏的思想根基和精神方向，也缺乏一种支持自身和延续自身的美学传统，所以，2000年以后的文学对20世纪90年代的文学能够普遍轻视和随意废弃，推广了个人的铺张、散漫、非文学化，文学弥漫着与财富和享受紧密应和的个人气息。

五、倾斜在现实中的精神方向与思想传统

在阐述了现代中国文学中几次断裂的不一致性后，我将探讨产生这种不一致性的原因：这是因为现代中国文学的整体方向中，一直都含有宏大精神与个人生存的悖论。这首先要理解现代中国文学借鉴西方文学时没有真正学习到西方文学中历史与个人、理性与感性的平衡关系，然后要说明中国文学中宏大精神与个人生存的矛盾早就存在，最后阐述20世纪90年代以后这种矛盾在市场与资本的刺激下变成了一边倒的倾向。

以20世纪90年代的文学为界而发生的现代中国文学中的不一致，说明现代中国文学的整体方向中含有宏大精神与个人精神的矛盾情结和思想悖论，现代中国文学的这种内在不平衡延续到20世纪90年代的文学，就与之前文学的宏大叙事传统发生了断裂，并简单地由此试图建立一种反宏大叙事的全新文学系统，但20世纪90年代的文学却难以在现代中国文学中找到能支持和延续这种行为的传统。

在很大程度上，这由于现代中国文学一开始就借鉴西方文学精神而发生，但没有找到西方文学传统中历史与个人、理性与感性、美学与现实的平衡关系。在西方文学中，宏大精神和个人精神都有独立发展但不断交融的传统，这种精神传统与中国古代教化、实用、载道的文学传统和文化传统不能直接并

接，而现代中国文学自身又没有建立这种宏大与个人平衡关系的结构系统。

这样，在现代中国文学中，一开始就发生了启蒙精神与个性主义的不一致，同时，这也代表了浪漫精神与现实理性的不一致，因为，严格地讲，在启蒙主义与个性精神之间，充满了变革社会的浪漫精神与个人现实自由之间的悖论意识，这种悖论意识贯穿于整个20世纪的中国文学，并深刻影响了20世纪90年代的文学，在两种意识相互不断对峙的意义上，20世纪90年代的文学俨然成为现代中国文学中个性自由精神的复苏情景。

不过，在20世纪90年代以前的现代中国文学整体过程中，表达个人自由的叙事多半是单薄的个人表现，并没有能形成宏大叙事那样的主流倾向。并且，启蒙精神与个性主义在20世纪30年代的文学中一起开始消亡：启蒙所代表的人道主义和理想主义消失了，社会变革意识演变为不同政治信念的分道扬镳，而个性主义思潮很快或者演变成丁玲那样的革命小资情调，或者演变成张爱玲那样的怀旧市民情调，都失去了原初的个性自由精神。

20世纪90年代文学倾向于更加个人的精神方向和美学品质，试图从20世纪20年代以后的现代中国文学传统中获得一星半点类似张爱玲那样的资源，于是，不但对20世纪50年代直到20世纪80年代的整个当代中国文学传统疏远和质疑，而且采取了断裂与对抗的立场，但这样一种绝尘而去的行为并没有能够解决初衷与结果之间不对应的混乱关系。

由于20世纪90年代的文学放弃了20世纪20年代的文学所建立的基本精神传统和美学传统，转而寻求本来是现代中国文学支流情景的张爱玲等个人表现的支持，甚至视张爱玲那样的写作为全部现代中国文学的某种典范形象和精神偶像，由此对现代中国文学的主要思想表现采取了束之高阁、敬而远之的策略。

于是，20世纪90年代的文学从现代中国文学中所能汲取的思想资源非常有限，便试图借重当代外国文学理论资源。远离宏大追求所代表的意识形态的理论呼声贯穿于20世纪90年代的文学，这样的理论呼声一方面来源于那些极

为个人化以至极端个人主义的生活意识,一方面来源于以利奥塔为代表而注重在历史中进行"小叙事"的国外批评理论。这样,20世纪90年代的文学按照自身需要借道西方,对西方批评理论加以转换而反抗宏大叙事。

但实际上,国外文学理论和美学意识对于当代中国文学不过是一种理论光环,它真正罩住的,还是20世纪90年代的中国生存现实,当时的文学主要倚重于追求个人幸福的现实而获得生长之地。与此相应,20世纪90年代的文学偷梁换柱,将其所反抗的政治化意识形态悄然转换为市场化意识形态,并从中抹去了理想主义、崇高、庄严等精神痕迹,由对以往精神立场的否定而抽空市场化意识形态的精神内容,从而不承认市场化意识形态仍然是意识形态,也借此不承认市场化时代的文学仍然应该具有精神立场。

于是,一方面,20世纪90年代的文学依靠那个年代来到中国的西方文学观念对其自身进行解释,以此而试图颠覆以往现代中国文学的思想传统;一方面,20世纪90年代的文学想要依靠强大的社会变革和现实意识而建立新的文学传统。由于其放弃了20世纪80年代辉煌的叙事传统,只是以与20世纪90年代现实意识的一致来质疑宏大精神的软弱和不合法性,就忽视了当时的现实以及文学自身无精神方向、无精神立场的思想倾向,同时也忽视了1990年代文学自身的无审美目标和精神价值的特点。

六、在为我所用的渴望中的那些文学

虽然国外批评理论只是20世纪90年代文学当时发生变化的一个理由,但实际上,现代中国文学变化与国外文艺思潮总是相关,因此,这里将阐述中国文学在发生断裂时与外国文艺思潮的关系,从前三次依靠外国文艺思潮改变中国文学,到第四次不依靠外国而独立成型,第三次断裂恰好是一个转折点。这次断裂后,文学和文学借鉴都演变为实用主义;2000年以后,中国文学大致已经没有对外国文学的整体借鉴精神,也不再有外国文艺思潮对中国文学的整体影响,而是各取所需地零散关注外国文学,最多每年关注一次获诺贝尔文学奖的作家。

当代中国文学，尤其是20世纪90年代的文学，一方面依靠外国文艺思潮资源做夹生饭，一方面依靠本土现实资源做功利饭。四次断裂，发生了四次文学转变，每次断裂都与外国文艺思潮相关，每次繁荣也与外国文艺思潮相关。整个现代中国文学，依靠一次次向外国文艺思潮借鉴来完成断裂，也完成断裂之后的繁荣，然后，再次依靠外国文艺思潮来生成文学系统自身的断裂与繁荣。

但是，这种断裂与繁荣无法完成外国文艺思潮与本土社会现实之间的有效结合，只能对文学系统内部和文学思想进行单向度的短暂改变，因此它是不可靠和不完美的，只能依靠再次借鉴外国文艺思潮来修补上次断裂的问题，但再次的借鉴仍然是从偏于某方面进行的，同时这种外国文艺思潮与本土现实之间的不一致仍然会发生。这证明了现代中国文学缺乏让自身长足生长的传统，也证明了每次断裂后产生的新传统的脆弱。

20世纪20年代和20世纪80年代的文学繁荣一方面来自西方文学的影响，一方面来自当代中国社会变革的影响，在这两方面的共同作用下，形成了文学的思想转折，并将这种外部的转折内化到文学行为和作品中，形成了文学的品质、风格、方向，西方文学的样本为这两次文学转折提供了强大激励和憧憬目标，那样的文学就是为了实现人道主义和理想主义，为了表达对人性与现实的关怀：寻根小说借鉴拉美魔幻现实主义写作方式丰富和加深作品的文化意蕴，以西方现代主义意识审视现实和历史，探寻中国文化重建的可能性；先锋小说吸纳西方现代主义和后现代主义的观念和技巧，在叙事革命、语言实验、生存状态三个层面上进行探索。

而20世纪90年代的文学与其说借鉴和模仿西方文学，不如说以西方文学中的一些观念作为自我推动的理由和借口，其内在的更强大、更深层的动力，来自20世纪90年代文学对现实的追随依附和拿现实为我所用的渴望。对于现实的过度依附，使20世纪90年代的文学逐渐消磨了对于文学审美品质的精英

追求,也省略了对理想主义和人道主义的崇高追求,在试图回归到人性的最基本、最实用的现实层面时,受到充满诱惑的欲望现实的牵引,遵从着当时在中国现实中非常普遍和非常盛行的实用理性和工具理性——把文学看作实用的、工具的、用来表达个人欲望和完成世俗象征的。

可以看到,前三次文学断裂所带来的文学转变都依靠经典外国文艺思潮推动,只有第四次断裂与前三次不一样:第四次断裂对主流的外国文艺思潮所代表的文学经典的人类性和美学品质进行了改写,它们主要以中国本土的时尚文化和社会情绪为依托,借助国外流行文化并仿制日本动漫,2000年之后强盛起来的网络写作主要对应于商业化情趣,而80后、90后的畅销写作最多简单地模仿一些外国文学和动漫内容、嫁接西方文学中的一些故事套路和情节外壳,却悬置西方文学的人文理念和精神内核,如张悦然便坦承自己很多作品的故事模式都是套用了外国童话《海的女儿》。

第四次断裂告知我们,不再需要外国文艺思潮的支持就完全可以写出中国自己风格的《小时代》《后宫·甄嬛传》这样的作品,这种对于外国主流文艺思潮的忽视,代表着新一代对于人类经典文学的忽视,这也就意味着我们不再需要人类经典文学的主流风格,实质上,这是对于经典文学精神和人类价值的忽视,而这样的意识在20世纪90年代文学中就已经陆续发生:对于宏大精神的反抗,就是一种对于人类主流生存精神如崇高、庄严、真理、理想主义的忽视,有在20世纪90年代从事写作的人明确说不为真理写作,这种倾向使20世纪90年代的文学逐步卸去文学的精神盔甲,逐步把所有的生活意向都变成了个人之间的利益纠缠,这为后来普遍的商斗、婚斗、情斗、宫斗、谍斗埋下了隐情。

20世纪90年代的文学与20世纪20年代和20世纪80年代亲近国外文学的意愿不一样,最终形成了文学方向的不一样:20世纪90年代以前的文学为民族启蒙和国家强盛而吹响号角,20世纪90年代的文学为追求更多的个人自由和写作空间而摇旗呐喊,两者都借用西方文学,但为不同的社会目的和文学方向去服务，20世纪90年代的文学更加追求个人生活的改变而不是文学的改变。

从这个意义上讲，现代中国文学仍然延续着古典文人士大夫的"文以载道"传统，区别只在于两者所要载的道不一样，但利用文学追求某种社会目的是一致的。只不过，20世纪90年代文学打出的旗号往往是为写作自由和文学自由，实际上，为了个人生活自由的意识潜藏其中，所以，20世纪90年代的文学写作者的个人生活往往是更加自由的，生活自由的前提是更加富有和更加享受，这很自然延伸出80后和90后写作对资本、奢侈、浮华的追求，就是说，20世纪90年代的文学与2010年前后的文学之间有某种传统承继关系。

七、不断积累文化自恋和民族自大的90年代后文学

20世纪90年代的文学断裂有一个深刻的内生性根源和悖论：20世纪20年代和20世纪80年代的文学断裂都有一种知识分子对其自身文化自恋情结的打破和对民族自我的文化反省，而20世纪90年代的文学却不断积累着文化自恋和民族自大。

这样，20世纪90年代文学断然离开差不多延续了一个世纪的现代中国文学基本传统，也离开了近一个世纪的现代中国文学的基本方向：20世纪90年代的中国文学否定了国家神话而追求个人神话、否定了理想主义而追求现实享乐、否定了宏大叙事而追求平庸渺小，这诱发了2000年以后文学对个人、享乐、琐屑的放大，诱发了这之后文学的主题混乱、风格平庸、观念放纵和无价值判断，以至于2000年以后当代中国文学陷入既无传统也无方向的情境，文学行为成为不论审美品质而完全任意的个人放纵行为。

表面上看来，20世纪20年代和20世纪90年代的文学断裂都具有现代性方向，但20世纪20年代的断裂和20世纪80年代的断裂都具有一种理想主义的现实追求和人道主义的精神方向，20世纪90年代的文学则完全违反了20世纪20年代直到20世纪80年代的文学的人性方向、精神本质和理想主义传统，

但在名义上，却以回归更为世俗化、日常化、个人化的本质性人性生活为理由，以推动一种更为真实、更为实在和更为容易实现的幸福生活和文学真实为目标。

可实质上，20世纪90年代的文学推动的，既不是与天国生活不同的世俗生活，也不是与尊严相连的卑微生活，而是基本放弃天国幸福与生存尊严的、放大个人占有与放纵享乐的、从内心解放欲望的生活，所以，棉棉的《糖》中的"白粉女孩"沉浸于对时尚名牌物品的追逐而宣称："我们都没什么理想，不关心别人的生活，我们都有恋物癖"。

20世纪90年代的文学与之前的现代文学基本传统断裂的理论支持是：远离文学的政治化意识形态，从远离政治化理想主义进而延伸为远离一般的理想主义和人类宏大精神，转而认为人性是更个人的和更平庸的，而文学的创造与自由相关，因而个人写作自由空间就一定会有文学创造力的表现。同时，因为要求写作自由，而这种自由又是极为个人化的，因而个人写作自由等于个人生活自由，因此写作自由的实际需求暗含着个人生活自由的欲望。另外，写作自由既然是极为个人的，而个人自由是零散化的，人写作也就是零散化的，没有什么集中的社会主题和形式要求，而这正好符合了躲避崇高和远离宏大的意愿，也符合了将极为个人的感觉和情绪在作品中不加约束地释放出来。

但实际上，无论怎样日常化和个人化，每个人都不可避免地生活在一个整体性意识形态中，区别仅仅在于是否去意识它或者是否理论化地去抽象它。但是，假如20世纪90年代的文学承认了依然在意识形态中，其所做的反抗在某种意义上就失去了根据：它认为自身已是一种新的文学思想而与意识形态的限制无关，并以此去取代先在的文学思想，而结果，它却并不是什么新的思想，这就像魔术表演在玩障眼法。

20世纪90年代的文学并没有能脱离意识形态，也没有能脱离政治语境，因此，20世纪90年代的生活和文学都体现着政治、都是政治表现。只不过，20世纪90年代的文学避免自身与政治和意识形态这样的概念发生牵连，转而使用了"体制性"这样的概念来概括自己的反体制性特征和行为,这样,就普遍流行了一阵似乎一切问题都是体制性错误的文学观念。

于是问题回到了最初的起点:20世纪20年代和20世纪80年代的文学断裂都有一种知识分子对其自身文化自恋情结的打破和对民族自我的文化反省,而20世纪90年代的文学却不断积累着文化自恋和民族自大。不过,这样的民族自大表现为各种形态的文学自大,比如对在野从俗的民间文化和浮躁时尚的生存意识不分良莠地赞扬,每出现一次新的文学形态,都会产生一种对其赞扬的夸张表述:新写实、个人化、欲望化、偶像化、身体叙事、底层、民间、人性,等等,它们最初都是被以炫耀的方式冠以类群名称的,即使以代际名称划分,也是为了呈示新一代的写作优点或优势而与之前的代际进行区分的,像身体叙事和底层叙事都表现了一种作家对自己所熟悉生活、熟悉心理的迷恋和自足。

由于对精神本质的否认和忽视,20世纪90年代的文学断裂所产生的世俗生活和个人叙事就与人类生存和人类文学的精神本质产生了差异。西方文学批评把与宏大历史相对的小叙事当作叙事方式和内容的一种,但这并不意味着对宏大叙事的颠覆和对峙,相反,是对宏大叙事的一种补充,而20世纪90年代的中国文学却公开提出躲避崇高,让宏大崇高与渺小平庸对立起来。像方方的《风景》、刘恒的《黑的雪》、何顿的《我代表人民判处你死刑》、朱文的《我所负责调查的一桩案件》、庞余亮的《教兔子如何骂人》、鬼子的《农村弟弟》、池莉的《生活秀》等多半沉浸于对琐碎、无聊、平庸、无意义的生活表征的描写,并心甘情愿地被这种日常生活所吞噬和包裹;《废都》《檀香刑》《受活》等以展示苦难、底层原生态为由展示残酷、变态、扭曲人性等诡异畸形的内容,一种病态的审美气象普遍涌动在底层叙事中。

另一方面,与对个人叙事重视的同时,一些在国际当代艺术与文学中影响很大的西方批评理论却被中国文学误用了,这是有意误用,因为这些理论在当时的中国还不符合一些人的利益诉求。比如说,布迪厄的文化资本理论可以清

楚地解释当代中国文学的许多现象，但若运用这种理论来解释，各种文学类群抢占文化资本的特性便会显露出来，这对于急功近利的20世纪90年代的文学来说是极不利的，于是，文学社会学本来是揭露功利文学的武器，结果成了功利文学获取暴利的借口。

八、能否回归精英意识与宏大精神

当20世纪90年代以后的文学变成了欲望表达和欲望实现的想象，文学与精英宏大传统的断裂越来越扩大，已经不是精神意味的产品而是物质意味的产品，这就必然要谈论断裂之后的弥合问题：20世纪90年代的文学断裂后，能否回归精英意识和宏大精神或者与经典的主流文学传统弥合以及弥合时可能发生的问题。

20世纪90年代文学的断裂之后，并未产生主动意义上的修复或弥合意愿与行为。但20世纪20年代的文学断裂之后，20世纪30年代的文学产生了向古典文学传统部分回归、重新寻找和依托古典文学的意愿与行为，当时的诗歌、散文以及小说中都有表现，比如戴望舒的诗歌、周作人的散文、郁达夫的小说等都含有古典意境。

不过，可以肯定的是，文学发展总像是一个巨大的钟摆，不断地从一端摆向另一端，因此，20世纪90年代后的当代中国文学向宏大精神的摆回是迟早的事情，摆回的越早，就越有利于纠正当代中国文学因过度粗鄙、平庸、个人而产生的无价值、无精神方向的倾向，当渺小与宏大的关系平衡的时刻，将是一个当代中国文学发生重大变化的时刻。已经能从一些作家作品中看到这种回摆的可能，像严歌苓这样对西方经典文学观念、人类整体精神价值有体认的作家，当其试图寻找宏大与渺小的真实关系，就会产生《金陵十三钗》《第九个寡妇》《陆犯焉识》这样在宏大历史中重拾个体尊严的作品，秦淮河妓女、王葡萄、陆焉识等作为历史和个人共同作用的产物，以人性方向和价值立场呈现出不落凡俗的美学气质。

将 20 世纪 90 年代的文学与 20 世纪中国文学从整体上加以联系，从文学两极摆动的角度回到断裂与弥合，可能会发现这样一些问题：

（1）从 20 世纪 90 年代的文学断裂看，它发展出了 2000 年以后的文学断裂，而 20 世纪 20 年代的文学方向和 20 世纪 80 年代的文学思想正在被 2000 年以后的文学越来越边缘化。20 世纪 20 年代的文学处于中国古典文学的终点和中国现代文学的起点，一方面，它既不能被古典文学包含，也不能被当代文学纳入；另一方面，它有精神气质和风格传统如何被 20 世纪 90 年代文学定位的问题，20 世纪 90 年代后的文学不能接受这样的精神遗产和文学方向时，实际上是在放弃以宏大化为表面标志的深层人道主义和理想主义。

（2）20 世纪 90 年代以后的文学实际上在重建一种文化自恋，所以，文学中那些在野从俗的文化被津津乐道；那些回归帝王权术、后宫心机的官场文化和职场文化被反复品玩；那些类似三言二拍的市民情趣到处传扬。这里出现的问题是：因为 20 世纪 90 年代的文学很少去写作和表现普遍性的人类问题，停留局限于 20 世纪 90 年代中国人的有限现实和生存意识、生命情趣中，就逐渐失去了在文学中对普通的人道主义和理想主义以及与其必然相关的艺术特质的感受力和想象力。

（3）20 世纪 90 年代的文学只能在个人的、日常的、平庸的这样一些有限的概念中左右逢源，实际上，这是无法宏大才去平庸、无法高雅才去底层、无法崇高才去日常，20 世纪 90 年代的文学似乎比以往现代中国文学的任何一个时段都热闹，但这里面有众多的类群命名和现象层叠，却缺乏独立的思想和风格，也缺乏流派和思潮的引导，而 20 世纪 20 年代的文学和 20 世纪 80 年代的文学却都有一定的、明确的文学思想的引导。这主要呈现出的，是 20 世纪 90 年代的文学缺乏一种精神主题或者思想意识。一波波文学现象迭出、一个个文学类群起落，但它们在追求什么？这是茫然的。

（4）20 世纪 90 年代的文学缺乏精神主题的原因，是丢失了精神立场，没有精神立场的文学就会追随现实而浮于表现，没有生活主题，也就没有文学主

题，文学写作自然就随波逐流、人云亦云，而且很可能会愈来愈专注于狭小的自我空间，难以发现、介入、提升生活。但更严重的问题是：很可能不是20世纪90年代的文学没有精神立场和精神主题，而是其根本不要精神立场和精神主题，因为对于文学的宏大主题、理想主义、精神方向是自动放弃的，而随着这样的放弃，也逐步放弃了与此相关的更多美学品质。

第三章

摘要

<<<<<<<<<<<

>>>>>>>>>>>

　　好的文学作品是清澈的,不好的文学作品是浑浊的,神性清澈可以澄明习性浑浊,能在习性生活中造就重要作品。混乱的时尚情景更容易与习性生活相连而推广,资本化时尚中国各种剧烈的变化、脱节和颠覆让文学的神性纯粹身处险境,文学对习性生活采取了芜杂浑浊的态度,许多作品用华丽娱乐的概念和高高在上的姿态去吸引人们。习性写作中的经验和想象沉迷于习性生活之中,却故意含混不清地把自己隐藏于文学姿态中,用各种说法和形式装扮纯粹和崇高,显得既迎合现场生活,又敬畏文学高尚,而神性写作的清澈竭力远离习性想象的浑浊,在简洁、清晰、明澈中创造有含蓄情趣和想象意味的空间。时尚中国作品的好坏优劣不在于作者自己说什么,而在于作品与生活形式及美学系统之间所形成的关系怎么样,好的文学作品会改变生活,也会改变文学与生活的关系。叙事难度与神性写作常常共存,神性想象脱离习性空间深入叙事而改变着现场生活,在神性自由中展开意义和价值,展开与时尚中国现场生活不一样的生活,神性艺术精神只能产生于审美与生存的一体化,两种生活的冲突始终是神性写作的基本主题,让有限的个人生活经验扩展叙事空间和生存空间,让人们同时生活在现场和想象两种生活中,神性写作以人物的人格化想象和精神变化来推进叙事,而习性文学是时尚中国生活现场的兴奋剂和毒化剂,叙事想象淹没于习性化日常生活经验,粗鄙叙事成为习性写作的突出标志,习性生存被文学不断依附并不断重新制造。

第三章

以神性清澈澄明习性浑浊：摆脱诡异迷恋和想象

好的文学作品是清澈的，好的文学作品在简洁、清晰、明澈中创造出含蓄、想象、情趣的空间，让人看得懂、弄得明白又感受到意味无穷；不好的文学作品是浑浊的，那种自以为是的浑浊就是故弄玄虚、故意让人弄不明白，那些让人弄不明白的作品常常是故意让人弄不明白，以显出他们的高深莫测。

文学的意义价值、好坏优劣永远不在作者自己说什么，而在作品说什么，在作品所形成的与生活形式及美学系统之间的关系怎么样，好的文学作品会改变生活，也会改变文学与生活的关系，至于文学和生活是否因某个作品而发生改变，那要读者和历史来说，作者自己说自己如何好或者说自己的作品如何好，只能是自大狂、自恋狂。

一、在混杂而自相矛盾的文学中坚守神性纯粹

一个人难以按照上帝的意旨去安排自己的写作或者阅读，他必须起身出发，根据生活时尚中国现场生活，自己去寻找神性之光和生命之路。在充满文学诡异和文化暴力的时尚中国生活中，个人的异化如同文化的断裂一样无可挽回，能挽回这个世界的，只有文学与爱。

这个时刻，文学的坚守尤其重要。每个追求文学纯粹而不将文学职业化、工具化的人，都会生长出自己的神性触角。这一切都已经体现在这个时代各种文学行为或者被称为文学的行为中了，当然也体现在神性写作中。

神性写作虽然更贴近遥远古老的神性生存，但不因远离时尚生活形式的错

觉而羞怯，反倒是通过对一些粗俗化、习性化时尚行为的反抗，去确立文学精神和形式在当代中国习性生活中坚守下来的必要，由此体现出超越习性化浑浊与欲望化喧嚣的风格，这恰恰是大气地进入时尚生活形式的一种方式。

与此相关，要以神性写作申明的明显事实是：古典主义未必没有造就伟大作品，后现代主义未必一定产生伟大作品，文学的意义永远在于它与生活形式和价值系统之间的关系。在文学与中国时尚现场生活不同的关系中，神性写作的清澈似乎远离习性写作的浑浊，但神性清澈可以澄明习性浑浊，未必不能在习性生活中造就重要作品，而与习性生活直接相连的时尚方式未必能产生重要作品。

时尚中国生活中各种剧烈的变化、脱节和颠覆已让文学的神性纯粹身处险境，人们被抛入一个可以快意对待生活也快意对待文学的快意江湖中。由于当代中国文学传统中缺乏对现场生活的神性写作和清晰方向，我们这个年代的文学艺术对习性生活采取了芜杂浑浊、随意自是的态度。

进入资本化时尚中国生活现场以来，习性写作浑浊芜杂，但却能用各种说法和形式做假相，许多中国文学要么用华丽娱乐的概念、要么用高高在上的姿态去吸引人们，一些作品让人看不透，装扮纯粹和崇高，显得既迎合现场生活，又敬畏文学高尚，但隐伏的危险是：混乱的时尚情景更容易与习性生活相连而推广。

神性写作的纯粹，因对生命的诗性思考而与历史相连，对个人生命的诗性思考，就是对自由的诗性思考，因而也是对人类总体命运的思考。文学艺术的纯粹性，在很大程度上是生命敬畏与艺术自由结合一体的纯粹，不是个人解放和艺术任意的纯粹。时尚中国没有这样一种诗性思考的传统，也没有这样一种诗性智慧的文化情境，所以误把任意的个人写作行为当作真正的文学艺术现象。

通过神性清澈去澄明习性浑浊，体现出一种纯粹——一种生命经验的纯粹，这也许就体现出文学的纯粹，可以看作神性清澈的纯粹、澄明浑浊后的纯

第三章 以神性清澈澄明习性浑浊：摆脱诡异迷恋和想象

粹，也是另一种生活的纯粹。然而，这样的叙事并不能被轻易获取占有，也不容易控制，这样的叙事只能在被叙述的生活现场中流淌出来，其中引人注意的就是神性写作的内涵在闪光。

保持纯粹的叙事就是保持神性叙事，就是将习性生活在文学中进行神性转化，神性写作也可以进行个人的和日常的生活转化，它既是现代叙事，又包含古典因素，当纯粹的叙事观念、语言、感觉、形式汇聚在变化多端的当代叙事中时，其实就是一些古典叙事的当代演变和时尚叙事的发生。

神性写作以纯粹的叙事方式诉说日常生活，在生活波动中展开细致的当代生活，让参差错落的叙述去触摸生活现场的生命情态和心灵深处，以日常生活和平凡琐事深入人性底色，把生活和历史化为个人记忆与经验，并将这些记忆和经验尽量纯粹地编织进叙事，让一些人物、事件、场景、风情、对话能慢慢延伸相连为一个整体，琐碎的生活可以铺展开一个想象的整体世界，使这个时代因这个想象世界而具有与现场生活不同的双重生活感受。

作为一种生活仪式的想象，神性写作的生活与今天的习性生活大不一样，小说的存在似乎就是依托着神性写作的生命仪式而寻找一种生存之根：虽然神性写作中的人物可能产生一种生存迷惘，但当那些神性写作中的人物必须去做超越习性生活的某种事情时，就变成了一种人物的生命仪式。当习性生活中的人们无以依托时，也许会联想到整体的当代中国习性生活也飘浮变幻、没有支撑和核心，所以，在想象的历史和个人命运中，小说就有了寻找神性生活的可能。

用文学寻找生存意义，需要对时代有整体感的神性写作，需要对习性经验和习性想象进行超越，但人们却难以对习性经验和想象进行超越，只能对其消费，既不再容易对这个时代进行神性写作，也不再可能对这个时代进行整体性美学消费，而过去，人们通过文学作品可以对不同的历史时代进行神性写作和整体性文学消费。

当然，在这样的状态中，也就不可能对个体生命进行神性写作，所以，今

天的小说很容易把历史解读为一个个分散事实和习性事实，如果这些事实被神性写作归束为似乎远离时代的传说虚构，人们便难以与之同行。

人们一般不会意识到，那些被神性写作演绎的遥远与长久，仍旧是对时尚中国生活现场的经营和编织，神性写作让文学事实形成了一张神性生存之网，这张网所网住的，正是生活习性和文学习性遗留在角落的漏网之鱼。

无论如何，我们还是处于无法否认的当代中国生活和文学的整体性中。于是，我们描述当代中国习性生活和文学时，无论是从精神角度还是从时尚角度，对当代中国文学状态的描述都不能忽视一个事实：当代文学本身的构成就是混杂的，甚至是自相矛盾的，它同时包含着理想主义文学与习性写作的混杂，也包含着某种精神上和审美上的混杂，而这种自相矛盾有时意味着不同的叙述事实，有时意味着不同的文学观念。

但是，无论从哪个角度，习性对神性的颠覆、轻蔑、否定、破坏、拆毁都是简单的，难以由此而认定一种新的文学形式特征和风格品质。对于精神传统和经典审美的任意颠覆，是一种最任意、最轻浮、最自是的非理性行为：当不在某种精神传统之中、不了解某种神性纯粹时，凭什么去颠覆一种你根本不知道——对你来说不存在的东西呢？

当然，那些对颠覆行为的赞颂也是轻而易举、不需要依据的，只需要说这是新锐的，言说者就可以自立门户了。

二、习性写作是中国生活现场的兴奋剂和毒化剂

在时尚中国，因习性写作流于粗俗简单，更容易接受、更受人欢迎，文学习性的感官功能超常发达，但也因为过度的粗鄙混乱，神性纯粹难以对其澄清，于是，文学免不了被习性经验和习性写作所控制，文学作品日趋成为习性产品。

问题在于：人们正在把小说变成简易习性产品而非耐用文化产品、变成鄙俗写作产品而非神性想象作品。因为，在今天的时尚中国生活现场中，精神和

第三章 以神性清澈澄明习性浑浊：摆脱诡异迷恋和想象

理性本来就常常无所依托。于是，习性写作的鄙俗和混乱很自然形成了一些习性事实：

一是合规律性、合目的性的美学思想被冷落，文学写作与阅读被认为是纯属个人的、琐碎而偶然发生的生命行为，以时尚习性生活为名，对尊重历史和人性的神性想象进行颠覆，并不断消解人们对社会生活价值与意义的判断。

二是在对神性文学解构与再结构的过程中，对正剧、悲剧和喜剧进行拆分与拼合，以世俗对崇高、以庸常对英雄、以轻佻对庄重、以戏谑对严肃、以媚俗对精致、以粗糙对高雅，在庞杂零乱的表述中湮灭思想张力和艺术想象。

三是认为鄙俗的社会生活就是人们生命追求的原初目的，认为个人际遇可以是生命对社会的全部认知和理解，文学沦为对社会生活一般性状的文字记录和实际对应，失去超越时尚中国生活现场的想象力，理性启迪和美的熏陶也在想象力的匮乏中难以存在。

习性写作的这几方面特点形成了习性生活的优势，让习性写作在人们的生活中不断成为新的生活事实。这是因为，习性写作的最普及表现是鄙俗，所以习性写作常常浅俗粗鄙，大都具有时尚、浮华、快速、铺张的特性，在当代文学格局和生活状态中，这样的文学的最大优越之处，不但在于这样的描述时尚、华丽、娱乐、纵情，而且在于这样的生活感受能瞬间嵌入人们的生活，与人们的生活现场感一拍即合。

瞬间性特质使鄙俗文学常常能像手机随拍一样贴身而快速、恣意而即时地反映人们的生活状态和心情，产生类似现场报道的叙事效应和欢乐享受的生活价值，因此它们可以粗制滥造、可以平面追随、可以迎合炫耀。但这样一种文学在呈现习性生活的同时，也就中止了这种被呈现的生活，使这样的生活停留在有限生活空间里，而生活仍在不断扩张新的刺激，因此鄙俗文学不必更新艺术追求，只需不断寻找新产生的生活情趣作为替代品去满足读者。

一部文学作品如果真正具有意义，就会因为内容和形式的轻微变化而改变作品的美学品质，所以经典作品不可能被随意改变。但在习性写作中，相互层

叠的替代品的内容和形式大同小异,而其文学品质不会发生变化。习性写作的层层替代并不是尝试着在艺术上、美学上替换它们自己,而是借层层替代的状态来刷新自己的面貌,从而可以换汤不换药,排除可能产生的与它们不同的体验,进而让人们与它们相认同。

也就是说,习性写作其实想要人们依附它们、崇奉它们,从而控制人们、改变人们,这需要改变对文化、生活、生命的一些经典、持久、恒定的观念,包括改变对文学经典意识以及对文学传统经验的体认,这种改变有助于习性写作确定其自身的地位:只有先在文学都成了虚无之物,习性写作才有了自己的价值,由此,习性写作不过是一种习性文化的方便手段和一个易于打开的缺口。

这样,习性写作对生活的中止性就显而易见:暂时中止现成生活有助于替代品的生成,而不是有助于新的生活品质和风格的生成。这种生活的暂时终止,割断了生活与文学的连续感,割断了文学与生活之间的美学关系,常常迫使文学成为平面化呈现的一种孤悬状态,虽然看上去这种生活状态更准确、更时尚地贴近中国生活现场,但却使习性写作有可能成为不真实的东西。

因为,习性写作既要证实时尚中国生活现场,又要否认对时尚中国生活现场进行体验的态度;它们既依附遵从于时尚中国生活现场的威力,又贬损制约着时尚中国生活现场的内涵。即是说,习性写作作为娱乐和消遣,它们既是时尚中国生活现场的兴奋剂,又是时尚中国生活现场的毒化剂,在这个过程中,它消解了人们的尊严感和现实感。

正是由于既要做时尚中国生活现场的兴奋剂,又要做时尚中国生活现场的毒化剂,在当代中国生活的习性想象中产生了大量替代现场梦想的文学梦想,这些文学中的梦想都是幸运梦、婚姻梦、财富梦,它们变身为习性写作后有两个特征:(1)写作和阅读的参与者都自以为是;(2)每个梦想换人换时间但不换形式和内容。于是,文学人物的自信和文学复制的梦想一起风流偶傥,让我们不知所措、迷茫无知。

第三章 以神性清澈澄明习性浑浊：摆脱诡异迷恋和想象

与习性写作相反，神性写作的基本特质在于其美学品质的相对恒定性，不在于不断替代的瞬间化生活感受。这样的故事作用与习性化故事作用完全不同，因为它们面对不同的世界。可能，习性文学的写作者更加炫目，但我们观察到一种意味：这样的炫目是被什么人关注的？被什么人吹捧的？

问题在于，我们常常难以意识到习性生存是被不断依附并不断重新制造出来的，如果不去意识文学既可以解释生命和深入生命，也可以控制我们的生存经验、控制我们的文学叙事，那我们就会有盲目性，我们不知道习性与真实、与时尚中国生活现场、与文学的关系是什么了，只剩下习性的虚假生命意识一直在活跃着。

对神性写作进行理解，会产生一种执着思考与坚守的感动，可以产生一种清晰的发现，而不是梦想的虚假，文学可以借神性写作凝成种种生命灵动的时刻——那些难忘的时光就刻在神性写作中，它们就像是不同的生命在活动，时而激情，时而沉静，时而迷恋，时而清醒，这样才能激发我们的生命想象。

时尚中国的习性文学与习性生活对文学的真诚性进行了破坏，而文学最重要的品质是不受具体生活现场控制，它需要不被实际生存控制的真诚：一是对文学的真诚，二是对生命的真诚。习性生活让我们常常失去真诚的生命，失去真实的时尚中国生活现场，也失去对文学和生活现场的真正感受与体验，由此就无法察觉习性文学对我们的伤害。

当过度追求利益主义生存，既缺乏文学的真诚，又缺乏生命的真诚时，就会被时尚中国生活现场所迷惑、所控制，从而缺乏独立的艺术思考、艺术想象和艺术创造力。鄙俗化时代以前的文学，有一种对历史和生命的真诚，这种真诚被鄙俗化时代追求物质和利益最大实现的欲望主义所损毁，欲望主义的无限追求和鼓舞，可能遮蔽真实，使我们失去真诚、使我们不断去制造我们需要的和想要看到的东西。

三、习性叙事不是比宏大叙事更纯粹的叙事

对于时尚生活，文学要告诉人们的，是如何在时尚生活中完成自己的生

当我们与神相遇：用神性向往改变习性生活
Desiring for Divinity, Transforming with Habitus

活,而不是被动地追随生活习性。时尚中国使文学与习性生存现场愈贴愈紧,而与神性写作若即若离,以至越来越偏离小说叙事艺术本身的倾向,这使中国小说往往以现场内容的更迭取胜,而不是由叙事想象来创造和改写时尚中国生活现场。

对于时尚中国的习性写作,如果单方面地赞颂或者批判,会有一种欢欣鼓舞以至有意夸大的感觉,或者会有一种盲人摸象以至危机重重的感受。困难在于,既要提出问题,又要尽量在一种叙事与生活现场关系的整体性意识中去认识和思考这些问题。因为,所有的叙事现象,都在时尚中国生活现场与叙事想象的关系中变化,没有脱离时尚中国生活现场传统和叙事传统的、孤悬的叙事现象。

习性写作先是由平庸化叙事开始,然后蔓延而生出欲望化、日常化、鄙俗化的习性写作,这些叙事的一致之处是:都是缺乏神性纯粹的平庸叙事,它们首先将时尚中国生活现场与叙事的真实关系简化为习性生存和习性写作,然后借躲避崇高、颠覆宏大而大肆发挥习性生活和习性写作,此后一直是主要由习性化时尚中国生活现场控制叙事而繁衍变化,直至2010年后的青春化、网络化、类型化、虚幻化的叙事,本质都是一样的。

在整个时尚中国习性写作的延续过程中,神性叙事想象淹没于习性生活经验,文学写作主流被时尚中国生活现场所统一,而时尚中国生活现场又被习性化意识形态所统一。从王朔现象和新写实主义的平民叙事开始,就意味着习性经验与叙事想象已开始愈贴愈紧而共谋天下,此后的一系列叙事演变都以平民、日常、个人、欲望、身体、幸福、快乐、享受等名义来张扬不同的习性生存经验。

由于时尚中国的政治化意识形态已演变为日常化生存经验,中国的政治生活实际上与日常生活你我不分,所谓日常叙事一直就是沿着社会变化发展的政治叙事。在多元、自由、个人、娱乐、幸福、市场、资本等名义的遮护下,深藏着习性化意识形态对叙事的制约,至今很少见到不受这种已成为普通人习性

第三章 以神性清澈澄明习性浑浊：摆脱诡异迷恋和想象

生存经验的叙事。

在这种习性化日常生存经验的影响下，习性写作实际上形成了叙事的时尚中国生活现场整体性，各种叙事的骨子里，都含有对时尚中国生活现场心照不宣的媚态，在本质上都与时尚中国生活现场构成了相似的习性想象关系：一种相似的习性时尚中国生活现场与习性写作的直白关系。

这种虚假叙事整体性遮蔽了真实的叙事整体性，大多数叙事并没有形成逃离习性化咒语或魔法的变化，也缺乏独立的生命尊严和叙事自由、缺乏历史思考和人性精神，自然也很难形成独立的叙事精神、叙事尊严和叙事自由，也缺乏真正的叙事风格，因为叙事风格本是内容与形式的统一，是叙事与生活的一种神性关系的实现。

在重经验表演而轻艺术思考、轻叙事想象的情景下，怎么可能有真正独立的叙事风格呢？所以，中国小说从20世纪80年代轰轰烈烈的宏大叙事走向鄙琐喧闹的习性写作，这期间演绎出不少乱花迷眼的叙事变化，但由于习性写作主要以时尚中国生活现场内容的新奇尖锐而定天下，大多叙事都重叠交错，却没有什么区别，很少能看到在时尚中国生活现场之上叙事变幻的浪漫，许多叙事个体是以某种新鲜代替了想象。在这个主流叙事发展的过程中，只有先锋小说有所例外。

习性写作在表面上呈现了叙事主题和叙事风格都狂欢化的景观，似乎中国文学叙事被市场之手推入了多元的、自由的年代，而这当然意味着：这似乎是一个比宏大叙事年代更纯粹的文学叙事年代。习性写作偏向于个人、身体、欲望和日常生活，倾向于否定宏大、灵魂、理性主义，在习性写作中，平庸、日常、粗鄙是最主要的呼声，但习性写作离开了历史和人性，习性使叙事的主题、内容、风格散乱不断又犹疑不定。

所有这些叙事的真实性和整体性关系在大部分作品中被分裂了，中国文学从20世纪90年代起有意将个人从历史中剔除出来，一方面是某些个人蓄意为之，一方面是时尚中国生活现场变化的推波助澜，只有很少一部分是文学本体

的自觉。20 世纪 80 年代的宏大叙事主题非常集中，它们集中于历史和人性的叙事思考与表现，而习性写作由于一开始就是以与宏大叙事对抗的姿态出现，造成了后来个人与历史相离异的倾向，也造成了以习性写作否定宏大叙事的倾向。

在以习性化代替历史正义、以利益欢乐代替世俗幸福时，两者表面的相互混淆和实质性排斥，造成了时尚中国生活现场的生存错觉，也造成了叙事与时尚中国生活现场关系的混乱。至少有几个突出的现象贯穿在习性写作中，或者说，有几种突出的意识一直影响着习性写作的基本变化：言必称个人、称平庸、称日常，一切叙事风流都以此为据，不这样看似乎就不懂文学。

在延续习性文学风格的变迁中，我们已经看到这样的事实：在个人、身体、日常、青春等名目下的花样翻新，并没有能挽救中国文学的无奈，而在利益追逐与享乐感受的双重怪圈之中，生存矛盾和痛苦虽然对文学仍然显示着普遍的意义，却并没有由文学产生重要的生命启示。

四、逃离生命神性意味着逃离叙事难度

从叙事的现实本质和叙事的艺术形态看，宏大叙事与个人叙事本是从不分离的。实际上，我们可以把某种生活精神看作某时期特定的社会整体的神性立场，而个人生活其实是无法逃避神性立场的。对于文学来说，神性立场就是写作立场和审美立场。不论从写作还是从阅读来说，如果找不到神性立场，其实就是找不到或丢失了生活立场。

事实上，中国 20 世纪 90 年代以前的政治化意识形态已转化为习性化意识形态，并深入了日常生活之中，成为一种普遍的生活意识。20 世纪 90 年代以后，中国文学由于躲避崇高和远离宏大，致使文学的圈里圈外都以为文学自由与意识形态是相互对峙的，习性写作渐渐成为一种混淆视听、暧昧不清的文学倾向，其中包含的写作资源、个人经历、文学想象、精神向度、历史思考、人性品质等都游移不定、迷惑难测。

第三章 以神性清澈澄明习性浑浊：摆脱诡异迷恋和想象

习性写作的一个基本倾向和立场是尊重习性经验，而习性经验被认为是日常的和平庸的。这种观念是从 20 世纪 80 年代的宏大崇拜和崇高叙事中叛逃出来的，并且以与宏大和崇高分庭抗礼的姿态而博人青睐，与此相应的对日常生活经验的叙事试图表明：个人经验使日常生活更生动具体，个人和平庸比历史和崇高更强大，日常生活比宏大叙事和崇高叙事更真实，日常经验比神性经验更深厚。

文学神性是无限的，不是只有宏大叙事与神性写作相联系，日常生活叙事当然也需要神性写作的引导，只是，对与日常生活相关的细节进行描述时，叙事的结构和方向与宏大叙事有区别。像西方电影大片那样，把历史、灾难、爱情、神性整合起来表现人性是一种想象，像卡夫卡那样对日常生活进行存在思考是一种想象，像博尔赫斯那样沉入生命的迷宫式情景是一种想象，像阿兰·罗伯-格里耶那样把人进行物化的隐喻也是一种想象。

逃离宏大叙事和神性写作，意味着在一定程度上逃离了叙事难度，这使许多人感到了叙事的解放和轻松。这之前，人们只是意识到文学神性与宏大叙事高不可攀，当人们把叙事从神性写作与宏大叙事中解放出来，许多作家终于从这个身影中挣脱出来，人们如释重负，但同时，文学就离开了叙事的难度：叙事难度与神性写作常常共存，宏大叙事通常更能体现神性写作难度，因为宏大叙事是对人类整体性生活倾向的叙事。

问题在于，当代中国的习性写作发生后，人们误解了习性写作与人类整体、人类性、历史、人性的想象关系，误以为习性经验和平庸生活就是文学和生活的一切，误以为习性写作应是以习性经验为主，因为日常生存是个人的和平庸的。在一定程度上，这与当时一些作家以个人经验进行叙事的成功有一定关系，这样的作品给人们展示了一种似乎比宏大叙事更有魅力的叙事前景。

同时，习性写作发生之初，平庸因与宏大不同而备受推崇，对习性写作的蓬勃发展推波助澜。所以，当时以及后来，人们竟以为日常、平庸甚至粗鄙与文学具有必然的，甚至是唯一的联系。实际上，文学叙事与时尚中国生活现场

的关系当然不这么简单,它首先是以神性写作为先导的,神性叙事有脱离习性的想象空间可深入,而习性写作的想象空间已经完全被习性生活经验挤压了。

仅凭习性经验就可以进行日常生活叙事的观念,使人们误以为日常生活叙事不需要什么难度,使许多人恍然以为不需要神性写作和虚构经验。这产生了任何琐碎粗糙都可以作为生活原生态进入文学的写作观念,直接导致了大批缺乏想象能力和叙事训练的写作者蜂拥而来,并且都以习性经验和个人经验引为自得,直白地搬移生活而缺乏诗性追求的叙事一时备受推崇。

习性写作特别强调个人生存经验,将个人从历史中剥离出来,以为个人能单方面担当精神性命题,在重视日常、平庸、个人、幸福、享受的同时,忽视了文学叙事的历史深度,也忽视了精神超越和灵魂升华,而人性、精神和灵魂都不可能割断与个人的联系。

习性想象从宏大叙事的难度转移到琐屑叙事的轻易,使文学想象变得更轻松、更容易,或者更无足轻重、更远离神性追求。这里的关键点是:与消解宏大叙事相对应,日常生活的诗意和平凡生命的崇高都被瓦解,习性写作认为日常生活经验是最重要的,一切历史的和人性的因素都被包含在日常生活中。但实际上,日常生活已经完全被习性生活代替,于是,习性生活在习性写作中被过度张扬,由包含历史走向湮没历史。

习性写作的真实含义似乎仅仅与日常生活相连,由此出现对个人放纵和平庸生活的误读,而个人叙事也仅仅与习性经验相关,这导致习性写作日益走向鄙俗和粗糙、华丽和娱乐。习性写作与日常生活合为一体时,由于日常生活被认为是平庸的,日常叙事就转化为平庸叙事,而个人叙事也就转化为平庸叙事。

为追求生活叙事的平庸化,中国的习性写作寻找卡夫卡和昆德拉为证。但中国的习性写作并没有像卡夫卡那样去探求灵魂和人性的城堡,这已不必多说;而昆德拉的《生命中不能承受之轻》也本是对生命悖论的沉思,它真正要思考的是人不能失去生命之重,却被习性写作者曲解为对生命之轻叙事的表率。本来生命之重与生命之轻是一体化的，突出生命之轻而远离宏大和整体性，往往使文学叙事偏于精细和琐碎。

于是，日常描述变为鄙琐叙事，并成为中国习性写作的一个突出标志，似乎不描写细致、琐碎的个人生活，就不是真正的文学作品。唠叨繁冗，细节和琐碎被认为生动有趣、更具有审美效果，而日常生活又与时代贴得很近，由此更表现时代、更具有历史感，这使习性写作与日常叙事走进了与时尚中国生活现场一体化、不去超越习性经验的误区。

同时，时尚习性对于利己欲望的鼓舞，使人们过度关注自己的物质生存，逐渐磨蚀了人们的宏大志愿和广泛人性，愈来愈关注个人的狭小，这使文学叙事在反映这样的个人生活时，在表现写作态度时，也受到关注视野狭小的影响，很难再去用超越时尚中国生活现场的神性写作改变和创造生活，而是狂热地依附于时尚中国生活现场的表面。

习性时尚经验往往偏于功名利禄，这注定了日常生活在还没有进入文学时，就已经大量丢失了文学的诗意可能。当想象力、诗意、历史、宏大都被逼退位后，剩下来的个人孤独而狭小，仅仅与世俗喧嚣相连或相悖，不论怎样，仅仅与个人相关。这样的作品与世俗生活融为一体时，真实的自我和时尚中国生活现场都在其中消失，被宣称的习性写作其实已不复存在，它们因与时尚中国生活现场的惟妙惟肖、亦步亦趋而失去了写作的资格和意义。

由于日常生活本身的自我限制以及对想象力、真实性的限制，人们常常无法用狭小的日常生活和在日常生活中匮乏的想象力去构筑更深入、更升华的生活，生活失去了想象力的依托后，变得单调、刻板、狭窄、萎缩、零碎，人们常常只能从文学叙事中得到一种相似的平面化时尚中国生活现场，无法得到一个更高、更真实、更具有想象魅力的整体性世界。

这样，习性时尚使人们实际上丧失了对更广阔人性空间和宏大历史空间的兴趣，因为当个人生存的关注点被引向利己欲望后，历史变化和人性处境不再与个人直接相关，个人不再被直接地纳入整体性生活，一次壮阔的历史事件或

激烈的人性变化不再像古典时代那样可以整体性改变个人生活，个人也就不再直接地接受整体性精神。

整体性世界仅靠习性经验是构筑不起来的，日常中国生活现场本身就是有缺陷、受限制的，而神性想象世界是对日常经验世界的扩充、修补、改变和提升。在神性写作大量消失后，习性写作以真实性和生动性的名义遮蔽了文学叙事的诗意高度和灵魂高度，人们的精神跌至与时代浮华一样的粗俗水准，粗鄙性日常生活日益占据文学叙事的重要领域。

五、神性写作中日常生活的崇高与庄严

我们身边的日常生活并不仅仅是琐屑的和鄙陋的，所有的崇高和庄严都是时刻要面对的，神性写作能够对日常生活的倾向和方向有所发现与思考。神性写作并非是反日常生活情趣，反而是日常生活情趣的另一种表现，是庄重与缱绻、整体与个人的日常生活情趣的一体表现，而不是仅仅偏于单方面生活，这样的日常生活情趣中，必然含有崇高和庄严情怀。

任何日常生活中的微小人性表现都与宏大和崇高相连，都有一种人类性，因为人性精神从来不仅仅是个人的，它与人类整体相连。在神性写作中，历史和人性存在于普通人的日常生活中，时代变化与内心沉静构成了日常生活的奇异，而这种历史与内心的奇异性，就构成了日常生活，也构成了历史。有些日常生活改变了，有些日常生活没有改变，它似乎完全取决于人的内心，而不完全取决于历史。

神性的叙事感要求语言的精致简洁和叙述流畅含蓄，当日常生活随着神性叙事平缓自然地展开，叙事沉静、理性、有节制、有方向，但展开的是一种生活风格。虽然没有大的事件和冲突，也没有曲折的情节变化，人物关系可以不复杂，人物可以在叙事中保持平静，但其中的精神倾向却曲水流觞、斗转星移。人物的精神变化带动着叙事，故事情绪被神性方向冷静地控制着，不是任情任性的写作冲动，而是舒张有序的神性写作流动。

第三章 以神性清澈澄明习性浑浊：摆脱诡异迷恋和想象

因此，神性写作能够校正习性写作对日常生活平庸和琐屑夸大的倾向，能够将日常生活中隐藏的庄严与崇高、理想主义和浪漫主义挖掘出来，增加日常生活的另一种向度和可能，并提示人们：日常生活并非是仅仅眷顾自己的欲望欢乐和庸常幸福。

神性写作的特点不是仅仅在叙事中展开一个历史或人性的宏大主题，也不是展开一个新鲜刺激的时尚故事，而是用虚构想象将日常经验神性化，将时尚中国生活现场感受变成神性感受情景，把日常生活变成一个虚构的神性世界、一种与历史丝丝入扣的个人世界、一种与时代精神相对照的世界。这个世界对人们正在经验的时尚中国生活现场含有抵制和批判的意思，由此而产生一种双重生活感受，从中同时展开对现场生活和日常经验的反抗与提升。

神性写作在现场生活中挖掘人类生活的悠远品质，使现场生活在悠远中产生幽深感，使它产生与身边时尚中国生活现场的距离感，从中产生与生活现场不一样的品质，以此表达对当代中国生活的思考。因此，神性写作的叙事常常会与某种悠远相连，把时尚中国生活现场思绪与理想主义相连，把浪漫立场贯注到现场生活中，使个人生活在与历史相连中显出人性意义和品质，这样的叙事会引发对现场生活的启示和联想，让叙事中的不同生活层面相互激发。

中国近几十年的历史命运没有直接改变人的精神命运，人们仍然延续着传统习性，而这些都隐藏在时尚中国的日常生活中，这就是时尚习性中人们的悲剧性日常生活命运。20世纪90年代以后，中国文学盛行以日常生活形式表达个人经验和叙事意愿，日常生活和平庸生活被神圣化并炫耀化，到了时尚习性年代，当一种文学中的生命精神、一种日常化叙事与时尚中国生活现场利益无关时，人们会对它无动于衷，它不能改变人们的日常生活。

因为大多数人沉迷于身外的时尚中国生活现场，沉迷于比身边欲望更加欲望的世界，而神性写作追求与身边时尚中国生活现场不一致的内涵：尊严、心灵、理想主义，没有这些内涵作为叙事的核心，神性写作就无法支撑和延续。神性叙事力图从日常生活中发现灵魂、人性、尊严、真理、美德这样一些命

题，把它们加以呈现和突出，以改变人们的日常生活，对人们习以为常的生活重新进行想象、提升和超越。

用这样的叙事核心来贯注日常经验的流动、用这样的日常感受来推动叙事时，并不需要节外生枝和耀人眼目的时尚波动。神性写作的叙事方式和内容、叙事语言和结构都可以共同呈现日常生活现场，独特的个人经验也可以通过日常化叙事表现出来，神性写作使日常叙事格调独特，并不完全依附于虚浮的日常习性而叙事。

神性想象中内在的日常化情景可能被许多人所忽略。神性写作的叙事依靠对日常琐事和平常心理的细密描述而形成，用神性写作描述日常生活依然可以改变时尚中国生活现场，不必一定要什么外在的情节和冲突来推动，这与时尚中国文学主要依靠历史变化直接改变文学内容和形式不同，神性想象主要来自作品的内在生活，不来自外部时尚中国生活现场的变化。

神性写作可以通过日常人情和生活风俗的从容描述、通过心灵层次的细致展现、通过语言的伶俐与精致，去探究个人生活中的人性和历史，表达个人生活和人性因历史变化而被塑造。这样的个人生活会不时和历史发生关联，个人的历史总是在一个时代的整体性历史中，这使那些个人化生活隐含着程度不等的人性精神，这与那些完全不描述人性精神或不与人性精神相连的作品不同。

文学总要描述历史变化、个人变化、日常生活变化，神性写作也要描述这些变化，但一方面这种描述是几方面融为一体的，不是单方面的；一方面这种描述并不是僵硬的、直接被历史控制的，它贯彻了历史精神和人性精神。但是，习性写作更注重外在的日常化情景的笼罩，习性写作中的日常生活与历史变化僵硬相连，日常生活的习性化使生命毫无变化、生动、灵气。

六、时尚习性生活中的理想主义感受

平庸生活的可怕之处是渗透着习性生存观念而毫无理想主义，它们极不易被改变，又极容易被时尚刺激诱发出隐藏的坏品质，而真正美好的品质却不容

第三章 以神性清澈澄明习性浑浊：摆脱诡异迷恋和想象

易保持。习性行为和平庸生活对日常生活没有创造感，对生活要么怀疑和拒绝，要么不假思索地接受，这就是习性向往和平庸生活的可怕。时尚习性生活被神性的日常生活所拒绝，又被习性想象不断相信的日常生活所接受，这不仅显示对过去神性生活品质的破坏，也表达了平庸生活的可怕。

神性写作通过叙事中的理想主义改变着平庸的现场生活。因为个人生活经验是有限的，而神性写作与人类生活的整体性相连，因而对生活和想象的理想主义扩展是无限的，必须依靠神性写作扩展叙事和生存的理想主义空间。作家们具有的是不同的艺术观念，但改变时尚中国生活现场和向往理想的无限可能，常常使叙事呈现出与时尚中国生活现场不一样、与大多数人习惯的世界不一样，也与习性想象的世界不一样的世界。

与习性写作受时尚中国生活现场限制不同，神性写作是无尽自由的，可以尽情展开在时尚中国生活现场中不易展开的意义和价值。神性写作中不断发生着悠远淳朴的想象性生活，试图从中表现一些比现场生活和片刻欢娱更含蓄、更深沉的东西，像忠诚、尊严、责任、理想这样一些时尚习性生活缺失的观念和意义，常常在神性写作中聚集发生，这样一些生活观念是神性写作的核心意识，神性写作尝试在生活现场实现这样一些核心生活意识。

要让时尚习性生活产生理想主义感受，文学叙事中的虚构生活就一定要与实际现场生活不同，这正是文学用想象来区别习性现场生活与神性向往生活不同的地方。在时尚中国，用习性来表现并加强的，常常是习性现场生活叙事本身，这破坏了神性想象的可能，文学想象正在演变为对利益、实用和享乐的渴望，人们用对个人生活的欲望想象来构筑习性写作。

时尚中国的习性写作注重日常生活经验，并且因此而忽视神性写作，但神性写作看到的时尚中国生活现场与习性写作看到的时尚中国生活现场不一样，神性写作在另一方向上发生，它既来自内心，也来自身外，它不仅在时尚中国生活现场生活的直接反映中，而且在对一种生存精神的回忆中，它也不仅是在外部生活的变化中，而且是在内心生活形成的叙事改变中，这样的想象决定了

我们与神相遇：用神性向往改变习性生活
Desiring for Divinity, Transforming with Habitus

现场生活的改变。

时尚习性、日常生活现场延伸出的，是理想主义问题，只有理想主义才可能使人们不是只顾现场生活，而是有穿透现场享乐与欲望障蔽的愿望。理想主义与人们的神性向往有关，对时尚中国生活现场有神性向往才会产生理想主义，人们失去了对时尚中国生活现场的神性向往后，理想主义就难以生存。

与许多习性想象中纵情享受、欢腾火热的生活现场不一样，神性写作有一种与现场生活共舞的内心激情和情感忧伤，有一种把理想主义与现场生活融为一体而进入生命感受，以表达缺失的神性生活内容和生命精神。对看上去不与现场生活一致的生命品质的向往，就是人物的尊严、人物的本性，就是神性写作超越现场生活的突出之处。

神性叙事中的人物常常想突破平庸生活的可怕，进入另一种生活空间，然而这并不容易，便产生了人物的理想主义想象。社会日趋发达、生活日趋丰富，个人所拥有的空间却不可能与时代同步，多元生活实际上将每一个人都限定在其主要的生存空间和生活方式中，人们只能向往多元、想象多元，不能占有，这使人们的生活空间仍限定在狭小的日常范围内，并不能因社会生活的无限多元而使自己也多元化，只能占有与自己日常生活密切相连的有限生活。

神性写作与现场生活相对分离，人们可以同时生活在现场的和想象的两种生活中，叙事通过人们变化的内心，去触摸日常生活形态深处的人性和历史。在时尚中国生活现场中，人们可能活得琐碎、平庸、享乐，可又觉得欢快灿烂，但对另一种生活的向往在一瞬间袭扰他们、搅乱他们的日常生活秩序时，他们会暂时地释放内心的压抑，片刻地反叛自己的现场生活，这时候，他们试图回到过去的纯真或质朴，逃离时尚中国生活现场的烦嚣和平庸。

与理想主义直接对峙的，当然是享乐主义，享乐主义已经成为时尚中国日常生活现场的重要内容和倾向，神性写作流露了对享乐主义既喜爱又失望的态度。享乐主义常激发神性写作相反的想象和经验，神性写作中从来没有大量地去写欲望欢乐的情景，这是与习性想象不同的地方。习性写作无法想象远离消费和享乐的另一种生活,与神性生活完全不同的生活钝化了习性生存意识和习性想象。

享乐主义是时尚习性生活最突出的标志,享乐与欲望相互攀附,蔓延生长,遍布于人们的生命中。神性写作的立场对日常生活中的享乐主义和时尚利己持怀疑态度,几乎一开始就对欲望狂欢和享乐主义抱有警觉,虽然不时会涉及这些内容,但这不是主要内容,这些内容是为了牵出和比照另外一些内容。享乐主义和欲望追求在神性写作中常常是一个表面的生命标记,借此深入的是另一种生活,享乐和欲望的描写常常是为了引发对更深刻、更持久生命内容的探寻。

神性写作中那些令人依恋和感动的情景似乎永远在作品中凝然不动,在吸引着我们的向往,但实际上它们只能在神性写作中停留,在实际中一切都被改变了——神性写作中人物的理想品质与现场生存悖谬地结合在一起。

七、人格想象对两种生活冲突的超越

在时尚习性生活中,人们纵情欢腾,得到了物质享受和消费情趣,在欲望满足中感受到幸福,但却失去了许多美好的人性品质:高贵、尊严、忠诚、天真。究竟失去更多还是得到更多?神性写作要表达人物的迷惘,而对那些美好品质和纯朴生活的向往,成为神性写作在时尚习性生活中的梦想。

我们可以清晰地发现,两种生活的冲突始终是神性写作的一个主题,在神性写作的两种生活中,一种生活中的人无法单纯轻快地进入另一种生活,一种人朴素得与另一种人有些相互隔绝,神性写作中的时尚中国生活现场都被那些人物想象化、人格化了。

神性叙事的迷人处和深藏处就在于人物对自己的生活进行人格想象的属性,这产生了他们那些遥远的怀想和对时尚中国生活现场的神性期望,也才有了神性叙事本身。时尚中国生活现场被人物按照自己的人格方向去想象,这样被叙述的时尚中国生活现场有精神化和人格化的痕迹,构成了神性写作的叙事

核心和框架,由此,人物是引发关注情绪的主要方式和叙事思路。

人物以自己不同的身份完成不同的时尚中国生活现场和不同的生活,每个人在日常生活中都受到自己身份的制约,这就是时尚身份的习性生活处境,也就是情爱和人性品质的处境。人物既把他们的人格紧紧捆绑于生活现场,又情不自禁地把生活现场按他们的人格进行演化。

每个人的生活、人格和品质,都与权力、地位、金钱相关,都与他们的身份相关,发现这种关系,是神性写作隐藏在表面叙事之下的深层叙事。政治家的日常生活就是政治,商人的日常生活就是经商,他们的时尚向往和行为已渗透到他们的习性生活中,所以,试图以日常生活之名来把什么人都变得差不多、把人们的生活都变得相像,是不可能的。

神性写作以人物的人格化想象和精神变化来推进叙事,人物情感和人格的想象性变化产生了人物身份的变化,也产生了人物对时尚中国生活现场的态度,这种时尚中国生活现场的态度和身份变化改变着人与时尚中国生活现场的关系,变化着的人物与时尚中国生活现场的关系就是叙事的基本结构。在这样的叙事结构中,人物的精神底色被显现,突破了人物表面的精神格调和身份格调,当叙事发生转折,叙事趣味和叙事意义就挺现出来。

在神性写作的视角下,中国时尚生活现场的人物格调可能会发生三个层面:

(1)尽管作品中被集合的诸多现场生活信息十分松散,但这些信息在作品所设立的生活情境的影响下,人们内在的现场生活精神仍可能生发出寻求理想主义生命的需求,这使得人物不同于习性生活情境中的人们,从而有可能建构起某种一致性精神需求。

(2)对于在神性写作中发现的生命精神,可以视为一种自我寻求和实现的生活精神,为了实现类似神性生存这样的精神化自我生命,必须建构一种自我现场生活,而作品中各种与生命联系的道德化和政治化具体表现,可以提供这样一种参照。

（3）这样的自我需求和自我参照在作品中的人物身上有所表现时，就建立了自我与现场生活的更加具体、细致、紧密的联系。这样，神性写作本身所建立的自我现场生活与精神化生命之间的联系，就同时具有了深入生命事实和人物的自我现场生活之间的文学性力量，也就比普通散落在现场生活中的有关生活的事实更加具有影响人们生活的效果。

神性写作的人格化是一种作者超越自己的艺术表现。作家可以超越生活，但无法超越自己，只有他的作品才可以超越他自己，作品中的生活是作家另一个生命表现，是与习性现场生活的生命不太一样的想象性生命。人天生需要与他人共享生存经验，自我堵塞的个人和作家都不会存在。作家需要把自己的经验写出来，并且必须用他的想象力去把他的经验写出来，想象力把正存在的习性现场生活变成了另外一种习性现场生活过程，在这种过程中，人可以改变习性现场生活和超越习性现场生活。

第四章

摘要

<<<<<<<<<<

>>>>>>>>>>>

时尚中国习性文学普遍缺乏追问"为什么活着"的主题,如果满足艺术的必要条件是它关于什么和表达了什么,当一个作品没有"关于什么"的主题时,怎么能确定它是有形式的、它表达了什么呢?文学为了纯粹的生命问题和美的生存而与生活双向交流,既有生活立场又有美学立场的问题,如果在现实中处于迷宫状态也就不知道文学往哪里走,无法解决生活世界的迷茫也就无法解决文学世界的混沌。时尚中国文学进入了一个任意无序的年代,从美学品质上与现实相分裂,只能被动地应和或远离现实,并可能被现成的生活形式大部分消耗掉,对此的改变在于文学立场和生活形式的改变,不在于文学对象和内容的改变,在于为什么进行文学而不在于怎么进行文学。资本与习性的结合改变了整个中国以及个人的命运,改变了民族的精神史和个人的心灵史,也改变了文学的品质和方向,假如我们对文学的判断缺乏生存立场和价值观念,我们的文学写作和文学批评就不可能真正锐利地发现和介入生活。文学是一种美学意义上的灵魂追求,在习性被资本化的过程中,时尚习性中国的历史、人性正在不断发生一系列没有灵魂没有美的性情陷落,文学逐步体现了时尚习性中国的美学危机和灵魂危机,更严重的是,时尚习性中国文学面临的,不仅是灵魂问题和美学立场,而且面临这些灵魂问题的崩溃与美学立场的消失,因此,这样的危机将是根本的、毁灭性的危机,其危害要远大于经济危机和政治危机的危害:美的生存危机和灵魂危机会彻底动摇人性和理想主义的支柱。

第四章

飘浮的美学性情与灵魂追求

习性写作中的经验和想象沉迷于习性生活之中,核心之处在于,不论粗俗高雅都会说敬畏文学,以让别人认知他们,由承认文学的崇高而认可他们,但他们敬畏文学的什么,却从来也没有说清过,他们故意含混不清地把自己隐藏于文学中,以让人们景仰、崇奉他们。

那些让人故意弄不明白的作品里面常常空空如也,或者隐藏着一个作者自己的低劣粗糙的写作意识:渴望表达出来,又不愿意让人看清自己的粗劣,只能一方面用深奥莫测的外在于作品的说法去包装,一方面把作品写得不知所云,所以,让人弄不明白的作品就是靠让人弄不明白而让人去犯糊涂、去盲从、去膜拜。

一、文学立场与生活形式的迷宫隐喻

什么让某种生活成为文学,或者说,什么能从生活走向文学,是非常独特的,这取决于一般人无法看到的隐藏的语境。什么是文学?什么是文学追求?文学是一种具有历史特点和隐喻氛围的世界,这也就是文学要在现实中发现的。文学的真正价值在于与真实世界之间的差异,而这种差异往往是难以辨认的,难以辨认到有似乎处于迷宫中的感受,而文学阅读、文学思考、文学写作就是对这种差异的辨认。

今天的中国文学状态与一种被古希腊神话所叙述的迷宫状态相关,由此显出迫切尖锐的情境。古希腊神话似乎具有一种永恒的预言性,时尚中国文学意

义的不断失范与写作边界的无边模糊,让我们更加感受到了当代中国文学的命运仍然处于被预言的状态中。

古希腊神话中的代达罗斯为克里特岛的国王米诺斯在克诺索斯建造了一所迷宫,用来囚禁米诺斯的半人半牛的怪物儿子米诺陶洛斯。雅典人每九年(亦传每年)奉祭七名少年和七名少女给怪物米诺陶洛斯,到第三次奉祭时,雅典英雄忒修斯自告奋勇去杀死了怪物米诺陶洛斯,之后借助米诺斯的女儿阿里阿德涅给他的线团,成功逃出迷宫。

如今这样的迷宫也许遍布当代中国生活和文学写作,但我们却难以找到阿里阿德涅线团,但又必须找到。对于当代中国的文学来说,也许每个写作者和批评者对于自己在做什么是知道的,但总体上,当代中国文学在做什么、怎么做、为什么做似乎是没有人知道的,当代中国文学与文学走向哪里其实模糊而迷茫。

文学和批评都是与生活双向交流而存在的,因此既有生活立场又有文学立场的问题。从精神立场看,文学不能为稻粱谋;从诗性立场看,文学不能为写作而写作、为批评而批评。如果我们生存的现实世界出了问题,或者说我们在现实中处于迷宫状态,如果不知道每天的生活往哪里走,那我们也不知道文学往哪里走。我们知道自己在生活中是迷茫的,却又无法解决,那就无法解决文学世界的问题,也不可能在文学世界有所发现。

要强调的是:不是出了问题需要解决,而是要找到解决问题的可能,就像拿到阿里阿德涅的线团是走出迷宫的唯一可能。这种可能在于去发现怎么出的问题、在于文学立场和生活形式的改变,而不在于文学方法、文学态度、文学对象、文学内容的改变,就像在于为什么活而不在于怎么活一样,在于为什么进行文学而不在于怎么进行文学。

我们的文学普遍缺乏追问为什么活的主题,文学批评自然也难以追问艺术的根本主题。如果满足艺术的必要条件是它关于什么和表达了什么,那么,当一个作品没有"关于什么"的主题时,怎么能确定它是有形式的、它表达了什么呢？怎么进行文学活动、发生文学行为呢？

当现实和文学都不知道往哪里走时，文学自然也处于迷宫中。所以，首先是生活形式的问题，"生活形式"的真正意味是：怎么去生活、以什么形式或者方式去生活，而不是仅仅生活着或者处于生活现场。从精神本质上讲，文学既是人类的生活形式，也是人类的生活内容，将文学转化为生活形式时，已完成了这样的生活形式中所包含的人类生活内容。

时尚中国生活形式在社会学领域和审美领域完成了具体的习性实践，文学也由社会学和美学而与生活形式发生转换，生活形式变成文学习性的一种逻辑，整个当代生活秩序：从性到媒介、从艺术到政治，都渗透着生活形式，生活形式成为时尚习性生活以及文学习性的一种表征。在被各种生活形式覆盖的当代中国的生活世界里，我们看到的只是生活形式，我们所经历的是：所有的文学内容、形式、语言和风格都可能被吸纳进非连续的、瞬间的、现成的生活形式，而文学可能在这种形式中被大部分消耗掉。

二、想要打破习性现实的坚硬外壳是困难的

当代中国文学的迷宫有内、外两方面的含义，它既指向当代中国文学内部的自我，又指向当代中国文学外部的现实，而且，它不仅是现场符号，也是隐喻符号，在这个意义上，当代中国文学的能指与所指出现了分裂性差异，正因为这种分裂性差异，因为严重的不一致，才使当代中国文学的迷宫问题日益深入。

因为，当代中国文学似乎已经进入了一个任意无序的年代，就像迷宫一样有很多个方向，而当代中国文学对此几乎是完全迷茫无知的，只能被动地应和或者远离文学现实，完全无法发挥疏导作用，也就是说，文学与现实之间是分裂的，人们已经不再需要文学。但这只是表面现实，实际上，更深刻的问题在于这并非客观必然形成的，而是人们的主观故意造成的，因此说当代中国文学是一种迷惑。

一方面，当代中国文学一直纠结于怎么进行文学或者文学怎么办。当我们纠缠于文学怎么办或者干什么时，似乎抓住了问题，但真正的问题却是为什么进行文学？是为职业而文学、为文学而文学、为对象而文学？都不是，应该是为人类的崇高、神圣和敬畏而文学，为心中的道德律令和头顶的天空而文学，如果不是这样，无论怎么谈文学、谈多少文学的问题，都只能天马行空，却无法落地生根。

我们看到，一批华丽、时尚、更接近习性生活和生活现场的文辞替代了原来规矩板正的文学话语，但仍然是老生常谈；文学批评更是如此，批评只是头头是道地把作品的主题、内容、形式复述一遍：但作品都写出来了，还用批评去复述吗？而且，复述的结果不是溢美就是脱离文本，根本无法接近文学作品本身的特点与核心。实际上，这离真正的、诗性的、创造的、精美的文学更远了。

另一方面，文学必须走向文学的外部，它无法停留于文学内部玩文字游戏和概念游戏而自足，也就是说，它必须走向现实而获得生存的可能。现在的问题不是文学主动走向现实，而是文学被现实强拉硬拽，由于当代中国的生存现实不要文学、只要娱乐；不要诗性，只要工具，我们的生活现实中很难有文学思考的身影和声音，文学现在只提供那些实际的、功利的需要，比如说，那些青春作家、网络作家在民间走红后，还需要殿堂的身份来获取更多，就渴望在批评界获得一些喝彩。

当代中国文学想要打破习性现实的坚硬外壳是困难的，更严重的，是现实的无价值、无庄重、无精致的粗鄙习性正在瓦解当代中国文学，如果前一代的价值观念已经被现实所瓦解，后一代不可能形成趋势性价值观念的引导，因为他们无可继承、没有根基和传统。

因此，后一代的文学从业者很难超越界限，尽管他们超越的呼声很高，如果他们不明白根本的生存观念问题，那就可能成为一种表面超越或者概念超越，实际上仍然在原有传统之中。所以，不是超越现实，而是超越传统，甚至要超越整个中国文学传统中的小农观念，超越几千年的小农现实，因为它们已深入我们的骨髓和血液，只有对生存自我有反省和颠覆，才可能超越现成观念。所以，文学观和批评观就是生存观。

在这个意义上，就会发现，当代中国文学走不出去的迷宫就是我们的文学立场和生活形式的隐喻，即是说，我们的文学立场和生活形式都处于迷宫状态，我们并不知道明天的生活方向在哪里。生活都混乱了，文学怎么可能独善其身？当然，要改变，就是生活与文学整体的改变，文学应该也必须起到这种作用，尽管这将是困难的。

于是，要解决的，是我们的文学立场和生活立场问题，即是说，假如我们对文学的判断缺乏生存立场和价值观念，我们的文学或者文学批评就不可能真正锐利地发现和介入生活，正因为缺乏基本的诗性正义和对善恶正邪的区别，所以我们的文学批评要么不能让人信服，要么无法理解新的现实与文学的关系，要么固执地用老一套观念去套用作品。但无论是现实还是作品都已经无法用老一套的概念去套用了，所以普通人不信服文学、不愿看文学，因为我们运用一套现成的概念进行文学判断时，实际上没有标准，可以用这些概念任意说好，也可以用这些概念任意说坏。

真实的文学概念没有问题，是使用概念的人的观念出了问题。我们的文学是什么和我们为什么从事文学其实是一回事，不明白这一点，就没有文学自我；没有文学自我，就无法进行文学活动：文学不仅以一种艺术身份出现，而且以一种生活名义出现。

三、文学是一种美学意义上的灵魂追求

没有灵魂没有美不是文学而是发泄，文学是一种美与灵魂的生存，或者说，文学是一种美学意义上的灵魂追求。灵魂与美的一体是文学的理想主义和浪漫主义性情，也是现实主义生命的信仰象征。歌德在《神秘的和歌》中说："一切消逝的不过是象征，那不美满的在这里完成，不可言喻的在这里实行，

永恒的女性引我们上升。""永恒的女性"代表至高无上的美而成为接引我们向上的力量。

人由于追求自己美的存在而追问灵魂和宇宙，追问灵魂存在而产生生命与文学的意义。这种对存在的追问从一开始发生就朦胧含有美学意义的灵魂追问，就与艺术的诞生、生命在美的意义上的提升水乳交融，但却被时尚中国习性文学越来越分离出来。

时尚习性中国文学只注重现实情景，几乎放弃了所有灵魂的、美学的批判和反抗，自愿与现实化的利益和权力同流合污，甚至借用现实谋杀文学自身由美学性情引导的灵魂生存。时尚习性中国文学的奇怪逻辑常常在说：生活与人性无关，享受与灵魂是分离的；物质与精神对立，要物质丰富就要精神贫乏；现实与未来无关，存活与天国幸福无关，人只要活着，无所谓正邪、是非、善恶；崇高、尊严与平庸鄙俗无关，不需要理想主义和浪漫主义——这使文学可以去纵情描写那些充满现实欲望而缺乏美的生存和灵魂追求的情景。

美的性情和灵魂品质仍在远处，它们无法像斯芬克斯挡在俄狄浦斯面前追问生存之谜那样挨近时尚习性中国，时尚习性中国文学也不愿把因灵魂之思产生的纯真焦虑和生命重量拉近人们的身旁。相反，时尚习性中国文学已将美学意义上的灵魂生存尽可能地阻挡在人们的现实幸福之外，不让斯芬克斯的追问干扰人们安享无限纵情的闲逸生活或者利己主义的明争暗斗。

资本与习性的结合改变了整个中国以及个人的命运，改变了民族的精神史和个人的心灵史，也改变了文学的品质和方向。在习性的资本化过程中，时尚习性中国的历史、人性正在不断发生一系列美的生存和灵魂生存的危机，文学逐步体现了时尚习性中国的美学危机和灵魂危机：忘却灵魂的美学问题，忘却人是一种在美的引领下向上升华的生物，忘却人是一种有信仰的生物，也忘却一种文学的美学性情。

更严重的是，时尚习性中国文学面临的，不仅是灵魂问题和美学立场，而且面临这些灵魂问题的崩溃与美学立场的消失，因此，这样的危机将是根本的、毁灭性的危机，其危害要远大于经济危机和政治危机的危害：美的生存危机和灵魂危机会将人性和道德的支柱彻底动摇。

文学在很大程度上是人类童真的保留地，在一般情况下，连儿童都会有好奇的追问，时尚习性中国不再有好奇心，像儿童那样的好奇与纯真被弃之如履，而几千年的权术心机则被趋之若鹜。时尚习性中国失去了儿童的童真，也就失去了文学的美学灵魂，失去了美的生存精神。

这样，文学就面临不再有灵魂追问和美的意义追问的可能，也就面临不再能对现实介入和发言的可能。甚至，对一般现实问题也不再追问，因为这个时代反对思考和抵制思考，崇尚利益与享受。于是，时尚习性中国的文学常常以习性现实作为铠甲来武装自己，以便更加有理由躲避美的生存精神和灵魂追问，以便更加有理由去习性化和实用化地生活。

我们必须意识：在时尚习性中国文学所描述的现实生活过程中，物欲的、感性的欢乐并不一定是真正的欢乐，也并非像一些人宣称的那样，可以脱离美学的灵魂生存和现实生存而获得幸福。一切以个人性和艺术性为由来否定和轻视文学去拯救美的生存和灵魂生存的表现，都应该受到质疑，而那些以利益甚至丑恶而得意的文学标榜则应该受到清算。

在时尚习性中国的现实和文学情景中，在利益与权术、鄙俗与实用缠绕的土地上，重新燃起美学的灵魂之火是艰难的，但追寻文学中美学的灵魂品质，则可能短暂地找回被腐蚀的生命，使我们重新恢复文学与生命的价值、责任和信仰。

四、没有灵魂没有美的性情陷落

时尚习性中国文学缺乏对灵魂的叩问，自然也缺乏对生命的意义、价值和目的的追问，这与中国传统文化有关。我们应当清理时尚习性中国的文学性情与文化传统的关系，以帮助我们寻找美学意义上的灵魂品质。

中国传统中的美学与文化是彼此不分的，中国缺乏独立的美学传统。这

样，在谈论这个问题时，就有两个基本点：一是缺乏独立的美学传统就难有独立的美的生存，当然灵魂生存与美的生存是一体化地难以独立；二是由于缺乏美学独立，讨论美的生存的特点时，就只能通过讨论整体性传统文化特点而进行。

中国传统文化根深蒂固地影响了时尚习性中国文学的内容以及作家的生存方式和写作方式。中国传统文化和习性文学都重视具体的现实存活，只要现在活得好，不在意过去与未来，不在意诞生前和死亡后的灵魂意义与价值。由于逃避死亡和未来的意义以及精神献身，就很难认识生命与灵魂的意义以及两者的美学关系。

对于许多时尚习性中国文学作品来说，美的性情和灵魂生存是未知的、不现实的。于是，文学中大量出现非常重视活着的现在、不关注美和灵魂的生存情景，因为对人们所据有的传统和所面临的现实来说，美和灵魂的生存是飘在空中的。这样的文学性情疏忽了：人的历史和生命同时包含着灵魂追求和现实行为，灵魂是生命和历史的内核，灵魂与现实的关系是生命和历史的根本关系。

当只关注人怎么活时，怎么活得舒适而没有痛苦就是最重要的，至于生存得是否鄙琐丑陋并不重要——好死不如赖活着。追问生命的为什么时，灵魂的意义和美的意义才真正发生：人不仅是活着和怎么活，而且是为什么活。

而思考为什么活着是与美和灵魂追求相关的，没有灵魂品质，遇到挫折就极易变化；没有内在的美学精神立场，很难坚守文学的美学品质。知识分子及文学在时尚习性中国的纷纷落马与中国传统文化是一致的，这些落马行为与现实之恶完全对应，它们必然排除美的生存。

时尚习性中国文学之所以缺乏灵魂关注，是因为缺乏一个精神传统的核心支撑：中国传统文化只关注求生的活动，不追问人为什么活，作家多半只是寻找自己在社会中的实用位置，扮演有利于自己的写作角色，同时，写作也缺乏对于美的生存的感受。在中国的传统社会意识中，与人交好的目的是为了得到自己的利益，利益是极为现实化的，因此没有必要关注利益关系之外的其他生存，结果，作品中的人际关系实际上是利益关系，并不是人性关系、自由关系、灵魂关系和美的关系。

这涉及为什么时尚习性中国文学的内容那样钟情于权术斗争，甚至不惜把权术斗争从秘史文学、后宫文学转移到谍战文学、职场文学、家庭文学、底层文学中。由于以个人活得好为标准，很容易结成利益团伙，很容易使人们受到利益制约，生存意识变成了以保障个人生存安全和利益为目的的人伦秩序或人际关系，这种关系紧紧围绕着利益和权力形成。

在这种关系中，设定时尚习性中国文学作品中的人物关系和人事地位就成为一种模式。于是，在大多数时尚习性中国的文学作品中，人事风流的描写取决于权力控制的利益秩序。只有利益秩序，没有正邪善恶的标准，这就简单明了：对任何人物描写都适用，只要安排好这个利益圆圈中的人物与权力的核心关系，就可以得到主要的叙事结构。

既然中国文化教导人们面对他人首先想到的是利己关系，而不是为什么要面对他人，这当然可以联系时尚习性中国文学中为什么不追问美的生存、不思考灵魂的表现。所以，可以反过来设想：习性文学中的人物思考自己为什么要去做一些事情时，就会发现有一些事情是非人性的、不能做的，就得选择放弃，那么故事结构和人物关系也许就无法形成或者相融；如果人物不放弃思考，就得面对自己的无耻，而无耻又是作者、读者、族群自己不愿意承认的，那么，人物最好就是不思考。

这样，时尚习性中国的现实中和文学中，种种有传统根基的新型话语体系和方式已经诞生，它们分别代表着城市白领、乡村农民、当权者、打工者、知识分子、平民、底层、青春、网络等不同的权力话语，而其中主要控制着人们的，不是不同话语的权力，而是不同话语共同具有的文学性情，是在文学现实中权力意识与欲望意识的结盟，而一切作品中所描写的种种生存情景，都围绕着权力化利益或者利益化权力这个核心——美的生存和灵魂生存在其中陷落。

五、为了纯粹的生命问题和美的生存

我们可以与西方文学中美的生存和灵魂生存做一个比较,也与西方文化传统、西方文学性情做一个比较。在西方文化传统和文学表现中,并不完全由利益和权力决定人的位置,更多由人的尊严和荣誉、人的高贵品性来决定人的位置。当文学不以个人的现世生存为核心叙述时,就能对生命与死亡、灵魂与生命意义的关系有更深刻的发现。

西方文学思考生命时,不仅面对生命的存活,而且面对死亡、面对生存的精神价值:人既然要死亡,生命的存活还有什么意义?于是灵魂的意义就诞生了,人追问灵魂的意义,就有了最高生存的美。生命的意义总是与灵魂共舞,如果缺乏灵魂叩问,也就不会注重生命的神圣性——一种最高的美的生存。

在西方文学中,人因含有灵魂之美并面对宇宙而博大永恒,人由于追求自己美的存在而追问灵魂和宇宙,而人追问灵魂存在就产生生命意义与文学性情。灵魂的秘密就是文学的秘密,生命思考就是美的存在,探索生命秘密就要探索灵魂与美的秘密,这种思考自古希腊文学到现代主义文学,一直在延伸。

因此,在很大程度上,那些有持久魅力的西方文学作品都具有超越性的历史与人性思考,那也就是灵魂思考与美的生存的融合。西蒙娜·波伏瓦曾写过《他人的血》和《人总是要死的》,前者写了死亡对生命的激发,后者写了长生不老对生命的启示,这都是在思考生与死的意义,是一种美学意义上的灵魂表现。

灵魂追问本来就是美的生存、就是超越现实的,所以人的灵魂本性就有了诗性,而灵魂本性和诗性的核心都是人性,即是说,人性在很大程度上是诗性的和美的,因此文学艺术表达人性的作品最多、最深刻,而人类很多关于人性的思考都是从文学艺术开始发端或者深化丰富在文学艺术中。

另一方面,文学是美学性情的表现,美是最高的存在,人因自己的灵魂存在而探问宇宙,把对宇宙的思考与生命相连。于是,从对人的美的存在和灵魂存在出发，宇宙具有了灵魂本质，而人的灵魂本质也就具有了宇宙本质，人追问自己时，就在猜想着生命的宇宙本质，有了与宇宙的美的本质建立生命联系的渴望。

这样，生命就需要对星空的仰视，所以，古希腊人面对星空设想一个天国或宇宙：人都是从星空中来的，死后还要回到那里去；所以，毕达哥拉斯说人像天上的星星一样，而阿那克萨哥拉说宇宙的秩序是灵魂安排的。神与灵魂同在天空，它们是平等的，对灵魂的仰视就是对神的仰视，生命于是有了神性，而神性又常常在美的自由中和文学灵感中被追求到，天空的神性就变成了地面上美的生存和灵魂生存。

于是，西方文学中有很多精神圣徒式的灵魂奉献情景，那些人物为纯粹的灵魂性生命问题和美的生存而焦虑不安、而渴求等待、而献身于某种超越性的信仰，如哈姆莱特、堂吉诃德、浮士德等。这样的精神英雄为追求美的实现、灵魂的超越而痛苦，并不为苦不堪言的贫穷和身体受苦的生活而痛苦。

六、寻找精神圣徒式的灵魂叩问

中国文学传统中缺乏精神圣徒式的灵魂叩问，中国文化讲究御人之术，讲究治大国如烹小鲜之谋，并不追求像古希腊阿那克萨哥拉说的那样：一个治理国家的人首先要有一个好的灵魂。对于中国帝王，家、国、天下是一回事，为国就是为家，普天之下莫非王土，在家庭秩序和治理中就没有民主与法制，只有服从与权谋。这对时尚习性中国文学的影响一直深刻存在。

在我们习性文学中的理想人物，多半不是精神圣徒和献祭英雄，而是成功者和弄权者，至于怎样成功和用权力干什么并不重要。这种理想人物也是能恰当圆熟处理与周围人关系的君子，君子并不是圣徒和英雄，最大的君子可能是个圣人，比如孔圣人、孟圣人。圣徒和英雄要追随和奉献于某种超越性、精神性信仰，而圣人却可能是个自己并不信仰什么而去指导别人的人，君子按照一套人伦秩序下的观念去做人做事，却不问为什么。

我们与神相遇：用神性向往改变习性生活
Desiring for Divinity, Transforming with Habitus

在这样的圣人和君子悠然自处的当代文学关系中，文学人物的格言警句多半是劝诫怎样与别人相处的。保持现有的关系、秩序、人情、地位，无论对人还是对己都是第一要义，除非进行一次取而代之的颠覆。但是，没有精神性颠覆。没有精神性颠覆是中国文化保持三千年不变的原因：江山代代、江石不转，因为精神性颠覆得不到实际好处。

在这样的观念体系和文学传统中，虽然文人士大夫忠君也忠国家，但很少为生命的超越去思考，也就缺少为人性和真理而献身的精神烈士，除了屈原这样的少数人有过这样的表现——屈原曾绝无仅有地创造了香草美人传统，在漫长的中国传统文化中，很难再找到这样为生命纯粹而不掺杂现实利益的美的思考。没有精神痛苦和灵魂叩问，自然也就缺乏质疑的灵魂激情和美的性情。

这样的文学与文化传统延续到时尚习性中国，展开了更自在的影响。传统上薄弱的美的生存思考被强大的利己观念剧烈改变，在20世纪初艰难建立的生命精神和美的生存几乎荡然无存，文学拒绝进入人们的灵魂领域，更愿意参与人们的外在生活成为很合理、很普遍的情景。由于中国传统文学缺乏对灵魂秘密、灵魂与生命关系的思考，与此有关的习性文学也就缺乏生命的博大精深感，显得比较小气浮华，常常钟情留恋于风花雪月、庭院宫闱、职场争斗、青春卖笑和家庭风波。

因此，时尚习性中国文学中人物面对的，常常只是具体的如何存活的情景，注重处理好自己与他人的关系，没有超越的探求真理的愿望，没有为什么而活着的灵魂思考，从青春叙事到底层文学、从主流文学到网络文学都是这样，很多文学作品都具体表现或演示了这种意识。

但是，真正的文学守夜者，将像守护微火一样守护灵魂的美学感受，用美的生存烛亮现实的生命，使生命不被现实和传统所蒙蔽，使人性不被利己主义所扭曲。

只有灵魂才可能真正进入与美共存的天空，阿基米德需要一根杠杆来改变地球，而我们需要一个美的灵魂来改变时尚习性中国文学。给我们一颗闪亮的、上升的、美的灵魂，它将像暗夜里的星辰一样照亮我们的文学性情，这样我们就不会把文学划定为单纯的时尚表演而去矫情自己、掩饰现实。

七、无法把超越性融入精英精神

对于时尚中国文学，缺乏精神圣徒式的灵魂叩问有深刻的影响，精神立场的缺位在时尚中国文学是一个核心情景，它聚集和表达了时尚中国文学各种表现的基本原因，控制了各种具体文学现象的出现，影响着时尚中国的文学发展导向，并渗透到了文学批评甚至文学教育中，以至改写了时尚中国的整体性文学意识和现实意识，其重要性，使人们再也不可能对文学丧失精神立场的危害漠然视之。

在20世纪90年代以后，中国文学的精神已经成了漂浮的精神，不再有精神之根，真正的精神立场对许多精英知识分子可能都是茫然的，虽然某些文学知识分子从西方的论述中了解一些精神文化的知识，但这些知识可能浮于他们的生活和写作之上，他们常常只是用这样一些知识去技术性、工具性地解释文学，他们可能从来也没有进入与这些知识相关的文学精神中，可能也从来没有真正让一种生命精神深入他们的生活，可能从来没有想过一种精神本质对他们生活和写作的意义。

因为，假如要把一种超越性的精英精神融入他们的生命，使他们从一个精神超越的角度站立在生存和写作的立场，他们可能会失去很多不去超越而占有的利益，这是他们所不愿意的，这样的意识从一些文学作品和文学批判的空泛、矫情、概念化及其相似性中看得出来。

文学的精神立场产生于非精神立场化的诸多现实与文学的警示中，正是由于大量非精神立场化的文学的存在，精神立场才可能在时尚中国获得应该被关注的地位，"寻找精神立场"是被一个时代格外忽视而应该被重新呼唤的观念，因此，非精神立场化的大量作品的出现，才是精神立场成立的先决条件。

精神立场的失落和迷惘，使文学常常不能感同身受地关切、思考人的生存

状况，因为作者的生存可能和普通人一样迷惘、一样不再有精神关怀，作者不要那样写、读者也不想那样看，精神关怀总归是不能吃不能用的，所以许多作品平庸而时尚，以身体享受和权谋争夺为主要叙事内容。

漂浮的精神状况使文学已别无选择，没有退路。现在欢乐无忧的，也是望风而逃的；现在忧伤痛苦的，也是清醒坚定的。没有人能阻挡资本的脚步和利益之手，但文学的伟大就在于试图螳臂挡车，始终向往着理想主义、人性和诗性，无论现实多么强大。

文学的精神立场在时尚中国的弱化乃至这种衰落对文学和现实的控制，留下了时尚中国在中国现代史和中国人现代生活中的独特痕迹，因此，对时尚中国文学的精神立场的思考，实际上包含着对现代性中国的思考，也包含着对中国的现代性与传统性（小农性）关系的思考，由此延伸出对中国社会发展的认识。

作为资本中国运行的对峙结果，提出寻找精神立场，要求的不仅是知识分子和文学的意愿，而且是知识分子和文学的自我重新出现，或者说，要求的是知识分子和文学对利益的放弃，因为没有放弃就不会认识自己。在20世纪90年代初期，知识分子和文学有精神独立地位，但被认为跟自由的思想与言说、多样的个人存在与选择、公共领域的扩大与开放等相关。如今，这样的要求已经实现，除了极少的政治敏感区域，知识分子和文学基本上什么都可以都写、什么地方都可以自由出入，以至于他们可以自由展现恶的情景。

奇怪的是，20世纪80年代的文学曾尝试拒绝政治同一性，到20世纪90年代以后却主动对市场化政治投怀送抱，主动进入同一性的市场化、利益化意识形态，并且，丧失了精神独立性。真正的精神独立性永远拒绝同一性而保持批判性。

八、缺乏神性精神的文学狂舞

在20世纪80年代，文学始终尝试建立一种神性精神立场，为人们提供一种神性的理想主义价值选择，在相似的精神意向上，各种文学努力都被组织在"宏大叙事"和"启蒙叙事"这种叙事范畴内，各类叙事行为：伤痕文学、反思文学、现代派文学、寻根文学、先锋文学、改革文学等，都极大程度地朝着一个神性精神方向共同努力，这个精神方向带着乌托邦性质的幻想、热情和尝试，并且为现实生活和未来文学开辟了一个具有启示录性质的文学空间、生存空间，同时也是个人生活空间。

后来的许多文学行为，包括私人写作、个人化写作，甚至贾平凹、陈忠实、莫言的写作，都或多或少地来源于当时的叙事世界。后来时尚习性中国文学的个人意识、自由意识和艺术意识，很早就已萌生于现代派文学和先锋文学中，甚至新写实叙事的平庸的个人生活，最早也起源于现代派文学中的个人生存意识。

20 世纪 90 年代之初的中国文学曾经认为：当代中国文学负载了太多的东西，应该把它们卸下来。由于王朔现象和新写实小说的出现，对 20 世纪 80 年代所有的文学内容和形式都进行了破坏，从反对宏大叙事和反对形式主义两方面进入了文学的平庸化和日常化时代。于是，神性精神立场随着卸下来的国家、政治、意识形态、宏大叙事、崇高、历史、人性等也被卸了下来。

在平庸化和日常化的掩护下，所有的非文学因素、非精神立场因素都活跃起来，它们在颠覆和瓦解 20 世纪 80 年代文学传统的同时，也颠覆瓦解了主要倾向于启蒙传统的精神立场。在文学表现范式和精神立场的双重颠覆下，写作个性得到了淋漓尽致的发挥，写作自由也获得了前所未有的内在意义。

在时尚中国向前推进的行程中，放弃神性精神立场的行为在文学中迅速蔓延。市场化的迅速兴起和蔓延，使写作的个性和自由得到了前所未有的现实支持力量，同时也使文学的精神立场的放弃得到了强大的支持和呼应。文学借助市场化和资本化，将小农意识、享乐主义、利己主义以及人性之丑恶和卑劣推进人们的日常生活中，转向人们各种小情小趣的叙事和张扬自我的叙事。

文学借助于日常叙事和时尚叙事繁衍出了诸多写作现象，为人们讲述了一

个有关现代性中国的神话化世俗故事,这其中的一些重要意识:欲望、个人、自由、利益、幸福、享受、娱乐等,都被以新的叙事形式组织进了一个统一的叙事范畴,而人性、诗性、历史、自由、理想主义等这样一些更重要的意识却常常被遗忘在文学之外。

因此,放弃神性精神立场在很大程度上是中国现代化过程中发生的一个错误,它是中国市场化经济行程中发生的错误的精神行为,它在讲述个人与世界在现代化、市场化中的关系时,发生了扭曲。当西方与市场化携手并行至今天时,中国却像遭遇了一个巨大的怪物,一个民族近三千年的所有积郁和所有智慧都混合在一起而爆发出来,这使中国在经历了辉煌的经济三十年后,也遭遇了精神危机。在人类的生存困境中,时尚习性中国的生存困境是独特的,文学在讲述中国人的这种存在困境时,并没有为人们提供一种神性精神价值的选择可能。

然而,我们不能把文学的神性精神仅仅提供给文学或者仅仅由文学来考证,一方面,这样的想法并不仅仅来源于文学,它的最直接刺激其实来源于现实;另一方面,这会瓦解这一想法,因为它的价值单纯性使它可能在文学中站不住脚,而且这一想法主要是针对作家的现实状况而言。在创作主体和阅读主体中,创作主体起着引导作用。

实际上,这里仍存在着福柯的权力话语理论,这无疑已经暗示了神性精神问题将把文学问题引往更广阔的领域。在广泛的社会领域中,文学的神性精神话语将与习性精神话语发生冲突,而不仅仅是在纯粹的文学领域。当然,纯粹的文学领域实际上是不存在的,文学领域与生活领域在当代生活中以密如蛛网的方式交错。

此外,时尚中国的文学话语也与现实话语冲突着,在话语冲突的背后,隐藏着权力斗争。强调精神立场的人,实际上处于弱势话语权力的地位,他们主张的是一种精神的强大,而精神的强大在面对时尚中国的利益强大时,显然是一种微弱的呐喊。

九、失去对文学神圣性的信仰

文学的神性精神立场将与20世纪90年代初以来文学构筑的习性意识形态进行对抗。

神性精神立场的提出依据于特定的历史语境。20世纪90年代以后，中国的社会条件和精神条件发生了剧烈的变化。在中国社会历史的变迁中，作为20世纪80年代的"思想解放"和"新启蒙"运动的参与者和推动者，文学起到了重要的作用，也由此培养了文学的救世济国的责任感。

在时尚中国，迅速孕育出一批与这种历史责任感相对立的利益追求者，他们与原来的叙事意识相对抗，自我颠覆了宏大叙事和人性追求，迅速与社会中新的利益追求意识以及利益阶层结成了同盟，文学倒向利己主义习性立场而放弃神性精神立场。对现代化的憧憬变成了对资本化的妄想，对人性化生活的向往变成了对习性世俗生活的同义转换，对自由和民主的追求变成了对利益秩序和实用主义的崇拜，等等。

时尚习性中国文学的主要特征是粗鄙化，它毫不隐晦地表达了习性意愿和时代特性的结合，也表达了与现实同样的文学妄想。社会重新分层之后，大量的文学知识分子和作家被划进了能够富裕起来的阶层，这使他们中不少人充满了习性欲望，也给文学带来了种种新的利益要求和权力关系，这使文学的神性精神立场不复存在。这时候，一些知识分子的保守性和退缩性就充分暴露出来。

对于20世纪80年代的文学来说，一个宏大的国家、民族与文学共生的现代之梦鼓舞着它们，其创作资源更多地来自这个梦想的支持，这个梦想同时也是一个启悟民众的启蒙梦想。信任是实在的，而信仰是在失败和受到损失时也能保持的，但时尚中国的文学不但失去了对文学神圣性的信任，最重要的，是已经失去了对文学神圣性的信仰。

真正的神圣性信仰问题一直没有解决，神性精神立场便处于漂浮不定的状态中，但它并不会消失，依然会以各种方式重新浮现出来。一种有价值的、非虚无主义的精神反抗必然要归依某种价值，这种价值是精神性、浪漫性而非功利性、非实用性的，即人的行为最终仍然要归依于某种神性精神立场，与某种超越习性生活现场的理想世界相关。

在这个意义上说，精神性、浪漫性的乌托邦一直为不完满的世俗社会所需要，也被文学所需要，而文学也同时就是这种幻想世界、乌托邦的创造者和给予者。而在20世纪90年代以后时尚中国的叙事环境中，具有神性精神的现代化被资本化和习性化具体地替代，资本化中包含盛装了近三千年的农耕文化意识，于是现代化、资本化和习性化彻底混淆、模糊不清，所有的一切都可以被当作最现代的和最符合习性化意识形态的。

资本化所带动的习性生活情景和生存意识，不但在文学中表述为一种具体的时尚生活和日常生活想象，而且包括对古旧的小农习性意识的深度迷恋，并将这一切文学行为转化为本质化的思维方式，认为这就是生存本质。这种生存本质被形而上地神圣化和普遍化，控制着基本的文学与现实的主流关系，并因此而失去了在具体的历史语境中对其进行精神考察和认识的要求与可能。

这样的文学方式普遍无形地深入人们的生活，严重地削弱了中国文学真实反映时代的能力，也严重地削弱了中国文学的认识能力和思想能力。作家和批评者的精英思想随着知识分子精神的集体蜕化也日益瓦解，这更加阻碍了文学继续向生活提问、发现和介入。

尽管时尚中国为文学提供了反对宏大叙事、反对精英意识、反对思想介入的种种文学行为，但这些行为在本质上是与时尚中国的现实行为没有根本界限的，文学的种种文本实践由于缺乏精神行为的确切含义，就多半作为现实行为与时尚中国的行程共存，却并不能保证其作为文学的诗性未来，它们允诺给现实的，现实照原样还给了它们。

因此，这种种文学行为不是彻底的文学行为，而是时尚中国的习性意识形态行为。这些在时尚中国的召唤下形成的集体性想象，很少具有美学的未来可能性，其中所有的个人、自我、自由、民间、国家、底层、乡土等美好的概念，都只是概念或华丽的外衣。

在今天特定的历史情境中，文学的神性精神立场将拒绝各种各样的习性化意识形态，时尚中国的生活自身就是它的意识形态，我们被各种各样的习性意识形态所包围，意识形态渗透在我们的日常生活中，文学中的日常生活也不可能非意识形态化。意识形态的主要特征是最大限度地维护自己阶层的利益，而时尚中国的社会已经迅速分层化生活。

这样，只有拒绝了保卫现实利益的各种意识形态对文学的控制，文学才可能独立地表达自己的声音和时代的声音。对时尚中国各类意识形态的拒绝，就确定了个体与历史间的关系以及个体的神性精神立场，而这种神性精神立场是以人性、自由、心灵、诗性的解放为核心意识的。要实现这种神性精神立场，就首先要消解资本化意识形态——利己主义和实用主义对人的控制，这样，文学才能在历史与个人之间建立一条人性的通道，弥补意识形态所带来的断裂。

十、重建生活与文学的诗性品质

意识形态永远不会终结，而非意识形态化的生活立场永远在确立的过程中。资本权力在中国的确立，把所有的未来想象都变成了同一种现实，而文学不过是对这种简单想象的复制。时尚习性中国文学放弃了或者说自行扼杀了文学与现实的神性关系，也放弃了对诗性生活存在的各种可能性的探索，一方面对现实依附认同甚至阿谀奉承，一方面对文学的诗性力量和精神力量进行解构，两个方向同时指向对乌托邦的放弃、对人性的冷漠和对历史的清除。

这种对文学的理解，使文学和现实同步丧失理想主义和祛魅能力，在以后的很长一段时间里，文学面对市场化、资本化、利益化、利己主义、实用主义、消费、侵夺、公正、正义等历史现象和人类的核心意识都失去了认识、判断和思考的功能，也失去了批判的立场，没有能力意识到资本化意识形态笼罩了我们的日常生活和文学，我们自身就成为维护、实现、发展资本化意识形态

的一部分。

当文学与现实共谋合伙,以资本化和利益主义的最大幸福以及利益化分层社会结构作为未来生活蓝本时,真正的乌托邦已经消失,而且证明我们没有真正的乌托邦资源。当文学无法确立自己与时尚习性中国的真实想象关系,也就无法确立一种神性立场,反之也如此。因此,现实行为围绕着资本化意识形态而发生,习性借现实的合法而竭力文学化,这时,只有神性立场能够对其说:不。

20世纪80年代启蒙的神性梦想已经破灭,时尚中国并未像人们想象的那样,在巨大的经济杠杆作用和市场自由之手的推动下,完成自由、民主、公正、平等的统一。阶层分化连带着权力分化,权力与穷富在时尚中国已你我不分,大多数人执迷于自己的现实利益以至生存问题,心灵的声音被压制而难以听到。

政治、权力、国家、制度、阶级、利益又一次转化为现实,而这种现实与20世纪80年代相比,它更加具备精神性含义:显然20世纪90年代以后的制度更加健全,但精神危机却日益加剧,人们的精神抵抗几乎已经没有了底线,一触即溃,人性之溃败造成了利益之恶,这使精神危机不断转化为社会危机而聚合。

在这样的社会情境中,文学关怀现实、寻找理想主义变得直截了当、严峻急切,但这种精神立场主要地不是替底层人民悲愤立言,而是反思知识分子和文学自身:如果不能洗干净脑子再说话、洗干净手再写作,一切都是虚假的伪装、都是一种装模作样的道义立场。如果对底层人民真正同情和怜悯,使他们进入文学叙事范畴,首先自己要对他人公正、敢于放弃利益,然后才有可能进行文学叙事。

20世纪90年代以后,知识分子和文学不愿意成为"代言人",因为这是一种精英姿态。奇怪的是:精英有罪吗?任何一个社会,没有精英如何有主流意识?文学不就是精英的表现?做"代言人"别人可以不承认,但自己却不能没有代言意识。文学难道主要不是"代言"而是自说自话？一个对他人不发生影响的作品有什么存在价值和意义？放弃代言和精英意识，首先是放弃一种精神立场，然后才是社会责任。当知识分子和文学没有了精英身份的约束，就可以肆无忌惮地与现实同流合污。

　　文学知识分子是以艺术地表述生活和再现生活为业的人，在时尚中国的文学中，这种艺术地表述生活和再现生活，已完全与一种权力中心主义结合并为其所控制，这种权力中心主义使一切人、一切阶层、一切意识都划分为两种：权力与非权力。任何一个有一丁点权力和任何一个没有一丁点权力的人的不同，并不取决于出身教养文化阶层的区别，而取决于是否有权力的区别，他们因为与权力的远近关系而划分为两种人。这使文学行为在很大程度上趋于一致和雷同，这也是文学景观中出现那么多权术、盘算、争斗、颠覆的原因。

　　实际上，这样一些文学行为，已经丧失了艺术地表述生活和再现生活的品质。

摘要

第五章

<<<<<<<<<<

>>>>>>>>>>

　　有生存立场就会有神性立场，神性立场与诗性立场相依相生，常常影响了历史的倾向，所以诗性立场标志着神性的生存品质和历史品质。神性向往和诗性立场也与诗性智慧相连，诗性智慧由对生命的诗性立场产生，是生命智慧和审美智慧的发生与实现，它最大限度地追求历史和生命的自由，自由是历史和人发展的方向，而诗性立场是发生自由与美的诗性智慧的源泉。中国来到诗性立场的伦理性与审美性都需要被强调的年代，鉴于艺术与现实间独特的诗性关系，文学与伦理就需要结盟而形成神性生存，神性生存是对诗性和伦理的双重理解，是由伦理显现的诗性生存。如果本质整体的生活是生存，生动具体的生存是生活，那么，诗性伦理生活意味着文学的道德实现不是某种概念而是一种生活实践，文学在深入人类生存道德的意义上创造人类，因为文学使人类道德获得独特的存在形式和内容而变成一种生活；诗性伦理生活不仅是一种文学所创造的生存追求，而且是一种生活的本来风格，它从诗性立场进入对人类精神和历史形态的推动。在时尚中国提出诗性伦理生活，是要更深入地探寻文学与道德的关系，也是为了探询文学与诗性生存的关系、为了发现诗性伦理生活与个人生存及习性生活的关系。诗性思考有对生活的探究性质，诗性伦理生活是文学对生活的探究，一个人无法从他自己的生活本质中逃亡，诗性智慧和诗性生存就必然地与伦理生活连在一起，神性生存由诗性生存思考而体现，于是，便有面对诗性生存立场的写作身份问题。

第五章

神性立场与诗性立场开启诗性伦理生活之门

神性向往与诗性智慧一衣带水、相依相生,有神性立场就会有诗性立场,神性立场和诗性立场的实现是一种形而上的生存,但这种实现的更深刻、更根本之处,是它常常影响了历史的倾向。艺术思考和品质都来源于生命思考和品质,历史品质由生命品质形成,一切历史现象,诸如体制、科学、政治、经济,都发源于为了让生命存在得更美好、更有意义。

神性立场和诗性立场不但对文学家、艺术家这样的工作者有特殊意义,对普通人的生命品质也同样有意义,对每一个民族、对每一个人都可以追问:我们怎样去生存?我们生活中有没有一种神性立场和诗性立场?因为,神性立场和诗性立场是对美的生活的追求立场,也就是对诗性伦理生活的追求立场。

一、诗性智慧标志着最高生存品质

诗性立场标志着一个族群和人类整体的诗性智慧。神性立场与诗性立场相依相生,神性向往也与诗性智慧相依相生,如果要确定一个文学家的水准,一要看作品的神性向往怎么样,二要看他所达到的诗性智慧的层次,做一个真正的文学家,就必须要有诗性智慧。

诗性智慧是生命智慧和审美智慧的发生与实现,诗性智慧由对生命的诗性立场产生,诗性立场与生命和审美相连,所以,诗性智慧首先是关于生命的美与自由的想象性智慧,而诗性立场是想象自由与美的诗性智慧源泉。从诗性立场出发,诗性智慧以诗性想象最大限度地追求历史和生命的自由,而自由是历

史和人发展的方向。

诗性智慧是关于人类所有专门学科和知识资源的智慧，出于对人类的理想主义追求或者说神性向往，才有了诗性立场和诗性智慧，因此，诗性智慧是人类最高的智慧，是神性智慧的具体体现。仅仅从人类发展的学科角度看，没有诗性立场就不会有诗性智慧，没有诗性智慧，不但哲学思考是不可能的，即使科学思考也是不可能的。

从诗性立场出发，诗性智慧的四个核心问题是：①艺术品质，诗性智慧是通过想象性、浪漫性和虚构性来创造生命的美；②自由品质，诗性智慧在很大程度上是生命的自由性和想象性结合一体的纯粹性；③真理品质，诗性智慧表达了某种历史与自由之间的关系，对人类自由的追求就是真理的要求，就要有真理与虚伪之分；④灵魂品质，诗性来自敬畏生命，生命是有灵魂的躯体，诗性是生命要求和生命本质。

追求诗性智慧的，也就追求灵魂安放和世界秩序的密切联系，追求一个好的统治者要有一个好的灵魂，要求社会要有明确的善恶对立意识，作恶要忏悔或受处罚。诗性智慧在这样一种文化意识中，更多地追随着灵魂和自由的思考，把生命看作具有身体与精神的双重性、个人与历史的双重性，诗性智慧所受的现实限制就更少一些，因此也更加丰润和强大一些。

诗性智慧起源于古希腊，然而，古希腊并没有明确的诗性智慧概念，最早明确提出"诗性智慧"概念的人是18世纪意大利哲学家维柯，但诗性智慧的话题可以从《荷马史诗》重视诗性智慧与诗性教化，而柏拉图却要把诗人从《理想国》中赶出去说起。

黑格尔说过：一提起希腊这个名字，欧洲人就会有一种家园之感。《荷马史诗》是古希腊精神的塑造者，"荷马教化了希腊"是一句流传甚广的名言，古希腊有教养的标志是能背诵《荷马史诗》并能对其恰当引用，因此，许多人由《荷马史诗》受到教育，并且主要是道德意义上的教育。

"荷马教化了希腊"这句名言告诉我们，《荷马史诗》这部文学作品在讲述故事的同时，影响着希腊人的心灵，从而起着教化作用。这种教化作用，是一种诗性智慧，是文学作品特有的。这也告诉我们，最早的道德伦理言说方式不是哲学论文而是"史诗"，是文学作品独特的讲故事方式。

柏拉图的《理想国》对史诗却做出了相反的判断，这似乎是难以理解的，但是，从时尚中国的情境出发，反而能让我们领悟柏拉图为什么指责荷马，而两者表面的不一致，其实深藏着一致，这与诗性智慧的本质——诗歌的教化功能有关。

文学作品从《荷马史诗》开始就注重教化人，所谓教化人，就是提升人，使人变得更有诗意。海德格尔说人是诗意的存在者，应该在一个诗意的家园。文学艺术就是要使人活得更美好，而不是使人活得糊涂、低下、卑鄙。柏拉图反对诗歌，也是因为他认为诗歌没有写高尚的人，写了不好的情欲，所以要把诗人从《理想国》中赶出去，他甚至认为荷马教化的希腊人是有缺点的，所以要求人更完美。

荷马生活的时代是人的欲望全面实现的时代，也是一个生气勃勃的时代，能推进人的生活。但到了柏拉图的时代，就必须以公正的原则去制约生活。在荷马时代，人人都能接受《荷马史诗》中的生活形式和游戏规则，史诗的听众也完全能领会和认同史诗中这方面的伦理教导。在柏拉图的时代，公正原则和民主制度都开始衰退了，因此不能没有限制人的行为的公正原则，所以就不应该写破坏公正的东西，否则就不能教化青少年，写情欲、写神的种种弱点都可能破坏公正的生活。

二、"荷马教化了希腊"的诗性智慧

《荷马史诗》主要从两方面教化希腊人：

（一）《荷马史诗》传达给人们的，是美好的生活理想

《荷马史诗》避免提到任何卑劣的东西，有把一切东西理想化的倾向：人是美好的、神是美好的、山是美好的、水是美好的……

《荷马史诗》体现的古希腊人的美好有三方面：

首先，是活得优秀、出众、杰出。男子的杰出是勇敢与骄傲，女子的杰出是美丽与娴静。

其次，个人的优秀与家庭、部族和友谊是分不开的。一个优秀的人，也就是一个全面负起责任的人：优秀的父亲、优秀的君主、优秀的丈夫、优秀的妻子、优秀的朋友。《伊利亚特》中的特洛伊王族中，普里阿摩斯是一个好父亲，心疼儿子，关心家庭利益，不惜冒生命危险，向暴怒的阿基里斯下跪求情，赎回儿子的尸体。赫克托尔是典型的好儿子、好丈夫和好父亲，他与妻儿的城楼告别一幕，成为西方文学史中令人难忘的篇章，体现了对妻子命运的关怀和对儿子的爱与期望。《奥德赛》中则描写了好妻子珀涅罗珀，她美丽、忠贞而智慧，十几年中巧妙地拒绝了无数的求婚者。

再次，重视友谊。朋友使生命具有了欢乐与意义，朋友是自己的另一半，是人的生存必需的、共同的生命联系，是相互的理解与支持，这与责任有所不同。阿基里斯在好友帕特罗克洛斯替他上战场并战死沙场后痛不欲生：这一切于我又有什么欢乐可言？我亲爱的伙伴已不在人间，即使他知道自己出战必死，也义无反顾地拼命为朋友报仇。

古希腊人的这三方面美好构成了荷马世界中一系列基本秩序，是古希腊伦理生活的大原则，当这些原则被侵害、被破坏时，则会带来一个不安社会和惨痛后果：在《伊利亚特》中，受威胁的是族内利益的分配原则，在《奥德赛》中，受威胁的是家庭安全。

（二）推崇公正原则

在西方，公正的概念最早见于《荷马史诗》。《伊利亚特》的主题与其说是希腊人大胜特洛伊人，不如说是希腊人的一次内部不公正差点毁了自己。史诗的教化意义在于它发掘人类侵犯公正的原因：情欲和贪婪、傲慢。帕里斯由于情爱，拐走了希腊最美丽的女人海伦，破坏了一个家庭，触怒了一个部族，引起了整个古希腊的战火。阿伽门农由于贪欲，夺取了别人辛辛苦苦得来的战利品，使得愤怒的阿基里斯退出战场，导致没有他参战的希腊联军节节败退，几乎全军覆没。

公正作为道德领域中的原则被侵犯后，就不仅仅是对个人的伤害，而且会对集体的利益造成巨大的伤害。史诗时时通过受害者对于贪欲和情欲进行指责。阿基里斯斥责阿伽门农："无耻，彻头彻尾的无耻！你贪得无厌，你利欲熏心！凭着如此德性，你怎能让阿开亚勇士心甘情愿地听从你的号令，为你出海，或全力以赴杀敌？"赫克托尔也常常指责自己的弟弟由于情欲而破坏了好客与信任原则，拐走了海伦，这将给整个家庭带来灭顶之灾。

古希腊人对公正的信念是与对宇宙秩序的理解紧密结合的，对公正原则的破坏，必然会引起宇宙秩序的混乱。种种自然灾害都被解释成神恢复宇宙秩序而惩罚破坏公正者。不仅《伊利亚特》开头时对希腊军队中的瘟疫如此解释，《旧约·圣经》中对洪水、火山爆发和瘟疫的解释也是如此。

《荷马史诗》中仔细描写了对公正被破坏后的"补偿"，不仅描述了补偿数量的巨大，描述了阿伽门农除了要向阿基里斯归还战礼，还要招其为婿，不要聘礼，陪送一份七座城堡的嫁妆。特别重要的是，这种补偿必须是举行一种公开的仪式。公正既然关乎公众的、社会的原则，对其破坏就直接间接地伤害到了所有人的利益，对其纠正就必然让所有人都知道并认可。

在形式公正方面，《荷马史诗》中还对古希腊一整套公正护卫程序进行了讨论，如《伊利亚特》中的首领会议和《奥德赛》中的公民大会，申诉者与主持公道者，等等，都给我们提示了古希腊公正程序的细节图景。

与"公正"极其密切相关的是"荣誉"，公正是否受到伤害，关乎活生生的个体和集体的荣誉受到侵损的问题。阿基里斯总是把自己受到的不公正待遇感受为像自己这样一位神的后代的英雄怎能受如此奇耻大辱；而海伦的被拐也不是首先被希腊人看作对原则的破坏，而是视为对阿伽门农家族的侮辱，从而是希腊的耻辱。

三、由诗性智慧显现的诗性伦理生活

耐人寻味的是，最早的诗性智慧——《荷马史诗》的诗性智慧竟然与公正、与伦理相关，即是说，诗性智慧与诗性伦理水乳交融。诗性立场与诗性智慧相连，也与诗性伦理相关，实际上与神性生存相关，这需要格外注意。

时尚中国使我们也来到了一个诗性智慧的伦理性与审美性都需要被格外强调的年代。鉴于艺术与现实之间独特的诗性关系，文学与伦理就可能结盟而形成神性生存，并真正深入历史与生命。神性生存既是对文学的理解，也是对伦理的理解，它是由诗性智慧显现的现实伦理，或者是由伦理显现的诗性生存。如果神性生存像哈姆雷特的生与死的问题一样，是一个存在的根本问题，诗性伦理生活就是一种神性存在的根本表现。

我们把更本质整体的生活看作生存，把更具体生动的生存看作生活，那么，诗性伦理生活意味着，文学中的道德不是某种概念而是一种生活实践，它包含多重元素，并不简单化和表面化。文学不是依附于现实表面去肤浅地宣扬人类道德，而是在深入人类生存本质的意义上创造人类道德，因为文学使人类道德获得独特的存在形式和内容，并且由此变成一种生活：诗性伦理生活不仅是一种文学所创造的生存追求，而且是一种生活的本来风格，它从诗性立场进入对人类精神和历史形态的推动。

由此，在时尚中国提出诗性伦理生活，是要更深入地探寻文学与道德的关系，也是为了探询文学与诗性生存的关系，也是为了发现诗性伦理生活与个人生存及习性生活的关系。时尚中国的习性生活中交织着各种力量：上升的与沉沦的、光明的与黑暗的、激情的与猥琐的，等等，而这其中就可能渗透着神性生存与习性生存的关系，甚至必然包含着正义与邪恶两种基本力量的冲突。不论现实中还是文学叙事中，总是有神性生存与习性生存这两种基本的生活风格和生命形式：追求神性生存常常表现为对光明和理想激情向往的生活；崇拜习性生存常常表现为狂暴、阴暗和委琐的行为与心理等。

第五章　神性立场与诗性立场开启诗性伦理生活之门

神性生存与习性生存两种不同的生活力量互相交织、同时在生活中发生作用，而时尚中国习性文学却往往轻巧地避重就轻，避开神性生存，顺应习性地单方面描写一种迎合性生活，常常津津乐道于歌舞升平、沉醉于浑然不觉。这样，时尚中国的情境滋生了普遍的习性生活风格和文学风格，使人们在观看一个文学行为或者事件时，常常因为消遣戏玩和表演炫耀而发生趣味，甚至为张扬权术欺诈和生活之恶而发生趣味。

时尚习性中国文学的道德表现已经相当贫弱，遍地的食利欲念正在强暴地吞噬着道德精神，物质主义、利己主义、实用主义和享乐主义不断遮盖着伦理生活呈现的可能，也遮盖着文学叙事本来与道德以及人性相连的古老诗性品质，并破坏着我们的生活风格和文学风格。这就产生了从诗性立场和诗性智慧出发，追求诗性伦理生活、追求美的生活、追求神性生存的必要性，让诗性伦理生活对时尚中国现实和文学撞击生命，思考与激发人性意义。

如果从维柯对诗性智慧的界说出发，诗性智慧是一种激情、想象、具体、生动的智慧，它对社会和生活有"强烈的感觉力和广阔的想象力"，这使诗性与生命的融合具有超越现实的力量，也就产生了诗性生存和诗性伦理生活。

也就是说，在很大程度上，诗性智慧既是人类的诗意存在标志，也是人类的伦理文明标志，人的诗意存在集中于诗性智慧的言说时，诗性表现可以集中人类的神性品质以及事物的美的特征。生命像文学一样，不仅是生活性和审美性的，而且是政治性和道德性的，生命与诗性都由人的理想和人的现实结合而生，并成为人性和人道主义、自由和平等的真实具体表现。从赫尔德林、海德格尔开始，人们更加普遍认可：人的生活世界基本上是一个充满诗意的世界，人本身是一个诗意的存在而不是纯功利的存在。既然人是诗意的而非纯功利的存在，就有一种神性生存与诗性伦理生活的存在。

我们首先必须明白诗性写作立场与诗性生存立场的一致：文学写作是诗意的行为，诗意的行为不是实用的行为，需要诗性智慧去完成，也需要通过文学事件和文学行动去实现诗性智慧，实现诗性智慧就是实现一种诗性生存，诗性

生存远离实用主义的生存风格和生存方式，被文学写作实现、被文学作品包含的诗性智慧不能用来吃喝玩乐，文学作品不是实用品，文学写作也不单纯是著书为稻粱谋的职业行为。

但是，在时尚时代，中国人一夜猛醒，积蓄几千年的小农实用性在现代性和利益化中旧梦重温：一切都应该是有用的，凡是没用的都弃之如履。于是，时尚文学常常需要一个非常现实的存在理由，常常使人们想要用文学来干什么、来满足现实的欲望要求。而文学叙事本来是没有实用性的，文学是一个虚的世界，没有实在的目的，我们不能用文学来干什么，文学自身就是文学存在的目的，还可以说生命就是文学存在的目的。

中国文学的传统是教化的、人伦的、致用的，这种实用性的文学传统在经过现代文学的变革之后，并未有实质性的改变，于是它随同习性现实而奇异地变化。中国古典的和现代的文学实用主义，都对国家主流意识做出解释和宣传，而时尚习性文学的实用主义，却用最日常的、最贴近身体需要的方式，向人们叙述着那些最吸引人们、让人们羡慕的习性生活。

时尚中国文学给人们不断地制造习性现实之梦，但不是弗洛伊德、海德格尔向人们讲述的现实之梦和彼岸之梦，而是像邻家汽车、朋友宠物一样可以得到、可以享用的实际之物。而真正的文学给予人们的，只是一个永恒的心灵幻象，它永远让人们梦想着、实现着，却从不能真正实现，它的真正意义是创造了那个有着心灵梦幻殿堂的人，创造了人的神性和灵性，而不在于让人去占有物质、享受物质。

表面上看起来，从解释国家主流意识到解释个人日常生活，中国时尚文学与以往的文学相比发生了极大变化，但其实用主义的本质并无多大变化，只不过解释的对象发生了变化。从号召人们服从国家利益到号召人们享用生活利益，其中明显转变的，不过是从小农习性与人伦关系的结合到小农习性与资本关系的结合、从小农意识与国家利益的结合到小农意识与个人利益的结合。

时尚习性文学中赞颂的生活英雄，是那些拼命赚钱和拼命消费的市场人，用身体去占有和享受、用灵魂去服从身体，成为时尚习性文学的主题。表面上看起来多元兴盛、热闹光鲜的文学，实际上具有沉闷标准的统一习性主题，实际上都单一地实用化了，都被当作一种可吃的文化食物来享用，但被多情者陶醉地冠以个性、生命、生活、现实、真实、多元、自由等美妙名称。

四、用来探究生活的诗性伦理功能

诗性立场与文学功能相关，文学功能是用来探究生活的，即是说，具体的文学功能形成了诗性伦理生活。

文学有三种主要功能：认识功能、教育功能、审美功能。认识功能不等于呈现现实状态，审美功能不等于停留于写作技术，而教育功能在时尚年代则被忽略不计。市场是有用的，文学是无用的，但这并不是说文学对人类是无用的，文学仍然有认识功能、教育功能、审美功能，但文学功能必须与诗性智慧和诗性伦理生活相连，而诗性智慧和诗性生存一定没有实用功能。

要强调的是，教育功能或者伦理功能在中国的时尚年代是最重要的。因为认识功能是指人类要认识自己，确立某种主体与客体的关系；审美功能是指要创造一种美的生存，这不是单纯的欣赏活动和娱乐活动，而这两方面：认识自己和创造美的生存，都是为了提升人类，都与诗性伦理行为相关，而伦理功能就是对人类生存本质的各种思考、创造，是对真理、正义、尊严以至灵魂的实践行为。

所以，康德有《纯粹理性批判》《实践理性批判》《判断力批判》，神性生存和诗性智慧最终与纯粹理性和实践理性——诗性伦理生活相关，是实现它们的最好领域和方式，即是说，诗性智慧和诗性伦理是创造人类的乌托邦的最好领域和方式，也是追求理想主义、正义、真理的最好领域和方式。

诗性智慧的根本核心是对人类生存的思考，就是必须去探究为什么生存，而不管生存得怎么样——科学技术、市场产品才管人们生活得怎么样，而且，文学是诗性化的理性，它与政治、历史、经济、心理这样的实践性社会科学活

动不同,纯粹诗性与商业和技术结合时,产生的仍然是诗性智慧的结果,由此出发,对西方的很多电影大片,我们不能只看到它们的奢华场面和技术层面,更应该看到它们背后一种强大的诗性智慧传统对生活的探究。

诗性智慧对生活的探究是需要传统的,当代中国生活和文学缺乏诗性智慧传统。诗性立场所表现的诗性智慧不是生存的技巧智慧,不是权术和心机,不是实用主义策略和方法。中西方两种文化,影响了两种有区别的诗性智慧倾向,中国与西方不同的生命倾向,产生了不同的历史方向和文化品质,也决定了中西诗性智慧的差异。

中国文化轻视心灵幸福,注重现实功利,追求人际关系,讲究制衡。人际关系是"我"的人际关系,人际和谐是"我"的人际和谐,说到底是为了"我"的现实生存,是为自己的利益化目的,没有现实利益与天国幸福的同时思考。这样一种文化产生的诗性智慧受到现实的强大压制,由此,中国文化传统缺乏想象性和浪漫性的诗性智慧。

诗性智慧包含着诸多相关艺术因素,但任何艺术从根本上都是叙事的,诗性智慧主要由叙事培养。好的叙事就要有一个好的故事,好的故事就要让生命和人类有美好感受,因此诗性智慧与故事密切相关,因此,当代中国缺乏诗性智慧与缺乏叙事传统有关。没有故事的文学,是缺乏诗性智慧的文学,对文学来说,故事就是叙事法律,没有故事的文学,诗性思考和诗性伦理都不可能实现。

最重要的是诗性思考,是诗性智慧对生活的探究性质,是要去思考为什么活着,而不是仅仅活着,于是,诗性智慧和诗性生存就必然地与伦理生活连在一起,与生命尊严连接在了一起,是获得、神圣、庄严的生命意义的思考,是像哈姆雷特以及俄狄浦斯那样思考,而不是像大多时尚习性中国文学作品中的人物那样为自己活得怎么样而计较。

诗性伦理生活是文学对生活的探究,1985年以来的中国文学几乎都不探究生活为什么会这样,比如说,同是先锋作家,格非的作品也写得很好,他表现的历史与《活着》不一样，引起人思考：历史其实原来不是这个样子，他面对历史以另一种方式让读者进入思考，但为什么不一样，他就没有去探究。一段历史可以这样看，也可以那样看，这不能不说是一种启示，但对于为什么会是这个样，当代中国文学普遍缺乏这种探究。

中国的先锋文学深刻地影响了当代中国文学，直至今天，但今天失去的是先锋精神，留下的是先锋技巧。先锋文学走不下去，因为他们在艺术的表面模仿西方文学，他们必须回到本土来，就是说，中国文学要有本土特色才能跟别人去比，所以，先锋文学作品不可能获国际奖，获国际奖的反倒是那些对经典文学和先锋文学都不太通、对西方文学也不太通的作家。

但接下来的问题是：真正的强者是学习别人就超越别人，而当代中国文学却是明明受人家的引导和影响，却走不出去，最后不但没有超过人家，而且也没有形成学习别人后的独特性。最有趣的是，我们超越不了别人，就说那是别人的，不是我们的，别人再优秀，别人代替不了我们，我们超越不了别人，就拿出跟别人不一样的东西，尽管这种东西不一定优秀——这有点像阿Q的心态。

于是，我们明白了中国先锋文学为什么会垮掉：原因不在于中国先锋文学借鉴了西方文学的形式、语言、比喻、象征，等等这样一些技巧，而在于中国先锋文学几乎避开了基本的文学功能和诗性生存，没有对生活进行探究，只好回到本土的习性生活中来，这实际上是一种躲避的迂回，并不是真正的前进，而后来的人还停留在这种躲避的迂回中洋洋自得。

五、由诗性生存思考而体现神性生存

这样，就用中国本土的语言方式和风格去写中国本土的东西，这些东西与西方不具有可比性，但在某些方面更加接近西方，因为它们随意地让资本化、时尚化与习性生活结合，比如一些80后、90后的作品很时尚，能让外国人了解中国的年轻人在想些什么，外国人就感兴趣，他们想听、想看、想了解中国的年轻人是什么样的；而像毕飞宇、韩少功这样的作家写的是很土的中国生活，但他们用比较精粹的西方文学技巧和语言方式，就容易推向世界，另外也有像莫言、贾平凹、刘震云、阎连科这样的作家，他们写外国没有的、跟外国人完全不一样的生活，这样世界就玩不过中国了。

但这些很土鳖或者很奇怪的生活、这些很精粹纯熟的文学技巧与语言，并不能代替诗性生存思考，并不能产生对生活的探究，最终还是没有探究为什么活着，所以就不能震撼人、不能影响世界，只能一小块一小块、零打碎敲地走向世界。人家就是了解我们一下而已，说得不好听，我们成了皇帝的新衣，人家看看你这个皇帝，就是看你穿衣服了没有。这样，我们的文学对世界还有什么意义呢？我们的文学虽然受到了西方人一定的欢迎，但影响西方了吗？而西方的文学却深刻地改变了我们、影响了我们，虽然我们不断地叫嚷抗拒西方对我们的改变和影响，实际上，对于文学来说，这不过是虚幻的自我满足加上趁火打劫。

这是非常重要的，我们需要从这个角度思考：我们为什么不能影响别人？因为我们没有对生活的探究，《活着》并没有让人明白我们为什么活着，就像电影《英雄》并没有让人明白什么是英雄。每一种生活形式和艺术形态都能产生它独特的魅力，但如果我们没有神性生存思考，连这样一小块一小块的东西都不能改变人、影响人。时尚习性文学作品的状态自然延伸到影视作品中，所以《英雄》让人莫名其妙，不知道这部作品中所说的英雄到底是什么，这部作品甚至连生活的样式都没有呈现，只是一些五颜六色的漂亮画面，还有一些技巧性的捕杀场面。这在当时很引人注目，但这能代替对生活的创造、对生活的探究并且去提升人的生存品质吗？后来的电影《小时代》和《后会无期》从文学延伸到电影，对生活没有任何探究，更是没有诗性生存思考的典型表现。

荷马、毕达哥拉斯、苏格拉底、柏拉图相互有所不同，但他们作为西方的一个精神整体却具有一致性，却有与孔孟老庄对生活目标和生命品质的根本不同,这影响了今天的文学写作,因为我们至今仍然处于小农习性的浓厚阴影中。对小农习性生存深入意识,我们看西方与中国不同的文化和文学传统,就可以更深入地去理解中国文学与中国作家为什么会陷于困境中,不能走向世界。

不追究为什么生存、不追求生活的意义,是中国文学软弱无力的根本原因。没有思考,就没有教化,所以,孔子的教化与柏拉图的教化根本不同,也产生根本不同的效果。《荷马史诗》和《理想国》有差异,但都在追求文学的诗性伦理生活、教化意义与美的功能,而从《诗经》开始,除了屈原这样的少量作家,大多中国古典文学作品主要是呈现一些生活状态,大多中国文学笼罩在这种只呈现、不探究的文学传统中,直至今天的时尚习性中国文学。

中国文学的传统是教化的、人伦的、致用的,这种实用性的文学传统在经过现代文学的变革之后,并未有实质性的改变,于是它随同现实精神而奇异地变化。文学和生命的存在,像玫瑰的开放一样不需要理由,而时尚习性文学使人们想要像那些习性生活现场中的人物一样去享乐、像长篇历史叙事中的帝王一样去运用权术、像那些习性生活中的现实人物一样去获取现实利益。这其实一直就是中国传统的对待文学叙事的态度,人们对《三言二拍》《三国演义》都是这样的要求:崇拜和教化同时并行,只不过时尚习性中国更加鼓舞了、突出了人们的世俗习性和功利倾向。

六、必须抬起头来仰望天空的写作身份

诗性生存是追求神性生存的最主要形式,因为所有的诗性生存都可以在不受现实控制的神性想象中展开。在诗性生存的领域中,建立起一个虚构的、想象的、浪漫的空间,就是建立一种神性生活。在时尚习性现实中的诗性的或诗意的生命追求,不仅是诗性智慧,而且是生命的美,是通过想象性、浪漫性和虚构性来改变习性生活。

所以,诗性立场面对生命的诗性生存时,它同时面对着两个主要的领域:

一个是浪漫性的想象领域，一个是现实性的生命品质。简洁地说，一个是想象性，一个是思想性，通过诗性生存思考去构筑一种生命品质，通过想象生命去追求诗性生存。

文学本来就是一种生存，在文学中生存是一种诗性生存，而在生存中追求文学也是对诗性生存的追求，这是与人们实际经历的生存不一样的另一种生存，这种生存的心灵性和超越性使其更具有神圣性。但在时尚中国，文学似乎越来越变成和替代了人们的实际生存，文学不再是心灵提升和精神提升，不再是另一种生活的创造，它变成了生活的镜像和榜样，让人们向往和歆羡里面的享受，它变成了生活的装饰物和填充物，变成了娱乐和闲谈，甚至变成了权术和阴谋、变成了阴暗和卑劣的满足。

追寻文学的诗性立场的真正目的，不在于对文学写作内部关系的清理，不在于对那些粗糙拙劣的文学的反拨，而在于对这些叙事行为隐藏下的心灵进行追究，对这些内容与现实的精神关系进行反思。艺术精神的实现是在文学与内部和外部的双重关系中实现的。从1990年初起，中国文学已开始放弃和质疑甚至否定文学的理想主义精神、文学强大的历史功能和社会功能，现代文学作为经国大业、不朽盛事的辉煌历程已经走完，时尚中国平庸、日常、卑琐的生活抵消了文学伟大、崇高的人性精神和历史精神。

时尚中国没有看到，也不想看到文学写作的精神救赎作用，不想看到文学自身的艺术精神如何得到自我挽救，因为艺术精神突入人们生命和历史深处的可能和意义已被怀疑，艺术精神如何使艺术能自我圆满也就不再重要。在更大程度上，很多时尚习性中国文学行为是现实谋利行为，而不是精神行为，它们常常是具体现实景观的直接衍化，缺乏审美精神和文学性精神、缺乏一种诗性立场。

这样，在时尚中国，我们面对的就不仅仅是乡土文学、城市文学、身体写作、青春写作等写作现象、写作行为，而且同时面对文学写作的诗性立场问题。因为，一种写作就是一种生存，写出什么样的内容，就是什么样的生存观念。所以，关键在于时尚习性中国中作家的精神和心灵腐化堕落了，破坏了文学与现实的文学性关系和心灵关系。

这种诗性立场追寻的核心，在于追究以现实意志对抗文学性精神、以民间立场对抗精英心态的风尚，这种风尚给人错觉：似乎文学越是普通庸常、越是走入民间就越是文学。但真正的文学家应该是一群这样的人：他们并不比普通人高，但他们仰视天上，并且必须仰视天上，他们不能只顾低头找垃圾、拆烂污或者和普通人一样什么都看不到，那他们就不是文学家了，他们必须抬起头来仰望天空，用阳光照射手里的从垃圾中捡出的东西。他们不能以民众代表、他人导师自居自诩而傲视别人，但他们必须认真对生活有所发现、批判以及引导，不能因为不自诩就不追求，至少，他得为他自己作为一个真正的文学生存者、一个诗性生存者、一个浪漫主义和理想主义的生存者而追求，在他心头应该永远有一个乌托邦照耀着现实。

在时尚中国，无论作家们怎样掩饰和标榜，人们在谈论文学的时候，关注的不再是它的精神高度和人性关怀，而是它带给人们什么样的实际生活感受，不管是作品让人们尖叫，还是人物让人们效仿，或是丑恶与卑劣得到鼓舞，都能让人们满足自己的现实性需要。时尚中国的一部分作家在各自擅长的身体写作、私人空间、青春偶像、欲望疯狂、家庭争斗、宫廷权术、乡村苦难、民间丑陋、生活之恶里摸爬滚打，一身泥水却日益风光，很多叙事者变成了专事离奇古怪、寻求鄙琐刺激的工匠。

此外，时尚习性文学把文学与生存的关系转化为写作与习性的关系，把写作与习性的关系变为职业与谋生的关系。如果从作家个体的职业生存行为看，他的生存行为与写作行为在本质上是统一的，不论在写作中生存还是在生存中写作，一种生存就是一种写作，这种写作担负着作者所有的生存方式和观念，当作者的生存地位发生改变时，写作也会相应发生改变，因为生存方式和观念发生了改变。

但从根本上，应该是文学中的诗性生存和神性生存在改变着人，而不是用

文学获取的生活地位对人的改变。如果一个人的生存并没有被文学改变得相对纯净、崇高、神圣，这个人就是文学的职业玩手。很可惜，时尚中国很多作家以写作为业求生，但并没有将自己的生存真正融进文学的神性生存梦想、诗性生存想象和浪漫生活中，他们宁愿活得更现实一些，只是以文学来混饭以至沽名钓誉。

实际上，中国许多出身于底层的作家用文学来求生、用写作来改变生活地位，从民间化入主流、从底层化入上层，由愤世嫉俗或认真批判变为对现实酬唱应和甚至阿谀奉承。这些作家处于非职业化、边缘化和底层化时，他们没有什么可保卫的名分和利益，一旦他们的写作行为被承认，他们被确定了作家甚至名家身份后，他们写作的活力便渐渐销蚀，他们的生存立场就改变了，写作立场也随之改变，转而用写作来保卫和扩张已经得到的利益与名分。实际上，他们的诗性立场发生了改变，或者，他们从来就没有过诗性生存立场。

七、生活方式深处积累着他们本性的恐惧

如果一个文学家和平民一样、和政治家一样，甚至和其他非文学艺术（哲学往往与文学艺术一体）的知识分子一样，那么还要文学家干什么？更普遍地说，文学家是一种知识分子，如果知识分子都和平民一样，那么还要知识分子干什么？知识分子和文学家生而担负着作为知识分子和文学家的责任，这是永生不可推脱的，即使是死亡，也要作为一个文学家、一个知识分子而死。

说知识分子要进入民间、要放弃自以为是的使命感和责任感而与民同乐，要反对宏大历史回到平庸日常，要脱离人性整体性回到个人，要挣脱僵硬单调走向自由广阔，这其实是放弃痛苦的精神追求而走向快乐的习性享受的借口，是逃避现实精神矛盾和人性冲突的借口，深藏其中的是：只要与平民一样了，那就平民干什么知识分子也可以干什么、平民不做什么知识分子也可以不做什么，这样，做任何事就都振振有词、无所顾忌，这造成了时尚习性中国文学中庸常内容、恶俗风格、卑劣意识、浮嚣人生的大量泛滥。

对这样一些假冒真实性、现实性之名的作品，如果用文学的诗性立场来要求它们，那就无异于对牛弹琴，因为它们所关注的与文学的神性向往和诗性品质南辕北辙、相去甚远，时尚习性作品更多考虑的是用写作谋生的问题。

中国文人有学而优则仕、著书为稻粱谋的传统，这种潜在的血缘意识深刻地影响着时尚中国作家的生存意识和写作意识。有些作家一开始的写作就不是为文学、为生命写作，而是为谋生写作，后来他们的职业意识也不是文学的专业意识，缺乏文学的尊严感、神圣感、责任感，文学只是一种发财法术或者过得好过得自在自得的工具。

有的出名作家说他一开始写作是为了在军队提干、为了不回到农村。出于这样的写作动机，一旦成功，不会越来越接近文学的神性意识，而是离文学的诗性本质越来越远。对很多人来说，文学写作就像考大学一样，不过是功成名就、改变生活质量的一条谋生之路。这样的作家一旦开始成功，他的艺术失败也就开始了，因为他的写作成功不过是实用主义、小农习性的生存成功，小农生存一旦成功，就永远不会达到文学真正能达到的艺术目标，由小农习性生存立场所产生的写作立场，给一些写作带来堕落、功利和自得，也给另一些人带来困惑、焦虑和挣扎，这些意识被同时贯穿在生存过程和写作过程中。在这样的过程中，真正要解决同时也不得不解决的是：与作者自己相关的问题，即作者的自我如何在写作和生存中同时实现的问题，或者说如何在写作与生存结合的过程中实现自我。

实现自我首先要认识自我，这是几千年来人类一直试图猜透的谜，在古希腊德尔斐神庙上镌刻的铭言"认识你自己"响彻几千年。俄狄浦斯面对女首狮身斯芬克斯猜出了谜语的一个答案：人，但却回避了另一个答案：你是谁。他无法认识自己，因此不断地逃亡和躲避、不断地犯错误，以致最后戳瞎自己的双眼寻找光明。

时尚中国的作家们似乎没有人愿意戳瞎双眼寻找光明。俄狄浦斯的故事告诉我们：一个人要寻找真理、认识自我，他就必须失去自己的一些什么。先要

失去一些什么,才能认识自我,怕失去就不可能认识自我,得到的人也不会认识自我,认识自我就要面对失去,怕失去就无法面对自我。俄狄浦斯逃避认识自我,因为他仍然在得到。从俄狄浦斯的人生看,他在不断成功:他为特拜国除害、有了名誉、得了王位、有了国家、娶了王后,但却没有认识到自我,因为他一旦认识到自我,即我是谁,他就会失去已经得到的一切。他认识到自我后,背井离乡,逃亡他处,变成乞丐。人要勇于失去才能认识自我,或者说认识自我要有勇气,揭开自我的面具,认识人的面具性生存和另一面真实。

时尚中国的现实和作家都有极强的面具性,人们和文学都在与面具性生活狂欢。作家们在揭示生存和生活的面具性方面负有重大责任,但时尚中国的作家更加逃避认识自我,不愿意去追问:我是谁?我从哪里来?我到哪里去?因为,我们这些作家在不断地得到,自从他们依靠写作获得人生成功后,似乎就从来没有失去过,而是在越得越多,在进行财富、资本、名利和权势积累的同时,也进行着习性积累。

在他们的生活方式和写作方式的深处,积累着他们本性的恐惧:他们一旦开始认识自己,就要准备失去已经得到的一些甚至全部,因为他们自己就是眼前现实的既得利益者,他们怎么能够批判、摧毁让他们得到好处的大好江山呢?他们没有勇气丢江山又失美人,一旦把自己的美好面具揭破,就会失去许多,因为自己的美好面具是连着现实的阴暗真实的,所以不能认识自我与不敢认识现实是一样的。

八、一个人无法从他自己的生活本质中逃亡

诗性立场与文学的两个基本问题相关:一方面,一是作家与自我的关系,一是作家与社会的关系;另一方面,一是读者与自我的关系,一是读者与社会的关系。认识自我的问题不解决,就不可能解决文学与现实的关系问题,更具体地说,是每个作家与具体现实的关系问题。这两个关系问题不解决,不可能解决作家的诗性立场问题。

第五章 神性立场与诗性立场开启诗性伦理生活之门

从根本上讲,这两个问题是文学与现实的诗性关系问题,有探究和表现神性生存的愿望,才能产生写作的诗性立场和诗性想象,这根本不是简单或单纯的写作技术问题,而是一个纯粹的神性精神问题。

文学对生存的深刻表现和思考,一直在影响整个人类的生存。政治学和经济学都不能解决文学的问题,文学也不可能提出和解决具体实际的社会历史问题,文学可以逃避人类所有的柴米油盐、衣食温饱问题,唯一不能逃避的,是面对人类的人性和良知去探究历史和个人、去追求真理和正义的精神与激情。

所以,千古以来,即使作家不写一个字,也不会让这个世界少一块泥土,但文学却必须追求去解决社会历史问题。虽然这涉及文学与社会的具体关系,但它基本上是依靠作者自己的精神态度来解决的:一个作家可以和现实一致,也可以不一致;可以和别人一样,也可以不一样,作家应该是独立的、批判的。

生存立场不一样,审美立场和诗性态度也就不一样,想要感受、表达的也就不一样。这其中包含的重要区别是生存状况和处境不一样,生存和叙事的身份也就不一样,不同的身份有不同的生存态度和生存立场。同样关注着女性命运的陈染一代和卫慧一代的生存方式不同,她们的写作立场也就不同;同是描写底层的莫言、贾平凹等与打工文学作者的身份不同,其写作也有差异;将卫慧、安妮宝贝、韩寒、郭敬明等时尚作家与打工作家比较,生存对写作影响的巨大差异更加明显。

莫言、刘震云等已从乡村进入城里的上层人群后,他们与同是在城里而没有固定地位和身份的打工文学作者不一样,虽然表面上看起来都在关怀着乡村和底层,两种人群之间的根本差异在于身份变化:有城里人身份就可能保卫他在城里的地位和享受,在城里的乡村人就可能敌视城里人的生活,而乡村人一旦变为城里人,他可能立刻倒戈来保卫自己的确定生活。这种生活意识、生活立场,在不少作品中都已有强烈、鲜明的表现:乡村出身的作家们已经不再身处他们所描写的乡村苦难中,因此以一种把玩品味的态度津津乐道于那些遥远

而又深入中国人血液里的畸形生活，而打工文学切齿于打工的屈辱和伤害，用短刃逼入自己生活中的灰暗。

但是，所有这些作家几乎都相似的是：他们都守着自己眼前的一亩三分地，看不到更广阔的世界，即使他们要表达一种生动深刻的人性，也缺乏历史感和思考性。因为，他们都局限于自己眼前生活、身边生活，缺乏与广大现实之间的联系，只感受到了自己身处其中的具体现实，没有能发现自己的生存和写作与人类更深刻、更广大的精神联系。一些底层文学，尤其是打工文学，一腔批判和正义感，但这仅限于打工者的具体生活，很难产生更广大的诗性生存思考，同时，打工文学如果仅仅坚持从打工者的角度看世界，这样的文学视界也是狭隘的。

一个入世的和尚做法事会说挣钱不容易，一个出世的和尚在闹市中会觉得很难去思考佛的问题。时尚中国的许多文学作品流连忘返于平庸委琐、恶行丑态，是因为作者自己迷恋于这样的生活，也缺乏一种独立的诗性立场，因而不能对这样的生活进行思考。

有什么样的精神态度，就有什么样的生活和写作。有些人认为，可以过着声色犬马、荣华富贵的悠闲日子，却可以写出铁马冰河、含辛茹苦的生活，可以将正在发生的个人生活与正在写着的社会生活分离，这成为许多人在写作中放弃诗性生存立场和诗性伦理生活的一种借口。

摘要

第六章

<<<<<<<<<<

>>>>>>>>>>>

  时尚中国缺乏清晰明确的文学理想，这发端于当代中国生活形式和文学观念的混乱以及人类性概念的模糊。文学理想要面对人类性，人类性是指不同民族和人群大致共同认可的一些人类基本品质和价值追求，这成为衡量普遍文学影响和当代中国文学的基本标准。与人类性相关而不应疏忽的是：人类的才是理想的和民族的，越是世界的才越是民族的，各民族文学可能会用不同方式实现和表达共同的人类性，要警惕时尚中国文学有任意性倾向：用一套反人类性的观念和价值去抵制与反抗人类性。中国文学不会像经济崛起一样被世界简单承认，文学的世界性更主要来源于生活形式和生存观念，在人类生活形式和生存精神的意义上，真正强大的文学一定是普遍影响人们的，会变成人们普遍的生活感受和教养倾向，如果当代中国文学连中国人都不能普遍影响，那就难以走向世界。获任何文学奖都不能代替文学方向，除却生活现场和文学现场的控制因素，有一种历史逻辑控制中国文学逻辑，这种历史逻辑及文学逻辑中含有主体性与历史性的相互作用，确定了当代中国不同文学等级和不同生活权力结构：什么决定了主体，什么就决定了文学。要理解文学本身的人类性，还要理解文学的人类性与人类生活形式的一致，当代中国文学不时将人类性概念套用于作品，但与这些概念相关的具体生活和文学却不可复制，中国文学必须对这些人类性观念进行独特表现，当生活形式与对这些作品的赞誉不一致时，就要反思这样的独特能否创造出来、是否虚假、与生活形式是否一致。

第六章

在人类性与神性渴望中升起文学理想

如果是文学,就含有一种崇高庄重的人类精神和人性情怀,就含有神性,神性从神话时代就开始发生,一直保持在人类的艺术中,成为人类对神性向往的想象完成。文学想象就是神性向往,所以文学能让人改变自己的生活。

神和神性是人类想象,神性想象是人类性想象,人类性想象包含对人类生存品质、生存精神、生存价值、生存意义、生存理想等各方面的想象和思考,当代中国文学要走向世界,就必须具有人类性。对于当代中国文学来说,最迫切的,可能是人性关怀,但虚假的人性关怀遍地风流,几乎每个作品都被人性包装着,让人真假难辨,所以要用神性和人类性来衡量时尚中国文学理想。

一、中国文学理想怎么走向人类性

文学以稀奇走向世界和以独特走向世界、以包装走向世界和以品质走向世界是完全不同的。

身处全球化时代,中国文学的世界性理想疑窦丛生、难以廓清。中国文学看似繁华如水,却纷纭飞扬,没有清晰明确的方向,这发端于当代中国生活形式和文学观念的混乱,也发端于中国文学中人类性概念的模糊,这使中国文学理想难以依托。

文学理想首先要面对文学的人类性,人类性是指不同民族和人群大致共同认可的一些人类基本品质和价值追求,比如真善美、人道主义、理想主义、自由、平等、博爱、尊严、高尚等,人类依赖完全相同的价值观沟通生存,也依

靠相互理解差异共同生存，以尽可能地寻求共同点，达成新的人类性生长点，文学必须包含这种人类性的认同和生长过程。人类性既成为衡量人类文学影响的一个基本标准，也成为衡量当代中国文学的基本标准，人类性的核心观念在历史延续和当代扩展中不发生根本的变化，也就在不同民族文学中有共同表现，除非我们不承认人类性。

与人类性相关，更重要以至有决定意义的，是怎么面对中国文学自身的民族性。如果强调越是民族的就越是人类的，这似乎在中国作家获国际文学奖这里已经得到了验证，似乎那些被人称道的总是某种民族性，但不应疏忽的是难以明确验证的另一面：越是世界的才越是民族的。文学总是具有双重性：世界的与民族的、浪漫的与现实的、审美的与娱乐的，问题在于怎么面对和处理两者的关系。民族的不一定是世界的，只有民族与世界融合时两者才能相互指认，当民族与世界有差异、不相融时，民族的虽是民族的，但不一定是世界的，比如说，如果日本的不一定是世界的，凭什么中国的就一定是世界的？所以，坚持单方面民族性难以走向世界，只有坚持人类性才可能走向世界。

人类性含有民族性，民族性也含有人类性。一种民族文学，有其独有的民族特色，也有共同的人类性，如果一种民族文学不具有或很少具有人类性，它不可能是真正的民族文学，也很难被包含在人类文学中，这样的民族文学特点将是短暂而不真实的，因为它脱离了真实的人类历史和主体，中国文学必须依赖于真实的历史和主体而存在。如果中国文学不顾基本的人类价值，如果不从人类性对中国历史和当代现实加以判断，依赖对世界来说少见多怪的文学表演来吸引注意，以展示本民族独有的、世界鲜见的奇观情景为荣耀，它一定会产生心理疲劳，不会长久，这样的中国文学就只是满足猎奇，不可能真正彻底地走向世界。

各民族文学可能会用不同的方式实现和表达共同的人类性，但不是用另一套反人类性的观念和价值去抵制和反抗延续几千年的人类性品质，要警惕近期中国文学的任意性有这种倾向而破坏中国文学的世界性。

二、人类的才是理想的和民族的

在当代世界情境中的中国文学，唯一是人类性、是方向，多元是时代性、是表现，走向世界的当代中国文学处于两者分隔与融合的纠结中，成为当代世界文学中唯一方向与纷纭变化的具体情景，它必然既有融合中的唯一方向，又有融合中的多元分散，中国文学必须在其中主动生成自身的世界性，而不是等待世界性来垂青。

中国文学在什么样的意义上生成自己的世界性？文学的世界性是人类的，不是隶属某个国家、某个时代的，中国文学的世界性不会像经济崛起一样被世界简单承认。经济实力可以让一个国家短暂强大，文学实力才能让一个国家长久强大，经济与文学对人类的意义和影响并不一样，无法类比。文学的世界性在于不同国度和民族的人在文学创造的同一想象世界中融合，并且能够重新进入现实，这样，它既是现实的，又是象征的，这与经济和政治呈现的制度世界完全不一样。

文学的世界性不可能仅仅来源于文学本身，更主要的，它来源于生活形式和生存观念。全球化和中国文学的世界性首先是生活的改变，生活直接影响了文学。在人类生活形式和生存精神的意义上，文学是一个民族的最高荣誉，它并不是一两个人就能代表的。那么，中国文学在世界是否真有影响人们生活的强大声誉和普遍力量？比如，像西方古典和当代的文学作品那样常被改编为影视作品而激动世界，或者，在影视作品和其他艺术作品中布满文学想象和意味？真正强大的文学一定是普遍影响人们的，会变成人们普遍的生活感受和教养倾向，如果当代中国文学连中国人自己都不能普遍影响，它怎么可能被世界承认？如果我们不能影响自己的国家和人民还自以为是，那就难以走向世界。

当代中国文学既改变自身，也改变生活，但改变的是什么？得到的是否真是我们需要的文学经验？改变取决于两方面交错所形成的张力：一方面是这个时代文学的纷纭不清、难以捉摸，一方面是多元整合的唯一方向，要强调的

是，唯一方向是终极生存所决定的人类性与艺术性所生成的。在当代中国这样传统与时尚纠结交错的情境中，唯一与多元会形成冲突和悖论，但人们可能对此并不觉察，这常常由于坚持单方面看问题而产生错觉，或者，面临单方面问题时，突出而迫切的情境改变以至扭曲了人们的看法。

这两方面都可能影响人们得当看待中国文学经验和理想，纷纭变化中的一方面占据上风时，例如文学的资本化或者文学的媒介化占据上风时，现象的兴奋常常引发问题的误解，也常常造成引导整个文学潮流或理想倾向的单方面想象。比如，要么认为网络文学不是真正的文学，要么认为新生文学就是超越以往、引领时代的文学。但这样单方面看待文学时，已经排除了当代世界文学情景与当代中国文学表现的不一致：这仅仅是我们自己想怎么看就怎么看、想怎么认定就怎么认定，并不去与当代世界文学的主流倾向比较，这样的随意和实用排除了以文学的人类性衡量自身经验和文学理想的更多可能。

三、获任何文学奖都不能代替文学方向

在探讨中国文学经验和理想时，如果局限于由某个获国际文学奖的作家去探讨，问题就变得狭窄而单一。中国文学经验和理想本来就是世界文学的一部分，当代世界不过给了中国文学更多认识和发挥自身的机遇，因此，探讨中国文学不应把当代中国文学当作一个此前远离世界文学经验和理想的对象，而应该意识到我们本来就身在其中。

作为世界文学经验和理想的一部分，或者作为包含人类性的民族文学，中国文学与世界文学的关系不是两个相互打量而承认合作的贸易伙伴，而是在精神性或者人类性方向上的主动融合。从这样的角度看中国文学理想，获国际奖就不是问题的核心，而是问题的触发点和文学的生长点。获国际文学奖不是成就与光荣的唯一可能，也不是理想的唯一目标或标杆，而是追求与融合的起点；探讨获国际奖不是学习雷锋好榜样的活动，而是对当代中国文学命运的重新发现和对中国文学立场的重新建构。

中国作家获国际文学奖不过更激发了中国人对文学的热情和关注，更明白了中国文学已有的某种可能和方向，但不是全部，不论对中国文学和中国作家的局限，还是对中国文学和中国作家的优势，都是这样。在更大程度上，获国际文学奖只是一个意味含蓄的事件，作为一个与现在和未来相关的文学事件，获国际文学奖的答案不是单方面的，也不是针对个人的。如果将中国文学理想过度集中于对个人获诺贝尔文学奖的关注，那么显然，中国今后几年对诺贝尔文学奖的关注就会小很多，因为人们知道，一般几年内不可能再给中国人诺贝尔文学奖了，但中国文学绝不是为了获国际文学奖而存在。

实际上，即使中国作家不获国际文学奖，当代中国文学也会依然沿着既定的轨迹和方向行走下去，中国作家获得国际文学奖并不是中国文学的唯一可能和方向，并不是当代中国文学一定要照着某种模式才能获得更多国际奖项，也不是当代中国作家要追随某种模式去写作，中国文学还有很多走向世界的方式，中国作家获国际文学奖让我们更应该看到的是这一点。

事实上，中国现在有很多未被世界注意的作家和作品，也有很多文学方式和多元文学成就，甚至可能比已被世界所认识的更好，只是现在没有被世界所认识，仅仅收缩于中国作家获国际奖这片狭小的领域是自卑、自怯、自守和自是，也是忽视和放弃走向世界的更多可能，甚至会作茧自缚。

西方文学以至诺贝尔文学奖，有其衡量作品价值的传统标准，但这些年却在一定程度上对中国文学改变了这种标准，或者说对中国文学运用了双重标准，但问题是，这种改变有长久的基础吗？这种标准曾经也是当代中国文学理想的标准，中国现在需要改变这种理想标准而另立一个标准吗？西方文学标准与其文学传统、文学观念根深蒂固地相连，临时放弃原来的严格标准而附加另一重含糊标准的双重性本身含有不一致，这样一种标准的双重性不太可能长时间运行。

同时，不能忽视西方对中国文学一直有一种妖魔化想象，当中国文学有一天突然不符合这种妖魔化想象时会怎么样？中国能够依靠世界不熟悉的、没见

过的中国元素的新奇性一直得到承认吗？中国正在让世界了解自己，当世界更了解、更熟悉、更懂得中国时，当世界对中国的新奇感过去，让中国文学在世界长久的动力在哪里？在当代中国作品中能找到多少持续让世界关注的动力？不思考这些，仅仅热衷于关注获国际文学奖是不够的。

四、权力逻辑与中国文学的内在需求

在当代中国文学作品中，如果有能够长久获得世界承认的元素，那些元素是什么？在中国文学走向世界时，至少必须考虑几方面形成的张力：人类性与民族性、艺术与现实、欧美文学与当代中国文学，其中任何一种关系都不简单，必须保持稳重与激进、经典与新锐的平衡。如前所说，单方面判断常将我们引入错误情境或者让我们误判现实。而在一种现实情境中，现实至少包含社会结构和生活形式两方面，这两方面都已经对当代中国文学的方向产生直接控制，资本运作和媒介文化对文学的控制便是这样的表现。

从中国文学经验和理想这个话题表面进入话题核心，就是文学躲不开历史与主体的控制，在历史中人怎么存在，在文学中人也怎么存在，要谈论当代中国文学，就必须谈论生活形式对文学的影响。这个时代中国的生活形式必然包含历史和主体，文学也反映历史和主体，并被自己所反映的历史和主体所控制，而这个时代的历史与主体的关系发生着难以解释的连续突变，那么，在这个时代我们怎么生活？文学怎么存在？

在中国文学与世界文学多元融合的背后，除却生活现场和文学现场的控制因素，有一种延续在这个时代的历史逻辑，这种历史逻辑控制中国文学逻辑，这种历史逻辑及文学逻辑中含有主体性，当代中国的主体性与历史性相互作用，实际上形成了确定当代中国不同文学等级和不同主体关系的生活权力结构。

那么，把文学作为主体权力结构以及生活权力结构去考察，在中国这个时代的历史逻辑中，什么决定了主体，什么就决定了文学，什么决定了我们怎生活，什么就决定了我们怎么写作：是市场和资本，还是技术和媒介？是意识变革还是政治进程？或者是社会结构和诗性场域？这就好像是女人的美腿厉害还是男人的鹰眼厉害一样很难说清，但又必须探讨，因为历史与主体是任何时代、任何国家、任何情境的文学都无法避开的。

什么决定了当代中国文学现状，什么也就决定了中国文学理想的内在需求，但这种内在需求是由什么样的文学传统、文化体系、社会结构、生活世界和价值观念决定的？大约一百年前，中国并没有这种内在的文学需求，那以前的中国文学是自我满足的，现在为什么有了文学走向世界的需求，而且很迫切？这取决于我们这种需求想要得到什么、满足什么，这个时代的中国文学普遍地要满足极为突出自我的功用以至极为实用主义的需求，也就是说，我们要谨防文学世界性的呼声仅限于一种自我满足，就像古希腊的水仙那喀索斯那样自恋。

于是，接下来必然就是：文学理想是对于当代中国社会的任何人来说都有现实功用的功能性需求，还是仅对少数人有美学自由的观念性需求？这样的需求源自哪里？严格地讲，很可能有一种在中国内部得到更多资本和承认的文学权力要求，也是得到更多财富和享受的世俗权力愿望，因此，它是相对于某种权力欲望和权力中心的内在逻辑提出来的，警惕这一点，才能恰当理解全球化条件下中国文学理想的内在需求。

五、发现生活形式与文学观念的人类性意味

中国文学要走向世界，不但要理解文学本身的人类性，还要理解文学的人类性与人类生活形式的一致。文学逃不出生活形式，而我们的生活形式是由我们自己建构并巩固了几千年的，即使当代中国的政治与经济条件改变了，也根深蒂固、潜隐暗藏、难以改变。当代中国文学要正确走向世界，就要谨慎面对自身的观念传统，几千年来中国文学一直在上帝之手之外，在人为之手之中，所以中国文学理想可能与延伸在当代的中国文化传统相关而构成一种迷惑。

当我们与神相遇：用神性向往改变习性生活
Desiring for Divinity, Transforming with Habitus

　　当代中国文学并非没有喊出一些人类性概念，也不时将人类性概念套用于任意的中国文学作品，很多作品都被誉为描写了伟大的人性、同情、怜悯、灵魂。但人类性概念虽可以随意复制和套用，与这些人类性相关的具体生活和文学却不可复制，于是中国文学便要对这些人类性观念进行独特表现，这就有这样的独特能否创造出来、是否虚假、与生活形式是否一致的问题，当生活形式与对这样作品的人类性赞誉不一致时，就要反思。

　　时下中国文学中人类性的缺乏，常常因为粗鄙的生活形式使文学放弃了理想主义的人类性追求，同时，不断产生与现实欲望一致的文学观念也来源于文学自身对生活形式的怂恿，这证明精英权力将自己置于一种现实游戏的开放状态，任何崇高、庄严在游戏中都是可以颠覆的，一切在现实游戏这里都是平等的，文学由此坠落，只取决于玩现实游戏的规则，而规则只会因势利导、因人而异。

　　颠覆的随意导致文学的放纵，也导致中国文学远离当代世界文学主流倾向。1990年初以后延续至今，中国生活和文学对应一致，一直有严重的躲避崇高、远离宏大、抛弃理想主义的倾向，这种倾向直接演变为平庸化、日常化、欲望化、身体叙事、底层叙事、青春叙事，以至以反抗宏大为名走向反抗文学的人类性，从而可以无视文学精神而任意、偏执以至乖戾地叙事，而与中国文学处于同一时期的许多当代重要的西方作品，却在坚持人道主义和理想主义的宏大广阔精神。

　　当代欧美受欢迎的作品和有影响的影视作品，有三个重要特质：一是有相似以至共同的核心价值观以及相应的艺术观；二是相似的作品本身有艺术完整性或形式整一性；三是与经典文学传统紧密联系。这种艺术特质主要地与人类价值观念相关，是对于人类共同面临和关心的问题的基本艺术态度，这样的艺术观念可以简洁地概括为人类性观念。

　　当代中国文学与当代西方文学这样的表现有明显差异，要融合就要明白差异，明白差异才能融合，见多才能识广，封闭在自己的空间里不见而识、见而不识都不得当，先有文学见识，才有文学理想，比较识别、见出差异才能真正了解世界文学、寻找到文学的世界性。差异是差距与不同两方面，不同可以是和而不同，差距却需要弥补。西方对我们仅仅说一些好话、给几个奖并不是深层的、根本的承认，在人类性和艺术性中融合才是真正的、高度的、深层的、相互承认，是中国文学走向世界的真实标准。

问题是，在不同中很可能包含差距，不同既是表达什么的不同，又是怎么表达的不同，这涉及主题与形式的不同所构成的意义不同，最终可能涉及对人类性理解和表达的不同，这一切都可能包含中国文学与世界文学的差距。如今，中国对自己的很多文学作品都用人性、人道主义，同情、怜悯这样一些人类性概念去阐释言说，虽然用了与西方一样的概念，但概念的字面意思一样，字里的精神内核是否一样？中国文学作品所发挥、表达的是否是与这样一些概念内涵一致的精神？对同样概念的理解和表达不一样，作品就会不一样，明白概念的差异就是明白作品的差异，只有明白差异才能融合。

当代西方文学艺术作品延续着传统精神和理念，又有很突出的当代文学特色，如果我们不去看、不比较，那中国文学的标准在哪里？如果我们不太承认、不太在意别人，自以为是或者沿着以往的惯性而设定一个所谓走向世界的标准，那就是自己玩却渴望别人承认，或者只能自己表演自己看。如果中国文学走向世界只是为了得到世界的承认，那就可以：中国怎么写世界就得怎么接受，越是和世界不一样越是可能被接受，而不是让中国写得与世界一样好。

六、理解西方文学的观念品质和生活品质

西方几千年传统形成的价值观大体上构成了文学的基本人类性，中国文学走向世界必须理解这种人类性。在人类延续至今的几千年文学状态中，欧美的经典作品多，要走向世界，就要了解西方文学，西方文学代表几百年来世界文学的主导流向，也成为当代世界文学的主导倾向，了解世界文学主要是了解西方文学。中国文学从 20 世纪初开始有目的、有方向、有系统、有主导地向西

方文学学习,至今变成了各取所需的散乱阅读,缺乏一种整体性、倾向性学习西方文学的状态。

很多人会认为读过西方文学就算了解西方文学了,读得越多了解得就越多。但读过未必了解,仅从阅读的感受去了解西方文学是不可能有远见卓识的,停留于欣赏、参考的层面不可能深入作品内部了解,把作品当作研究对象和写作工具也不会进入作品的精神实质,当代中国的很多外国文学研究者停留于对文学作品语言、形式、技巧、理念的表面,对更深刻的观念性品质或者文学的生活品质很少探讨,这会造成对中国文学世界性的错觉。

要了解一种文学,首先要了解其文学传统与生活传统、文学观念与生活形式间的关系,只有读出了与西方文学相伴随生活的人类性核心,才算了解西方文学。中国的外国文学研究者也许读过很多外国文学作品,他们的研究往往会将同一作品每过五年变更套换一次概念进行研究,如果了解西方文学,就知道不可能轻松套用,西方文学基本观念与具体作品的结合像烙印一样难以改变。

要学习、研究、借鉴西方文学,就要了解西方文学的核心,西方文学的核心是什么?西方文学的核心是与西方生活的一致性,是与生活形式一致的艺术观,是艺术形式包含的生活形式,是生活形式含有的价值观。要了解西方文学的人类性,首先要了解西方文学与西方生活形式的一致性。其文学观念和文学的人类性首先从生活中生长出来,并始终在生活中保持一个持续不断的传统,也形成文学的观念性传统,而当代中国文学更多把西方文学当作功能性的借鉴使用。

如果简单地理解中国文学单方面独立于世界文学,或者将文学与生活的关系分离开来单方面理解文学,当然就会不受限制地在任何情境中对西方文学进行套用和搬移,但怎么生存就怎么写作,不改变生活观念而直接搬移的效仿不会成功,脱离生活形式的文学不可能自动呈现。如果中国的生活形式不发生变化,就不会有中国文学走向世界的长足根基,中国文学就只会零散地被世界注意,不会形成一种观念化传统而自主走向世界。因此,不深入理解西方生活观念对文学的影响，就不可能理解文学中人类性的形成和传统，也不能理解文学对生活的影响。

对西方文学的学习不是模仿甚至仿制，不是单一和狭小的，这需要超越文学的文字表面去理解，以至换个立场和角度去重新理解：既要了解西方古典文学与当代文学之间的传统关系，也要了解西方文学与其生活形式和生活风格的关系；既要了解19世纪、20世纪的西方文学的经典性，又要了解21世纪的西方当代文学遍及西方生活、艺术和文化的普遍性，比如西方影视普遍的文学性表现。中国影视主要与盈利模式有关，西方影视则建立在文学性基础上，当代西方一系列受欢迎的影视剧都改编自小说，或者其本身有很高的文学性。所以，不能像看中国影视一样去看西方影视，应该关注西方影视作品，从中了解和学习其中的文学性。比如英国青年作家大卫·米切尔在世界影响很大，他在2012年11月携带他五部小说的中译本登陆中国，他的获布克奖的小说《云图》由一种文学智慧与科学智慧结合而写成，由此小说改编的电影《云图》于2013年春节前在中国各大院线上映，应该说这对中国文学有直截了当的影响，中国文学界对这样的文学性是否足够关注？

七、人类性观念体系中的文学形式

差异包含着技巧作用、形式观念、意义构成、主题意识等多方面因素，文学形式技巧的差异最终是文学观念的差异，高层次的艺术技巧是具有形式整一性的内容，是语言、结构、主题、故事、人物、细节等高度整一的观念性技巧，不是单方面的功能性技巧。并没有单纯的技巧与形式，怎么写必须包含着写什么，怎么把要写的写出来与写出来后是什么，是水乳交融的，只有真正将形式与内容一体化地理解，才能真正进入技巧世界。

20世纪80年代和90年代的中国更加纯朴一些，那时的文学有人类性追求的整体倾向，对于技巧的追求也严肃认真，不会轻浮肤浅，今天面临如何恢复这种人类性追求倾向的问题。那么，怎么恢复？需要从生活和艺术两方面恢

复,并且需要两者互为补益,也就是说,艺术也可以成为生活的先导,这就是艺术对生活的发现和引导,也就是艺术的先锋作用。

艺术说到底是为了生活,所以王尔德说生活模仿艺术,而艺术的先锋作用常常更多体现为形式与技术以及美学观念。强调艺术的先锋作用,是因为今天中国文学有人类性观念意识的人并不很少,但非常缺乏文学对人类性的具体表现,缺乏表达这种观念和意识的艺术体现,我们迫切需要学习与我们所知道的人类性观念相应的文学技巧,并且将其运用于我们的文学中。

但另一方面,没有生活形式就没有技巧形式,这使中国文学的人类性两难处境,增加了难度,也造成了错觉:当我们的生活不能发生与文学人类性相一致的变化时,来源于外部的宣传、包装、营销、市场、翻译、介绍以至权力和资源就成为走向世界的某些重要方面,这一方面是我们要做的,一方面可能隐藏文学本身的危机和来自生活的危机。

如果单纯效仿某种概念,便可以将这些概念任意套用于中国文学产品。艺术技巧不是现成的、随时可以拿来用的模具,它是一个无法移动的整体传统,将文学技巧单独分离出它所依托的生活世界、直接拿来移花接木完全不可能,皮之不存,毛将焉附?如果不能理解文学技巧所依托和包含的生活内容与生活风格,也就无法将某种文学传统和文学技巧直接拿过来为我所用。因此,将文学风格与生活风格、文学形式与生活形式、文学观念与生活观念完整一体地借鉴,就是真正的理解与融合。

文学的形式技巧是一个复杂的系统,需要有长足发展的传统来支撑当代衍变,但中国的形式技巧传统相对薄弱,20世纪以前的中国文学主要是诗歌,文学表现大致限制在相对单一的诗歌表现方法中,同时,中国有雄厚的文史哲一体化传统,这限制了独立审美性,这当然与中国缺乏审美传统的生活相关,因为中国古代文学家大多是官员与文人一体化的士大夫。

另一方面,现实欲望对于文学技巧的屏蔽需要去除,当代中国文学由于过多现实欲望对艺术理想的压制,产生了对文学技巧自以为是的妄想,而妄想的技巧就是愚笨的技巧，因为写作者和欣赏者不知道还有更多、更好的技巧。近几十年的经济发展愈来愈压制了文学发展，财富与享受的观念在深入生活之后也深入了文学，削弱了文学对于技巧的追求，倾向于更加直白地表达现实愿望，文学成为满足现实幻想的工具。而且，对于技巧本来意义的错误理解也削弱了对技巧的追求，因此，中国文学自身的古典观念需要挖掘，例如《天香》那样对古典文学方式的追求。

八、现实与传统对人性书写的双重威胁

人类性其实表达了人类最广泛的价值观和人性观。在时尚中国，文学中的一切人类性都与人性相关。从人类性出发，文学怎么来承担正义所赋予的人性力量？怎么来推动人们追求真理的人性意愿？怎么不陷于功利意识和权力结构而提升人性品质？

人性表现是文学的最基本问题之一，也是神性追求的最基本表现之一。人性高高照耀着历史与文学，照耀着正义与真理，追求正义与真理的历史过程和文学过程，就是追求人性完美实现的过程。人类性与人性紧密融合在一起，神性想象和人类性缺失，造成时尚中国文学中的人性溃败，反过来说，时尚中国文学中的人性溃败进一步带动了人类性衰减。

令人质疑的是：既然文学在本质上是人性的表现，文学对现实的真正关怀应该是人性关怀，那么，缺乏人性关怀的现实何以在时尚中国的文学中普遍发生并狂欢？因此，时尚中国文学的现实关怀是否真实？一种缺乏人性的文学对现实的关怀，肯定不是对现实的正义性和真理性关怀，反过来，当人们缺乏正义性生活和真理性生活的意识时，也会缺乏人性关怀的意识。即是说，这样的文学关怀是对现实的虚伪关怀。

时尚中国文学悬置历史立场和人性立场的一个重要理由，是在浅俗化和自由化的时代个人不需要更多超出个人现实的思考，个人享受和幸福具有不再受任何概念控制的自由，个人可以不关心正义与真理、可以远离人性同情和怜悯

而享有个人生存权利。这样，被写作自由和个人狂欢解放的时尚中国的文学，其实主动陷入了现实利益的吞噬和得失权衡的个人算计之中。

问题在于，个人生存与自由享受的结合、幸福生活与利己主义的结合，使时尚中国的文学不断地、越来越深地陷入误区。崇高的人性追求并不妨碍将人们的具体生存和日常情景一层层描绘，而是要将这些平常描写不断靠向人性的内在生存。文学如果不能从个人命运和态度去揭示、思考与个人相关的社会历史问题，就不具备起码的人性精神，也就失去了真正的个人自由和写作自由。

更高的人性总是从一些具体生命展开的，灵魂、正义、公正、真理、尊严等在具体生命情景中有力地出现，文学才可能具备发现生活、介入生活的人性力量，才可能真正具有个人自由和文学自由的力量。时尚中国的文学只有以抗拒现实鄙俗丑恶的态度去恢复人的悲悯心和正义感，恢复人的尊严感和崇高感，才可能唤回文学的力量和生命的活力，才可能去思考人的现实境遇。

时尚中国文学中人性面临的威胁不仅来自现实，也来自传统。而且，更深刻、更为严峻的威胁来自传统：现实中所有的个人欲望都被释放出来，而中国传统中的人性精神却不够强大，无法阻止人性衰落，也无法去描写人性升华。人性的美好、心灵的向往、情感的纯净等，并非是朴素天成的，而是在人的自我历史中培养起来的，但传统中国的文学和文化并没有怎么去培养人性的优秀品质。

中国的文化传统使中国人看待人性与西方人不一样，并且缺乏西方的那种人性传统和人性土壤。欧洲文学与哲学的独特之处在于对人性和灵魂的不断探求，这种探求没有实在的功利性目的，这种不懈的探求不是为了找到确定有用的答案，而是要在这种不离不弃中培育起一种关注人性发展和灵魂幸福的精神，并形成和保持这种精神的传统。西方文学艺术的重要作品都在这个传统之中，这个传统可能在不同情况下被称为人文主义、人本主义、人道主义，在不同情况下演变为神话、史诗、悲剧、小说、抒情诗、音乐剧、电影大片，但其本质性内涵都是对人的最高生存——更人性的生存的关注，而不是对人在具体处境中得失利弊的权衡。

时尚中国的文学是从中国文化传统中成长起来的，不可能对鄙陋、浅近、食利以至贪婪不感兴趣。中国传统文化与当代土壤结合仍然生长着小农意识，它阻止我们认识和深入与人性相关的自由、尊严、高尚、荣誉等内涵，而是更加看重与人性无关的眼前利益，并由此产生反人性的占有欲望和贪利意识。

要对滋养自己的传统进行突破，对于许多人来说几乎是不可能的，因为他们没有进行突破的精神资源。一方面，时尚中国的文学在人性资源日益贫瘠的土壤中孕育，时尚中国更加普遍地发生人性萎靡与心灵衰弱，文学难以担负起探索、提升人性的工作。另一方面，这样的文学中的传统影响仍然有一种强大的聚集力，聚集着时尚中国的人性阴暗部分，能阻挡真理之光和正义之光。

这样，时尚中国的许多作品放弃了人性与非人性的区别，不辨正邪、是非、善恶，只要能获得利益和满足快乐、只要能寻到刺激和看点就都可以进入文学。很多时尚中国的文学作品中的人物变成了同一种人：一致地缺乏人的尊严、真理性和灵魂性，一致地趋利和贪利。人与人之间的区别，本来在于人的高尚与卑劣、尊严与无耻的区别，而不在于占有、权势、财富程度的差异，但时尚中国的大多文学作品却恰好颠倒了人与人的区别标准和品质标准，专注于利益与人事之间的纠缠。

同时，中国农耕文化传统的基本立足点是向外关注人怎么样活着，去确立让自己活得更自在、更舒服的人际关系或者利益关系，而不是向内关注人为什么活着，这阻挡了中国文学对人性的深入思考。时尚中国的文学积极反映时尚中国人们如何活着的表面生存，常常不去思考人为什么活着的内在生存。只有当人去思考为什么活着时，才可能思考人性，人性的基本内核才会出现，人性品质才会升华。

九、与文化结构和权力结构有关的习性秩序

时尚习性文学的人性贫乏背后，除了习性传统中人性意识薄弱的因素，还

隐藏着与文化结构和权力结构有关的一套习性现实秩序，文学不过是这套习性现实秩序的体现。习性文学与习性现实在时尚中国的里应外合，使人性和真理在其中无处容身，它们只能在特殊的权力与利益共谋的生活结构中受到压制并不断衰减。时尚中国的人性溃败特点是权力结构中的利益分配、社会分层与人性溃败合为一体，而文学对习性现实的应和与献媚既是对利益的也是对权力的呼应，由此放逐了人性意识。

反映在文学中的人性溃败，其实来自习性现实深处，文学中那些专注于利益、享乐、成功、时尚等的生活情景，都来源于习性现实。文学的谬误和失职在于没有将这些习性现实情景进行人性改变，而是反过来重新制造和加强了非人性情景。这样的叙事不仅是形式上和内容上的，而且是普遍意识的和深度现实的。权力化利益结构和意识对现实的损毁与对文学的损毁是同时发生的，纠结习性现实与习性文学的核心逻辑，来自对人性的损毁。习性文学对习性现实中的人性败坏几乎没有什么深刻的思考和批判，而是反过来帮助人性溃败在现实和文学中滋长。

这样的文学内容、风格、主题等，都体现了时尚中国的习性意识秩序，而不是经济变动秩序，虽然表面上这很容易使人误认为是精神自由表现。实际上，自由经济与资本逻辑的更深处，隐藏着政治文化秩序，因为中国的权力秩序太强大了，而且这种权力秩序总是与权力化的利益相关，许多有关帝王、商战以至家庭争斗的作品，已经反映了这种权力化利益结构深入和遍及人们的政治行为以至日常生活。

权力站在利益一边，无论在习性现实中还是在文学中：时尚习性文学的许多日常表现都是资本化利益秩序和习性意识的表现，它们实际上依附于深藏在日常生活中的权力意识，在时尚习性文学中的日常生活，其实就是权力活动的日常化。资本化与利益相关，利益与日常生活相关，日常生活与习性生存相关，习性生存与权力相关，于是，资本化给小农式的生存意识和权力对利益的控制带来了最大化的可能，权力结构所形成的利益秩序就是社会结构。

权力与利益密切结合的活动就是权谋活动，权谋就是权力对利益的谋算，对人性的扼杀。在有充分权谋传统的时尚中国习性现实中，在权力与利益无限制以至疯狂结合的时尚中国习性现实中，由于权力本身就是对利益的分配，权力意识深深渗入利益意识中。时尚中国的文学对此不但不加思考批判，反而巧立名目地对权术谋算等大加颂扬，帝王权术、商业盘算、家族争斗、人事纷争都不以人性与邪恶、美好与丑恶作为判断，而以成功与得到作为标准。

因此，时尚习性文学中人的生存意识常常这样表现：利益意识的增长与人性意识的衰退极为一致。文学本来应该给人以纯净和美好，但时尚中国的文学却常常让人感到喧嚣、纷乱、压抑、沉重，缺乏美好感和人性感。这样的文学在不断宣扬得到就是成功：胜者王侯败者贼，不问正邪、善恶、是非，这样的缺乏人性尺度的获取与成功意识已经深入文学表现中。"胜者王侯败者贼"同时鼓舞了习性现实和文学中的奸佞、邪恶和丑陋，加深了社会危机。

于是，人性尊严和社会人性在利益与权力的压力之下，普遍哑然失语。人性的扭曲和人性的沉默构成了一个时代文学可悲的历史态度。时尚中国的文学在失去对人性和人性的历史表达能力后，陷入其中的生存状态便处于一个麻木和艰难的时刻。在这时候，挽救文学的人性态度、人性感受和生命尊严变得极其艰难而又迫切。

一个只对个人思考而不对历史思考的作家，他的作品一定会有不可弥补的人性缺陷。在这样一个冷落人性崇高和生命尊严的习性现实里，文学如何帮我们寻找迷失的自我？如何确立人本来的意义和位置？当文学试图这样做的时候，它不可能不与社会人性、公正、真理及人性解放连在一起，即是说，个体生命的自由、权利、升华和价值，不可能不与社会整体的命运连在一起。

虽然时尚中国的利益倾向和习性现实设定了文学的一些既定格式，但文学必须借助自身的精神力量去打破习性现实划分的一切，才能去追求人性的永恒。理想主义与利己主义、人性美好与冷酷邪恶的两元对抗是永恒的，在这种永恒对立中、在时尚中国的习性现实情境中，时尚中国的文学要去追求人自身的永恒显然是困难的：人必须放弃关注自身利益的意识才能去追求永恒。

简单地说，在时尚中国的习性现实和文学中同时发生的，主要是两种相反的追求：利益追求和人性追求，而利益追求压制了人性追求。文学本该站在人性一边，但文学却向利益倾斜了，只有极少数人还在与不择手段的利益习性现实相对抗，他们坚持着不能成为实际行动的灵魂行动。时尚中国的习性现实和文学中如果发生什么冲突，这两种观念和人群的冲突是更加具有精神意义的，它们不同于因不同利益或不公正利益而发生的实际冲突，但时尚中国的文学中尚未发生强有力的人性行动。

第七章

摘要

<<<<<<<<<<<

>>>>>>>>>>>

最好的作品往往造就一种神性奇观,神性奇观与习性奇观由两类不同的文学风格造就,追求神性向往的文学奇观强调严谨、庄重、价值、责任,中国时尚习性文学奇观追求娱乐、炫耀、放纵、宣泄,必须将它们与历史生活一体化地看待而去发现风格与历史间的美学意义,没有这样一种审美的生活观念和态度,就没有一种文学态度和风格去面对不同历史阶段的生活观念与文学特征。可以将当代中国文学划为类群写作和类型写作两大风格:既包含以代际差异来划分的60后、70后、80后、90后类群,又包含以题材划分的城市、乡村、底层、身体、青春等类型,它们潜在地由同一风格、形式、主题所限定,形态可能有精优粗劣之分,品质无根本差异,都归于中国集体无意识或同一文化人格。文学风格显示文学智慧的诗性品质,诗性智慧又与神性向往相关,中国时尚习性文学的品质使风格发生变化,资本、消费、技术、享受、奢华都与文学相互冲突或相互妥协,文学智慧或诗性智慧面临前所未有的迷惑与考验:文学智慧与科学智慧结合而共同寻找生活的神性意义,演变出新的诗性智慧和审美情趣,文学的神性特点让它在不同时代都能呈现诗性奇观进入当代生活。时尚中国是个消耗神性的奇观时代,平庸粗鄙的生活习性不断培养着与其相适应的文学奇观,让我们难以再有创造和培养神性奇观的能力,而要依靠那些外挂于生存本质的习性奇观去满足娱乐精神,审丑炫恶是习性奇观文学的突出风格,由此遗弃一个人所经历的审美教育这样的精神际遇。

第七章

神性想象与奇观智慧悠远深长

对于中国，这是一个奇幻怪异丛生的文学时代，伴随着我们的文学神圣梦想在当代漂流，各种奇怪的习性瞬间弥漫于我们的文学中：资本、消费、技术、享受、奢华都与文学相互冲突或者相互妥协，神性想象和诗性智慧面临前所未有的迷惑与考验：神性想象和诗性智慧要么被我们的实用生活消融其中、踪影全无，要么仍然成为人类生活汪洋大海中的精神岛屿和灯塔。

于是，文学永恒神性的疑惑在巨大的技术挑战下应声而出：对于人类，信息时代完全改变了青铜时代人们创造世界和感受世界的智力可能性，因为人类拥有了彻底更新、完全不同于以往的智慧结构、知识资源和想象背景，但文学也能随之彻底更新、能完全抛弃以往的诗性存在和神性向往的意义吗？

科学智慧与文学神性结合生成新的诗性智慧和审美情趣而进入当代生活，高难度智慧成为当代作品的一种标志，它提高了写作、阅读和生活的难度，当叙事结构与科学知识相连时，人物智慧变成了结构智慧；当奇幻想象与诗性观念相连时，平常事物变成了神性场面。

一、神性奇观与习性奇观的不同风格

生活模仿艺术，所有的生活都被包含于艺术中，艺术之外，一无所有，一进入文学，就在改变和塑造生活，用文学风格去生活，文学风格就是生活风格，不同的文学奇观由不同的文学风格形成，不同的文学奇观有不同的生活风格基础。

我们与神相遇：用神性向往改变习性生活
Desiring for Divinity, Transforming with Habitus

神性奇观与习性奇观是由两类完全不同的文学风格造就的，追求神性向往的文学奇观强调严谨、庄重、价值、责任，时尚中国习性文学奇观追求娱乐、炫耀、放纵、宣泄，它们与当代中国的生活风格密不可分。强调神性奇观与习性奇观的不同和特色，不仅仅是强调习性奇观的制造概念与神性文学的观念不同，也是强调两者的风格不同和生活品质不同。

风格的无差别化是时尚习性文学的特征，时尚中国的习性文学实际上是平面化的，没有什么风格可言，而一种没有风格差别的文学风气会将文学引向何方？在当代中国文学从神性奇观向习性奇观的转移过程中，可以明确看出，文学风格的变化标志出历史和生活朝着资本与习性结合的方向变化，正因为这个年代的生活产生了习性的汪洋恣肆，所以，神性向往能被习性风格所替代，经典文学风格被当代中国习性生活风格彻底转换和嫁接。

文学风格有两种：一种是文学家个人的构成形式与意义、方法与内容的特色，一种是特定历史时期的文学倾向。

特定的文学个人风格有特定的形式规范和价值内容，习性文学奇观的形式规范和价值内容就是：作为资本影响下的消费品，它们在突出自我风格的同时又消灭他人风格、在模仿单一风格的同时排斥其他风格。这样的个人风格常常是一种生活的反复表演，风格和个人实际上都已被取消，变成一种没有个性的大众符号和文化表演，于是习性文学奇观的风格含义由此发生有悖于风格本质的变化，不再是文学风格本义的风格。

风格不但是文学家的个性变化、生活形式变化，而且是历史生活范式的转换。看不同时期文学风格的差异，必须具备一种历史态度，就像面对一件艺术品一样，去面对不同历史时代的文学风格和生活风格。这是一种美学的、文学的历史主义立场，因为必须将文学风格与历史生活一体化地看待、必须将文学转化为生活形式，才能真正发现风格与历史间的美学意义。

这实际上是一种审美的生活观念和态度，如果没有这样一种审美的生活观念和态度，也就没有一种艺术态度和艺术风格的可能——可以用这样的风格观念去面对不同的历史阶段、生活观念、文学特征。

如果简洁地划分，可以将当代中国文学划为类群写作和类型写作两大风格。类群写作既包含以代际差异来划分的 60 后、70 后、80 后、90 后类群，又包含以题材划分的城市、乡村、底层、身体等类群。只不过，其在现实感受的实现方式上，也就是写作方式上，有所区别。

20 世纪 90 年代以后直到 2010 年前后，传统的当代中国文学风格中几乎见不到类型写作的踪影。2010 年前后，在媒介技术和资本生活激励下，产生了大量类型写作，这些类型写作与传统写作距离很远，而一般的类群写作仍是从传统文学技巧、语言、形式中延伸而来，所以看上去类型写作才会跟类群写作很不一样。当然，类型写作也包含一定的类群写作。

大体上，类群写作从 20 世纪 90 年代开始延伸出来，至今仍然是主流写作，至少有乡村文学、城市文学、底层文学、青春文学这样一些类群一直在延续和变化。类型写作是以不同类型的作品为各自相对固定模式的写作，在这个年代，类型写作主要由网络文学繁衍而来，面积大、范围广，但不容易延续，而是变化很快，所以不稳定，不容易成为主流写作。

不论什么类型的作者，都必须遵守相同的类型写作规则才能被承认，它是极为通俗化、普及化的文学样式，如玄幻、悬疑、穿越等不同类型，它们虽然读者众多，但从文学对社会价值和精神方向的影响看，类型写作是从属于作为主流写作的类群写作的从属写作。

类群写作和类型写作各自与不同时代的社会情境相连。在这个时代，类型写作与类群写作并存，但类型写作更为广泛和时尚，与生活和社会联系也更直接。类群写作总是与某种从经典文学演化出来的核心写作意识相关，并且围绕这种核心写作意识会形成类群的自我相关性，甚至可能由此衍生出偶像化情景，而类型写作只要具备确定的叙事类型元素，其核心观念和主题意识可以五花八门，但不必深刻。从这个意义上说，类群写作不易改变，而类型写作倒容易发生变化，因此类型写作往往速生速灭。

实际上，在这样的培养习性文学奇观意识的社会环境中，在奇观修辞术所同化的文化和生活中，不论类群与类群之间、类型与类型之间，还是类群与类型之间，都没有什么根本的风格差别。

本来，风格差别标志出文学的真实进步，标志出文学的丰富及水平。就像中国唐代以前的诗歌浑厚高古、唐代到宋代的诗词浪漫飘逸这两种风格后世皆无一样，中国现代文学的宏大广阔、20世纪80年代到90年代文学的激情理想这两种风格的独特也标志出它们的水平，但对于21世纪中国文学，奇观化叙事的一致、风格的无差别化反倒是一个特征，因此，这个时代的文学进步可能不真实。

不论从类群和类型的角度划分，还是从内容、主题、题材上加以划分，当代中国文学每一类都似乎由同一种风格、形式、主题所限定，其表现形态可能有精优粗劣之分，但文学品质无根本差异，就像由同一个设计师设计出的不同图纸，在表面的繁华变换之下，实际隐藏着同一意识规范下的刻板拘谨，或者一种相反的癫狂痴迷，但它们都归于民族文化中的集体无意识或者同一文化人格。

因此，不论其中的国家叙事还是个人叙事，都逃脱不了没有发生过深刻改变的族群习性意识——资本与小农结合的时尚习性是时尚中国文学风格无差别的根本所在。

二、无限点亮人类的神性智慧

如果人类是太阳神，科学技术与文学艺术就是人类的双驾马车，但科学技术一直在不断变化，文学艺术却很难发生根本变化，几千年前的文学艺术精品到今天还是经典，还与几千年前的光辉差不多，但龟文竹简却已变成了电子信息。这说明，虽然我们这个时代科学技术突飞猛进，并不能成为文学跟着变异的理由，但科学智慧会帮助文学智慧，那是因为，人类最高的智慧一定含有神性智慧和诗性智慧。

第七章 神性想象与奇观智慧悠远深长

　　文学风格实际上显示文学智慧的诗性品质，即是说，文学风格取决于诗性智慧，而诗性智慧又与神性向往密切相关，正是时尚习性中国文学智慧的品质使文学风格发生了很大变化。

　　当代中国人更加普遍而深入体验到的并且疑惑的是，时尚中国似乎除了技术和经济在进步，一切都在倒退：从水、土地、空气、动物、植物到人的品质。如果人的精神品质和心灵追求在倒退，那么文学是否也在倒退？因为文学就是人的精神品质和心灵追求的想象性表现，它与现实生活紧密相连，很容易追随社会感受而变化。

　　那么，这个时代真实的文学是否要追随这种随时都在密集发生的文学倒退？人类的重要作品都包含一种无限地照耀人类又被人类包容于其中的神性向往和诗性智慧，两者的融合可以称为神性智慧，神性智慧就是崇高和理想主义的想象完成。

　　神性智慧来源于古老的神话，文学一开始就是神话，所以文学一直有神性并呈现神性奇观。神性曾经使类似莎士比亚、雨果、巴尔扎克这样的作家展示了惊人的思想、想象、智慧和对世界深刻的洞察，把掩藏在历史深处的人性特点挖掘出来，展示给人们，让人们震惊、思考、追求，这种让人震惊的人性景观就是神性奇观，就是神性智慧的表现。

　　如今，这样的文学作品所包含的伟大神性到哪里去了呢？它们在20世纪90年代以后的中国文学中无迹可求。时尚中国文学，尤其是类型文学，极为缺乏诗性智慧，由当代娱乐和享受生活找到放弃诗性智慧的理由，并以与科学技术及时建立表面的亲昵关系为荣。但他们无法证明这一点，因为，要证明这一点，就必须颠覆文学经典中的神性向往，颠覆文学经典中的人类价值，而人类价值并没有因为科学技术和生活内容的改变而发生根本改变。

　　很多时尚中国的写作者以至普通人，都想要改变文学的基本品质和理念，以让文学适应他们的任意需求，这样做的基本理由之一，是时代生活有了改变，似乎科学技术和经济生活改变了一切，文学也就改变了。

由于文学与科学技术的联合，也由于人们出自习性而对日常奇迹的渴望——对改变自己有限的、受压制生活的奇迹渴望，对虚幻生活的习性向往，就出现了大量满足人们日常欲望和习性文化的文学奇观，但在这样的习性奇观中，文学的神性——一种在神话中创造、保存、延续下来的人类的精神向往却消失不见了。

在被简单收编又被简单迷恋的很多时尚中国文学作品中，情况似乎是，诗性品质、审美能力以及文学智慧并未因智力结构改变而发生更多可能性，反而可能由于技术对文学的轻易完成和制造，发生文学的限制与倒退。

古老而有神性的经典文学，要么在新技术形态中演变而重新复活，要么随波逐流而被肤浅时尚的生活所吞没。但无论如何，文学已经在改变，而且仍将改变。不过，改变的，不一定是文学的神性，即不一定是文学的本质内核、心灵历程、精神体验，而更可能是讲述文学的智慧、文学外在形态以及文学想象方式，因为文学的内在品质与人类的神性向往紧紧依傍在一起，像树与石子那样难以改变。

科学技术与文学艺术的结合每个时代都会发生，但大都是阶段性以至工具性的改变，改变不了文学艺术的基本品质，因为文学艺术代表人类的精神品质和心灵方向，科学技术代表人类的实用功能和物质需要，科学技术对于人类的决定性主要在物质文明方面，也就是说，科学技术无法决定文学艺术所代表的人类神性。

真正能与文学建立根本联系的，不是科技本身，而是科技智慧带来的生活。从生命本质和文明方向看，人类不同时代的生活从来没有发生过根本的改变，除非人类再也不像以前那样相信上帝，或者，彻底抛弃人类曾经憧憬、设想过的所有美好和全部理性。

三、没有故事，人类就少了很多智慧

没有诗性感受的，一定不是文学，而是另外的什么。既然人类的物质文明

第七章 神性想象与奇观智慧悠远深长

不能改变文学的基本品质,那么,让中国文学发生时尚改变的是什么?我以为,就是中国当代日常习性改变了文学本来应该具有的神性品质。

如果回到人类文学的发生源头和存在事实,就会发现,就是因为有了神性向往,才有了神性世界和诗性世界,而神性世界和诗性世界是无边的世界,这样,从一开始,审美和文学的存在可能就是无限的——在不同的时代,人们能以不同的知识进入同样的审美需求与文学情趣,不会受到时代和文本的单一限制。我们这个时代也无法超越神性和诗性的无边世界,人们只会因时代变化而拥有新的文学感官和美学方向,不可能颠覆文学的神性和诗性世界。

天生要追问人的生存意义是人的一种神性,也是文学的神性。也就是说,科学让人的生活更丰富,不再像古老时代那样单一。然而,不再日出而作、日落而息是否有意义,却难以证实,在文学中,也许"采菊东篱下,悠然见南山"更有意义。人生来会不停地追问意义,科学对意义无法证实,只能由文学来言说,文学生来就是人的神话,就是追问人的生存意义的。

科学并不是人与其他生物的最大不同,文学才是人与其他生物的最大不同,这与人类从根本上是精神性生物有关。科学扩展了人类的生存可能,文学深化了人类的生存意义,科学与文学从两方面扩展了人类的生存。科学要实证,文学要想象,科学智慧与文学智慧互相依存,但无法替代。因此,科学发展不是这个时代的文学必然要演变的根本理由。

不过,人们的确需要将这个时代的科学智慧与文学智慧相结合而形成新的诗性智慧。由于从达·芬奇开始,就明确地开辟了将艺术智慧与科学智慧结合的传统,再加上儒勒·凡尔纳的科幻小说的延伸,在艺术智慧中融进科学智慧不算新奇,这就产生了当代融艺术智慧与科学智慧为一体的高智商文学的意趣。于是,人们将工业革命时代的《福尔摩斯探案》的情趣,变为信息时代的《盗梦空间》和《云图》的情趣,这其中被编织进大量的当代科学技术知识以及相关生存背景和生活意义。

文学和电影一样都是造梦的艺术,文学和电影都要发现生活、塑造梦想、

观照心灵,但最初的电影功能只是技术的和纪实的,就像照相机最初诞生时的功能一样。今天,电影和文学一样都以美学品质为核心,叙事艺术的美学一致性使电影叙事必须以文学性为基础。

因此,从高技术时代的电影怎么样就可以看文学怎么样,电影对商业效果和艺术效果的同时追求也会伴随文学性而体现,人们对文学的观赏趣味和审美需求会随影视产业的变化而提升,这是电影艺术奇观与文学奇观的共同性。从文学性深藏于电影中去看,当中国电影愈来愈多地制造习性奇观而远离神性奇观时,一方面,是电影编剧和导演缺乏文学性;另一方面,是时尚中国缺乏有文学神性的小说可改编。

文学带动了电影,电影依托了文学去创造奇观,而其中重要的,是一种人类的神性意识,它让文学与电影共同创造奇观。文学与电影都要讲故事,并且要讲久远而有神性的故事。没有故事,人类就少了很多智慧、快乐、希望,也少了很多意义、价值和精神。讲故事就是造梦,所以弗洛伊德将文学家看作做白日梦的人。好的小说家就是好的故事讲述者,而好的故事讲述者就是好的造梦师,这与电影同出一源,电影的文学性说明电影不过是将故事转化为图像的叙述。

从文学性出发,电影和文学一样,造出的梦不是通常的梦,讲述的故事也不是一件事情的来龙去脉。电影《泰坦尼克号》中有两个故事相套:一个是让人惊悚和痛苦不安的灾难故事,一个是让人感受纯净唯美和浓烈炽热的爱情故事,这两个故事中隐含着历史意义,流荡着文化变迁。电影《通天塔》的情节更为曲折迷离、跌宕起伏,它曾获金球的最佳剧情奖。这个电影的结构体现出文学的结构性,有三个故事相互交错:一个是关于中年危机的情感故事,一个是涉及种族歧视和贫富差异的个人尊严故事,一个是关怀性向度的少年成长故事,三个故事中的主人公产生的不同体悟相交错关联。与这种故事结构相似的电影还有《狮入羊口》,这些故事带给人一种生活态度,发现一种生活。

在这样的作品中,文学智慧与科学智慧结合而共同寻找生活的神性意义,演变出新的诗性智慧和审美情趣：当叙事结构与科学知识相连时，人物智慧变成了结构智慧；当奇幻想象与诗性观念相连时，平常事物变成了神性场面。可以将同一事件延续的整体性故事转化为不同事件组合的结构性故事，由对有限现实世界的想象扩展为对无限时空观念的想象。

四、高难度智慧是新形式的奇观智慧

文学神性与诗性智慧在这个时代的一个重要表现，是文学智慧吸收科学智慧，科学智慧又会及时主动地进入文学。文学艺术的神性特点在于，它在不同时代都能呈现诗性奇观，这种诗性奇观重现常常会包含最新的科学与技术生成的智慧，能将科学智慧与文学神性相结合，生成新的诗性智慧形式而进入当代生活。

文学智慧与科学智慧在这个时代结合而生成了高难度智慧，这种高难度智慧是新形式的诗性智慧，成为当代文学作品的一种标志，它直接影响对生命的感受和思考，直接影响到写作与阅读，使写作、阅读和生活的难度都提高了。

英国作家大卫·米切尔的获布克奖的小说《云图》由一种文学智慧与科学智慧结合而写成，电影《云图》又用最新的电影技术将小说重新演绎出一种效果。不过，我们始终会关注到：不论小说还是电影，《云图》都贯穿着一种诗性智慧、一种高高在上的神性，这是它存在的根基，并且表现为具体的主题与形式。

米切尔的每一部作品都充满大篇幅幻想，这些幻想厚得几乎可以用来做武器。1999年，30岁的大卫·米切尔发表处女作《幽灵代笔》，2004年发表《云图》，《云图》获英国国家文学奖和布克奖。米切尔曾上榜美国《时代》杂志的"100位最具影响力人物"，入选"英国最佳青年小说家"，评论家们将他与爱德华·摩根·福斯特、欧文·华莱士等具有革命性的小说家相提并论。2012年8月11日，他携5本中文译作《幽灵代笔》《九号梦》《云图》《绿野黑天鹅》《雅各布·德佐特的千秋》来到中国。2013年春节前夕，全国各大院

线上映由他的小说改编的电影《云图》。

小说《云图》以挑战读者智商的"高难度小说"著称，整个故事包含6个跨越千年的小故事，从1850年讲到克隆人，再讲到世界末日，每一部分的文字语言风格又全然迥异，从咬文嚼字的复古文风到简单直接的20世纪晚期文风，再到用数字符号组成的未来文字。在讲故事的进程中，每个故事讲到一半时就戛然而止，插入另一个故事，之后再按原来的顺序叙述。这里面想象力把叙事的各个因素连为一个富有意味的整体：环环相扣的故事情节、对文字的精湛控制、对故事结构的有效组织，看似松散的故事、世界和时空赢得了严整的统一性，从而揭开了生命、人性与世界之间深藏的联系。

小说《云图》本身的叙事结构相对复杂，将小说改编为电影是一场高智商的诗性智慧挑战。电影《云图》继续延伸《黑客帝国》和《盗梦空间》走过的高智商电影之路，由于观看电影具有智商难度，为了在两小时内抓住观众，让他们去接受一个复杂的故事，这部电影在包括演员构成等各方面都运足了功夫。

如果去掉复杂的叙事结构，《云图》中的所有故事都似乎已经被他人描写过，但在《云图》的诗性智慧组织下，这些普通内容蔚然形成奇观，在情节和人物中包含一种与人类尊严和良知相通的神性，传达维护人类美好的声音。为保持小说的这种风格，电影《云图》让观众静静倾听的方式之一，是让同一位演员扮演不同人物，让生命恍然相连。在片中分别饰演了古代黑人女奴、近代著名作曲家的白人妻子、现代记者、派对上的印度宾客、未来时空的韩国男医生、后末日时期的先知等角色的演员哈莉·贝瑞简洁地说明了主题："拍完《云图》，仿佛经历了一生。"

正因为这样，音乐家罗伯特·弗罗比舍的《云图六重奏》与小说的名称《云图》相重合，并与主题、结构、故事、人物命运等交织在一起，每个人都在同一主题中与他人相连，每个人的故事都在同一主题下被组织安排，很像音乐六重奏，不同的人和意识在不同的时空相遇，会奇妙地似曾相识，引发回忆、梦想、温暖、爱、尊严。

　　大卫·米切尔喜欢几年把自己关在屋子里，像个苦行僧一样，去制作一个宏大的东西，他说："我讲小故事讲到第三、四个小时，我想到可以像乐高玩具一样把故事串起来。""写短篇与长篇是不同的艺术形式，我坚信小单元一样的长篇需要有线索，将它们串连起来。""小说有五个元素：情节、人物、主题、形式和结构——情节总会落于有限的框架，70亿人也可以分类，主题的变化非常缓慢，形式的变革几十年前现代主义作家已经做了最了不起的创新，留给我们的，只是结构了。""不能因为好看就采用一种复杂的结构，不能轻易地选择一种非常复杂的结构，为了结构而复杂，为了高级而高级，为了复杂而复杂。"

　　从文本角度分析电影《云图》，会发现很多台词都是警句格言式的，它们清晰地表明一种神性生命与现实生命的紧密联系，这有些像古希腊哲人仰望星空、面对宏大而思考个人生命的情景。《云图》中也有宏大的主题方向和生命背景，"我决不会向强暴和罪恶屈服"，这是《云图》中6个故事的主要人物的共同意识。所以，养老院中的老人勇于越狱，新首尔的克隆人勇于牺牲去反抗，被不明寄生虫折磨而痛苦的美国公证人在南太平洋勇于保护黑奴而最终被黑奴所拯救。

　　想颠覆故事的，是最愚蠢的颠覆者。大卫·米切尔的新作《雅各布·德佐特的千秋》是一部线性历史小说，他正在回归到故事的整一性传统中，其实他一直有深藏的整一性意识，这是神性意识和诗性智慧的深刻源泉。

五、开启当代神性奇观的芝麻之门

　　有些人简单地把小说家叫作"讲故事的人"，但实际上小说家的意义绝不是讲故事，而是通过讲故事、通过故事的想象去创造世界。比如，被誉为"21世纪第一部小说"的《哈扎尔辞典》，是塞尔维亚作家米洛拉德·帕维奇在1984年出版的一部著名小说，2013年1月，《哈扎尔辞典》中文版由上海译文

出版社再度出版。这部小说的内容纷繁复杂,描述了哈扎尔这个民族在中世纪突然从世界上消失的谜,其中时空穿越、真假交错、扑朔迷离,古代与现代、幻想与现实、梦里与梦外盘根错节地相互缠绕,被公认为是一部奇书。

看了这部小说,会觉得在这本书出版时,一种奇幻的诗性、高难度的智慧已开启了当代神性奇观的芝麻之门,后来的诸多世界名作都延展了这个源头并形成一种当代风格传统,从儿童文学作品《哈利·波特》到通俗文学作品《达·芬奇密码》,再到大卫·米切尔的《云图》,从电影《阿凡达》到《盗梦空间》。

将当代中国奇幻文学作品与西方的奇幻作品静心相比,就会发现:①当代中国作品的玄幻、穿越等并不新奇,而且在拙劣地模仿,技不如人;②西方的奇观文学作品大都包含神性意识,甚至《哈利·波特》这样的儿童文学作品中也有一种高高在上的理想主义。

小说的魅力在于用想象把自己变成一种神性奇观,用想象去创造一个世界、创造另一种生活,从而展开生活与文学的无限可能,这是一种自在之美、一种自我展开的生命,但这种自我展开的生命是在神性引导下飞升,而不是局限于现实狭隘的功利性、委琐的个人主义和自我存在,因此,在玫瑰的开放不需要理由的同时,国王的马蹄也不准踏进我的家园(反抗暴力)。

《哈扎尔辞典》用汪洋恣肆、奔放不羁的想象力和神奇性构造了一个世界,穿越时空进入另一个世界的感觉对后来的很多文学作品产生巨大影响,伴随这种想象或者要满足这种想象和神奇的需要,就必然带来形式和写作技术的创新,想象的神奇性带来的是纯粹、完美和精致。

文学奇观、文学风格与文学想象相连。想象的世界独立存在,并让现实的具象世界变得更精彩,因而拥有独特的价值。

文学想象有两种,一种是对现实世界的补充,比如玄幻、穿越、历史演绎、职场争斗等这类小说。这种想象是无法超越现实的想象,它只是一种现实经验的变形或者奇观表现。另一种想象是超越现实的想象,它通过想象世界的象征性与现实相连，并不与现实经验对应，而是创造另外一个世界或者另一种生活，这种想象不可复制，而前一种想象可以复制。

创造世界的想象必然含有神性意识，《哈扎尔辞典》是一部含有神性意识的小说，它拥有丰富的宗教含义和广阔的历史背景，其核心主题是对生命延续过程中的人类文明和人类性质的思考，因此可以从中解读人类的不同文化以及不同文化间的关系。

这样的小说是耐读的小说，是读之愈深趣味愈浓的小说。小说以辞典形式将碎片化的故事连为整体，把辞条联成了一部小说，全书分为三部分，分别汇聚三个不同宗教背景下的辞典，同一词条在不同宗教部分中的解释不同，从而将不同文化具体细致地表现出来，而作者的生活区域正是民族与宗教交杂的地方，是人类文明相连的交汇点，于是有了这部对多重宗教和文明交错独特想象的作品。

六、时尚中国文学的奇观修辞术

简单说，神性就是生命和人类理想主义的最高象征、最好体现，文学是最直接与神性相关的，好的文学作品表达了我们对世界的神性渴望而让世界更好，表达了一直隐藏在日常生活和平庸生命中我们的神性直觉。

所以，最好的文学作品往往造就一种神性奇观，让我们深切体验到：对于人类生活和生命延续，我们肉眼所看见、身体所经历的，并非就是我们生活的全部存在，而是有神性隐藏其中。

不过，当代中国是个消耗神性的奇观时代，而不是创造神性奇观的时代，平庸粗鄙的生活习性不断培养着与其相适应的文学奇观，让我们不再有创造和培养神性奇观的能力，而是要依靠那些外在于我们生存本质的习性奇观去满足娱乐精神。

20世纪90年代以后，中国文学放纵恣肆地奔跑在五车道上：一是精心制造打磨叙事技巧和语言感觉的，以城市生活作品居多；二是突出奇情异事、渲

染粗鄙生活和情绪的,以所谓底层文学和乡村文学居多;三是炫耀当代生活的快乐享受、宣泄无价值生活和放纵任意幻想的,以青春文学和类型文学居多;四是借当代中国社会问题放大人际争斗、压抑、无奈的,以表现当代婚姻家庭伦理生活的居多;五是保持部分经典文学价值观和现实主义文学传统的,这类作品有多方面主题和题材的个体表现,但并无集中突出的整体性倾向。

前四类文学有几个共同点:①远离宏大叙事,专注于日常生活和琐屑事件;②拒斥写作深度和生命思考;③消弭正邪善恶界限,取消价值判断——部分第五类作品也有这样的共同点。

不同文学倾向的这几个共同点表现的是共同的文学观念,在这样的文学观念中,无论什么文学都可能去亲近奇观而远离神性。所以,乡村文学、底层文学很容易利用畸形变态心理去制造奇观,而玄幻、穿越等文学容易通过逃避现实和享受现实并置的悖论心理去制造奇观,城市文学、社会文学则容易渲染放大人与人之间的争斗而制造恶习奇观。

那些最容易产生习性奇观效应的文学有两大共同点:一是铺陈展览那些极少能公开浮出生活的变态、畸形、丑恶、阴毒等东西,二是炫耀并以想象的方式去夸张、实现欲望渴求。这两方面的共同点,是把隐藏在人们内心而羞于启齿的东西像释放怪物一样释放出来,让它去撕咬别人而获得快感。不管是阴暗的还是无耻的,它们相互间常常能触类旁通:大家都有相似的生存状态和生活意识,因此它们以不同内容满足了共同的生存心态。

从神性与奇观、神话与大众关系的意义上讲,文学发展既是一个在神性核心上延续、繁衍、清理的过程,又是一个围绕神性核心而众说纷纭的空间,不过,无论多么曲折复杂,绝不是反神性的过程,也不是拆解神性的空间。

但是,当代中国产生了一种奇观修辞术,由此制造过度娱乐化、习性化文学奇观,这样的文学奇观淹没了人们真实的文学感觉与生活世界。它们对人类经典的价值和文学进行搁置,让其自然化地漂浮于当代中国生活之上,这给当代中国远离人类神性提供了鼓舞,同时,也成为习性文学奇观对这个时代的一个自由切入角度。

时尚中国习性文学奇观的奇观修辞术借用了与神话修辞术类似的可能去运作，以前由神话来确立的那些文学工作：教导公民、确定价值、提供意义、建立共同语言和信仰等，现在都被当代中国文学奇观消灭了。反对神性的文学奇观依靠其资本运作下的大众情绪、依靠自相否定的媒介信息和广告形象，对神话式的或者有神性的文学进行瓦解或颠覆，让神性光彩像瓷片一样不断剥落下来。

这里包含的悖论是：我们对被奇观修辞术同化的文化和生活既要主动批判，又要被其迷恋，这种迷恋体现在诸如对当代图像符号、新型幻想、语言重组、日常神话、数码文化、技术制造等奇观的迷恋。在许多文学家和普通人的观念中，这些迷恋与其说是当代奇观生活意识对神性意识无所不在、无孔不入的收编过程，不如说这是将其转为文学言说的支撑与可能。

一方面，如果要对隐藏在商业文化和大众情绪中无处不在的时尚中国习性奇观进行隐喻性批判，对文学神性意识碎片进行辨认、收集和归拢，就要对这个时代中国的神性意识与奇观意识进行清理。

另一方面，我们要通过对中国过去经验与目前现实、习性生存与文化语境的并置，来发现神话修辞术与奇观修辞术的不同，发现奇观修辞术在古老文化根源和集体无意识上的延伸，发现奇观修辞术将当代生活像雪崩一样地埋没。

奇观修辞术与时尚中国文学的基本倾向关系密切，它们修饰了已经出现的所有文学现象，并且还在推陈出新地推动新的文学想象。

七、审丑炫恶是习性奇观文学的突出风格

与诗性智慧和神性向往无关，在时尚习性中国文学张扬娱乐化和非神性化的过程中，一些作品以时尚和习性为名，去道德化、去审美化，以奇观化方式去张扬丑恶，以反常故事和怪异思维来占领人们的生活意识，架空对真理和正义的诉求。这种奇观化过程中的文学似是而非，人们的正当审美标准和道德观

念被慢慢腐蚀，最终形成了价值虚无的娱乐习性和审丑习性，并伴生出习性文学的奇观模式，这反过来为炫恶扬丑的文学提供了现实空间。

审丑炫恶是习性奇观文学的突出风格。在瞬间蹿红、浮云掠过的中国，审丑炫恶能够坦然伸展，是因为它们的根源扎于当代中国生活习性的深处，也扎根于20世纪90年代以后的文学风格中。

炫恶并非是一种喜剧性审丑品质。作为美学的重要范畴，在一定程度上，喜剧性审美品质在于，审美主体从审美客体身上看到相对空虚、渺小、丑恶甚至卑劣的本质时，内心升腾起优越感、满足感甚至炫耀感：我不是这样；但当代中国文学习性奇观唤起的却是：我就是这样，唤起的是其本身拥有这些卑劣品质的快意。

随着这种文学与现实的互动，反审美、反神性、反崇高、反理想主义的文学意识被强化和放大，更多迎合丑恶、制造丑恶、颠倒美丑的文学可能会出现，它们最早可能是以合理的平庸生活和平庸作品为借口，发展和成长的。这种状况经逐渐放大，而最早发生并不是在后一代文学——80后作家中发生，而是在前一代文学——1980年以前出生的作家中发生，而且，80后作家在这方面的倾向远没有前一代作家那么严重、那么明火执仗。后一代作家倒没有怎么张扬丑恶，只是缺乏思考、缺乏美感，用娱乐化效果、用虚幻梦想、用炫耀时尚而讨巧于人们的生活情性，但前一代作家中的不少人，却在用他们的写作颠倒着人类的基本价值和神性向往。

时尚习性文学奇观既然去除了精神准则，颠倒了人类价值，就必然要去精英化，在去精英化的习性文学奇观中，在奇情异趣的表述中，难以克服浅表、速生、粗糙、絮叨的特点。去精英化以草根底层、平庸肤浅为自得，潜藏着普通人要去占领精英表达的渴望，本来平庸的阅读者渴望在喧嚣的生活中做混世魔王，出众、精彩、耀眼，而写作者信手拈来的作品却希望被看作精英表达，这是导致满足成功幻觉的最简单、便捷、有效的手段和安慰。

去精英化的习性文学奇观有双重意义：在表层意义上，可以使自己在生活中上浮到一个满足自我的高度，由此获得人们的关注；在深层意义上，获得的是自我确证和身份上升的强化，因此我们常常听到作家这样的极端表达：要么我不是，你也不是；要么我就是，你不能说我不是。

这表明，时尚中国文学写作的自我意识发生了重大改变，但不论当代中国文学的哪一代作家，都有对价值主体认同的自我危机，他们不信任别人，只信任自己，当他们的作品掩盖了这种精神危机时，反而显得非常自信。

如果从晚生代的作品中看到了这些自恋、自负、轻狂，那么这种情况也同样存在于早生代的所谓主流写作或精英写作里，只不过他们的这种意识更加隐晦曲折，不予外露。实际上，这两种直接呈现或者深度隐藏的文学张力，就形成了当代中国文学的社会张力，而文学的诗性张力被这种社会张力所控制。

当代中国文学的社会张力直接涉及文学的狂欢与静穆。尼采以日神精神和酒神精神概括古希腊悲剧中隐藏的两个艺术原则，并以此区分出两种不同的艺术风格：酒神激情的狂欢与日神严肃的静穆，它们都导向一种艺术美，我们可以以此区分不同的当代中国文学奇观以及相应风格。

八、在文学和审美中被鄙夷的炫恶习性

时尚习性中国的文学炫恶并非是一种喜剧性审丑品质，也不能作为美学范畴的表现去看待，而是一种在文学和审美中被鄙夷的习性现象。

在西方美学的传统延伸中，与同情说相对应，亚里斯多德提出了鄙夷说，表明通过戏剧去鄙夷恶劣品行而净化人本身，英国的经验主义哲学家霍布斯的"突然荣耀"的内涵也在这里。但时尚中国文学没有这种鄙夷丑恶的审美传统，所以，一遇当代的适宜机会，就与审美自我相疏离，扮丑审恶、搞怪弄玄，在似乎拒绝丑恶的同时，却生出一种对丑恶的认同。

在审丑的同时，渴望与丑恶的某种同一性，透出时尚习性中国文学和生活对丑恶的玩味性关注和自我满足感。这种关注和满足将同情与怜悯的美学原则与鄙夷丑恶的美学原则相互反置，本来同情与鄙夷都是要远离丑恶，但在时尚

中国习性文学中反过来变成对丑恶的变相崇尚。

与这种审丑风气相关，时尚中国习性文学有揶揄、抵抗、疏离、解构文学经典和主流价值的倾向，这种倾向显示了早生代文学与晚生代文学共同的出镜、出位意识，显示了以反叛神性向往而成就自我的颠覆意识。

另一些时尚习性中国文学作品只是出于某种虚幻需要的产品，对它们了解或者不了解，都不会影响我们的生活，它们既不能起到好的文学教育或审美教育作用，又不能破坏生活，它们什么也做不了，但正因为它们什么也做不了，就什么也不必做，所以会被人们疯狂追捧，因为它们空空如也的虚假怀恋中什么也没有，正好满足了人们对现实茫然无绪的心态。

解构经典权威就要解构经典品质，解构经典品质就要解构神性向往，用轻佻而娱乐的方式，就可以强有力地满足习性文化中去精英化的情绪，对经典和精英进行反讽，在满足娱乐诉求的同时，也舒缓了生存压力、现实焦虑、情感郁积，这些在习性文学奇观中都得到了体现，并使生活受到一定触动，但付出的，却是文学被粗鄙化的代价，并扰乱了人们的心灵安宁和情感秩序。

娱乐不与同情同在，而与放纵共存，反讽不与修辞同在，而与颠覆共欢，搬移现实的虚妄与损毁经典的快感交织，生成的是让文学破碎的悲哀。当最为习性的文学奇观去完成最彻底的精神颠覆时，带给人们的是难以名状的精神倒错，在以精神蹂躏引发情欲放纵的同时，人们感同身受的是自我对现实的无奈，而对经典的无情亵渎所引发的价值错乱则是对亵渎者本身的伤害。

以满足功利欲望和现实宣泄为目的的时尚中国习性文学中难以见到经典艺术精神或者神性艺术向往，时尚事物或情绪在时尚中国习性作品中直接出现的结果是情感欲望化和情感宣泄化，文学不再成为一种提升生命的精神奢侈，而是等同于生活平面的实际享用。

从这样的直接来源于物质愿望满足的作品中，人们无法得到精神平衡和心灵抚慰，人们有意无意地将文学中的生活等同于自己的现实处境，把自己当作作品中的人物去看待，这样就无法超越自己的生活，当这些作品与生活处于同一平面时，人们可能由这样的作品受到启示，把自己培养为谋生工具，甚至有可能迷失方向，成为恶欲邪念的帮凶。

作家的思考魅力不在，作品的艺术魅力也将不在。但思考是一种独立的人格体现，要具备一定的精神高度，平庸者往往达不到。"十年磨一剑"已不仅仅是一个作家对文字上精益求精的历练，同时更包括了精神维度的追求，这是浮躁的和功利的作家所望尘莫及的。雨果的《悲惨世界》耗时14年，其中的故事人们耳熟能详，但不仅如此，更重要的，是它向世人展示了人类的理想追求和人道主义的内涵，使作品走向人类化；这些年在欧美热播的电视剧《冰与火之歌》的写作也历时14年，作者在展示流血历史的同时，贯穿了对人性美丑的思考。

虽然古典与现代的写作观念不同，但两者的精神本质或神性意识没有区别，它们本来就是一致的。其实，文学发展并非完全体现为古典与现代的形式差异，更体现为两者在美学精神上的一致性和本源性，所以，现代叙事不断在向古典叙事回归，史蒂文·斯皮尔伯格在2011年拍摄的《战马》就表达了对古典叙事和经典价值的精神回归。阿尔伯特与乔伊的心灵相通、德军逃兵的兄弟情谊、法国女孩艾米丽的爱心等，都传递着人性之美，展示出善良、忠诚、勇气、救赎、和平等人类基本价值取向和神性向往。

九、审美教育是一个人所经历的精神际遇

时尚中国社会已经开始对生命进行单向度的、工具性的规划，这是技术理性发达的胜利，唯有文学艺术能超越这种技术理性，起到把人还原为完整的人的作用：在一个时代无可挽救地衰败时，能挽救它的只有爱与美，而文学是最高的爱与美的体现，那么，众多被追捧的时尚中国文学作品有什么样的爱与美的体现？它们对生活进行了什么挽救吗？这是应该追问的。

如果一部文学作品什么都不能给予我们，我们读它做什么呢？但可惜的是，大多数当代中国文学作品却是什么也不给而大受欢迎。那么，阅读这样的

作品的人在想什么呢？他们想要什么样的文学？这是与想要过什么样的生活相连的，想要过什么样的生活就会想要什么样的文学。

所以，艺术教育或者审美教育十分重要，并深藏于文学作品中。经典文学观念中包含着审美教育，但时尚中国文学作品很少包含审美教育。如果审美教育或者艺术教育是一个人所经历的精神际遇，那么我们在时尚中国文学作品中会找到什么样的精神际遇？

一个人的精神际遇与审美精神、文学精神、人类精神息息相关，它绝不是职业技能性的艺术教育，职业艺术教育与审美教育完全不同。以谋生的文学职业行为去追求艺术精神是南辕北辙，虽然"超功利性"在当代社会不再适用，但对完整的人或者完整人性的呼唤仍然有用，艺术不能直接地实用于生活，但可以改善社会精神和人的心灵。

在技术异化人、艺术拯救人这方面，席勒的观点发出了法兰克福学派的马尔库塞的先声，在席勒看来，艺术的职业技能化培养与艺术对人的完整性的滋养完全是两回事，作家、文学教师等身份和头衔并不等于真正的文学家，现在却成了一回事，文学不仅仅成为职业，而且成为制度性社会的一个分支系统，职业的实用主义原则与艺术的超越精神天然相反。

席勒最早提出了审美教育，在《审美教育书简》的开头几封信中，他提出，在现代社会里，国家对公民需求的是单方面技能，人作为公民的全部意义和价值仅仅是增加单方面技能，这使得成为全面的人的诉求和合理性都被取消了，人只是国家的仆役，不再可能成为古希腊人那样幸福而完美的人。席勒所说的国家，是一切制度性社会建立的公共权力的化身，它在文学中演变为一种想象。

今天，时尚中国仍处于席勒所说的那种现代社会状态，也就是说，时尚中国的时尚生活问题自现代社会发生就一直普遍存在，它延伸到中国时，与中国特有的国家情况和习性传统发生了扭结，产生了特殊的习性生活情景和审美情景。

从传统上讲，中国与古希腊有不同的传统，席勒出于来自古希腊的对人和生活的美好要求而对现代社会观察思考，但中国不具备这样的传统立场，就完全不会去这样思考，所以，时尚中国文学中的审美教育精神几乎没有，这样才产生了大量毫无审美意义的作品。问题不在于阻挡时尚中国文学审美精神和审美教育的弱化，而在于怎么面对这样的状态。

要面对就必须有思考，作家与一般人的不同之处也在于其以独特的思考而给人启示、引人深思，如果作家只是复制现实而没有深入的思考和敏锐的洞察力，那么，他的作品只是将现实的材料加以归纳和再现，他与大众并无二致，所不同的，只是他有着一般人不具备的资源优势和写作技能。

这样，从一种经典与时尚的精神一致出发，像古老的古希腊时代一样，当代中国也需要文学去描写安静、纯净、圣洁的生存，对当代中国进行审美教育。在《理想国》中，柏拉图认为应该只允许诗人描写美与善的内容，否则便应将其逐出城邦。"当有人在我们的城邦里摹仿罪恶、放荡、卑鄙和淫秽的东西，我们就应该把他们驱逐出去，不给他们安身立命之地，因为我们的文艺作品要有关于塑和养成民族文化形象和民族精神。"

文学的审美精神是古希腊的城邦精神，也是古希腊的时代精神，它同样也应该成为我们的时代精神，因为它是人类精神的具体体现，一种具体的审美精神像时代纪念碑一样，镌刻在文学作品中，成为人类的精神遗迹，文学精神是一个民族在一个时代所表现出的人类精神，它需要表现人类价值观念、道德规范、行为方式、社会风尚、精神风貌、审美情趣。

优秀的作品都有爱与美的教诲意义，作为一匹马的神性奇观，《战马》并不是面面俱到的表现，而是一种永不懈怠的坚守——对善良的渴望、对和平的呼唤、对人性的追求。战马乔伊代表了战马在人类战争中的最后辉煌——战马从伴随人类到最后消失的历程所展开的精神辉煌，显示出一种与欧洲骑士精神相关的高傲与坚毅，表达了与古典时代相伴的人性依恋，也体现出一种英勇情怀：战马面对火炮的英勇就像《拯救大兵瑞恩》中上尉用手枪射击坦克的英勇。

第八章

摘要

人的精神性有三个基本含义：一是神性的，二是人性的，三是真理性的。中国文学的时尚习性逻辑始终在资本化与小农性的纠缠中，由此将人性逻辑和真理逻辑悬置起来，这成为中国生活现场和文学现场的重要特质并主导中国生活和文学的方向。当习性生活缺乏人性生活意识和真理性生活意识时，文学也会缺乏人性关怀和真理关怀，就需要用神性想象去创造一种有人性和真理性的生活而抵制鄙陋生活，人在本质上既是真理性的又是美学化的，历史是人的真理性生活和美学化生活的过程，资本化与小农性结合的中国文学中很少发现对人性品质的真理性关切，更难发现追求真理性思考的审美乐趣，这样的文学无力召唤人性所产生的生存力量和艺术魅力、无法深入人性审美存在的秘密。在资本与习性交集的时代，要在文学中将神性生存与习性生活结合起来是很困难的，这实际上要将一种狭义的、高级的文学趣味与广义的、普遍的时尚趣味或者生活习性结合起来，以形成适应社会变化的文学意义和形式。中国的资本化过程与其他国家的资本化过程有个重要区别：中国是个有深厚而强大的小农社会基础和小农意识的国家，小农习性一直潜藏在资本化过程中，直到资本化社会逐渐成熟、直到小农习性在资本和资本意识培养与时尚诱发下全面爆发。时尚中国社会与生活有什么样的资本特点，文学也就有什么样的资本特点，在与资本化、小农性融合而变化的时尚习性状态中，一切事物都可能转化为时尚习性表现和文学，文学在带来神性想象的同时，也带来世俗想象。

第八章

资本与小农缠绕的时尚习性中的真理和人性

时尚习性文学的重要特点之一，就是文学始终在资本化与小农习性的纠缠中，这形成了中国文学的时尚习性逻辑，而文学的人性逻辑和真理逻辑从中滑落，这成为中国生活现场和文学现场的重要特质，并且，这个特质仍然在无形地主导中国生活和文学的方向。

中国自从市场化开始，就开始了资本化，文学一直伴随着资本化过程，时尚中国社会与生活有什么样的资本特点，文学也就有什么样的资本特点。整个中国的资本化过程与世界上其他国家的资本化过程有个重要区别：中国有深厚而强大的小农社会基础和小农意识，在小农习性没有发生什么变化的情况下，就横冲直撞进入了资本化过程，而小农习性一直潜藏并伴随在资本化过程中，直到资本化社会逐渐成熟、直到小农习性在资本和资本意识培养与诱发下爆发演变为时尚习性。

一、让文学给我们一种有真理性的生活

人作为一种有精神感的生物，首先是因为人的精神创造了人自身和人的历史。作为精神性存在的人，其精神性有三个基本含义：一是神性的，二是人性的，三是真理性的。

真理性通常针对现在，神性针对过去和未来，人性针对具体生活现场。神性是对自我的指认，人性是对他人的同情，真理性是对生活方向的理性；神性使人超越自身而形成超越性生命，人性是面对他人而形成的人类尊严，真理性

与最高的自我和人类性是一致的，在达到人的最高境界时，也就与真理同一了。

即是说，认识真理与认识自我、面对他人是一致的，因此古希腊德尔斐神庙上镌刻着这样的铭言：认识你自己。当寻找真理时，有些人会找一个容易理解与解释的见解，并认为就此找到了一个最好的真理，事实上这只是找到了一个符合自己妄想的答案而已，因此，要找到真理，首先要认识你自己。

因为精神性是人的特质，精神立场的核心就是关于人的生存思考，其中一是人的尊严，二是人的自由，三是人性的完美，这都需要人的真理思考和神性信仰。信仰是对真理或生命神性的遵从，真理思考是对真理的发现和解释，文学既给予人们活着的真理性，又给予生命对生活的人性向往，这种向往只在人们的精神上实现，并使生命超越习性现实，因而产生了神性信仰。

神性信仰带来真理性信仰和真理性生活，作为一种信仰的生活，文学中生活的真理性品质是对生存过程的验证，真理性生活是对生存信仰的追寻：追问人的内在生活的价值。文学是信仰的生活，人类因需要信仰的生活而创造了上帝，而文学在这方面僭越了上帝的荣光，文学的信仰具有灵魂性和神圣性品质而超越习性现实，习性文学不能为神性信仰给予的生活提供验证。

时尚习性文学在对真理和信仰都茫然无绪的情况下，失去了真理性立场，实际上是失去了对自我的把握、失去了对人性的认识和体悟。真理性生活是人的尊严。康德认为：人是自己的目的，人的尊严在于他是自己的立法者。上帝为自然立法，人为自己立法，人分享了上帝的荣光，尊严、灵魂、高尚、真理都是人为自己而立的法。

时尚习性文学失去了真理性生活，也就失去了人为自己立法的荣光。有真理性的生活是思考的生活，是可以用真理去探求、去净化、去提升的生活，文学的真理性态度和真理性立场，就是文学对习性现实抱有怀疑和批判的态度，一是提问，二是追究，所以，文学的真理性要破坏的，一是习性现实中传统生活意识的习性，二是习性现实中利己和实用的习性。

第八章 资本与小农缠绕的时尚习性中的真理和人性

神性想象和神性写作是对真理性生活的一种追求，文学中的真理性生活可以帮助人们判断实际生活品质和文学自身的品质，可以修改和提升习性现实中的真理性追求，清理习性现实中的劣根性。文学的真理性追求就是更尊严、更人性、更优雅、更浪漫的生存追求，没有真理性追求，不会有人性的生活和想象，因此，用神性想象去创造一种有真理性的生活，是对鄙俗生活的抵制和鄙弃。

资本化与小农性结合的中国文学中，很少发现对人性品质的真理性关切，更难发现追求真理性思考的审美乐趣。坚持一种真理性立场所包含的审美关切，就是坚持个人的审美自由，它对历史和人性的思考与对习性现实的思考是结合一体的。时尚习性文学中很多描写都因物欲而滋生，并不顾及人的尊严和目的，反而突出地描写甚至颂扬了非人性的生存景象：酷刑、权术、阴谋、残忍、卑劣、粗鄙等，把人本身当成了生存手段、生存工具和生存欲望，是非真理性生活表现。

中国时尚习性文学中充满感性生活，感性生活就是不思考的生活、现成享受的生活，缺乏对真理的追求精神，作品只是展示生活，至于为什么生活，作品通常是不思考的。因此，时尚习性文学大量描写相似的内容、追逐差不多的感受，缺乏从真理性出发去追问生活、品格独立的人物，几乎没有为了纯粹真理而不为实际利益活着的人物，也很少有在资本化时代为真理而有牺牲精神的人物。因为，对真理的追求不能吃、不能用、不能让人从中获利，这样的人物能进入习性生活现场。

文学要有真理性的生活立场，就要有真理性的承担，真理性的承担就是对真理的知和行的态度，知是对真理的知，行是对真理的行。知识和文学都是寻求真理的，真理性是对寻求真理的过程进行检验、对表现真理的内容进行核查。所以，文学的真理性就是具体文学表现中的真理性，也是具体生活中的真理性，是文学所表现出来的世界对于人性的合真理性。

在学术传统中有知识论，知识论对知识和真理的形成过程、认知过程进行

我们与神相遇:用神性向往改变习性生活
Desiring for Divinity, Transforming with Habitus

检验,与此相应,在西方的文学中也有真理性文学传统,在文学中对生命的合真理性进行探究和追问,也对生命的现实生存目的进行思考。按照习性中国传统,虽然讲"知之为知之,不知为不知""不耻下问",但并不讲"知什么"和"为什么知",也不讲知和行的关系,知和行是分离的,所以虚假性、非真理性就可以乘虚而入,就能说一套做一套,就可以言行不一。

这种不谈真理的习性知识传统对资本化中国的习性现实和文学意识有着深刻影响,有很多文学作者的写作与生活是分离的。所以,资本化中国的习性文学以时代和历史为名,以个人和自由为名,拆解生活和历史的深度性、宏大性,尽力颠覆艺术的象征性和文学的创造性,强调粗鄙生活和习性真实,让资本中国的习性真实直接替代文学真实,以这样的作品证明习性现实生存的至高无上,并宣称这是真正通往真理之路。

人因生存信仰而产生尊严,因有真理性的生活而产生生命意义。真理性的生活是一种信仰生活,是一种真理的验证生活,具有信仰的生命实践意义,文学提供了这种信仰生活的具体图景,文学中的生活也应该是真理的验证生活。文学中的真理性生活是一种想象生活,是一种美好生活的幻想、生命的升华,具有理想主义的意义,文学常常为人们创造一种真理性的乌托邦生活,把真理性和浪漫性、想象性同时结合在一种表现内容、精神形式、美学情趣中。

时尚中国资本化过程中的进步性与反进步性、信仰性与反信仰性、真理性与非真理性,在文学中都应该有独立、超越、美学的思考,以寻找资本化中国的纯净人性、健全心智和美好生活形态。人在本质上既是真理性的,又是美学化的,历史就是人的真理性生活和美学生活的过程,人依靠真理性和美学生存发展至今,科学技术和物质丰富是物质发现与精神发现的双重结果。

时尚中国文学的难度在于寻找文学与真理的关系,是时尚中国的真理衰落造成了文学的变化,还是文学影响了或标志了真理变化?这是说不清的,但无论如何都有一种文学与真理的关系。真正的文学并没有不与时尚中国保持平衡,真正的文学家并没有试图逃脱生活,相反,真正的文学显然都是从文学家的具体生活中走来，与普通人非常地不一样，那是一种文学家的胸怀和心灵，是这个年代的真理性生活追求。

二、我们必须承担习性生活中的人性

在资本化中国，文学怎么来承担生活所赋予的人性力量？怎么不陷于功利意识和权力结构而提升人性品质？怎么来推动人们追求真理的人性意愿？

我们可以痛彻地感受到：具有人性精神的行动在时尚习性文学中普遍缺乏。时尚习性文学已经普遍以与现实同辱共荣为借口，以日常、平庸、个人、享受、快乐的现实生存为理由，走向一种似是而非的虚妄生存，很多文学表现都以关怀现实和平常人生为标榜，实际上并不关怀人性的真实状况，也不关注人性与生存的关系。

时尚中国习性文学所确立的文学逻辑将人性逻辑和真理逻辑悬置起来，并由此将写作的真理立场和人性立场悬置起来，这样的文学情景已经陷入溃败的人性逻辑之中，它们无力召唤人性所产生的生存力量和艺术魅力、无法深入人性审美存在的秘密。在时尚中国的浮华情趣与财富欢乐的逻辑下，文学掩藏了太多真实的谎言、穷凶极恶的利益、到处流窜的欺诈、肆无忌惮的权术、遍地狂欢的享乐、虚假矫情的悲伤、变态畸形的苦难、公开张扬的丑陋以及蒙面大盗一样的恶行。

文学永远把人性放在生存立场的核心，放在历史、人性和真理的核心，也放在人道主义的核心——人道主义是广阔人性和无边人性在具体历史中的表现。人依靠高贵优雅不断抵抗卑劣委琐而形成人性追求，人性的高贵传统不允许人去伤害他人，而与人性密切相关的灵魂、尊严、理性、自由等，使利己主义欲望受到限制，从而不致产生人性之恶。

当确定文学对现实的关怀最终是人性关怀时，也就确定了文学对现实的人性关怀和真理关怀。人性与真理常常相关，它们总是形影不离、相伴相生。真理以人性为核心，人性和真理就是发展人、保护人、不伤害人，就是人性的强

烈、尖锐、集中、广泛、终极的体现,就是普遍人性和永恒人性,人性与真理高高照耀着历史与文学,追求人性与真理的历史过程和文学过程,就是追求人性完美实现的过程。

当习性生活缺乏人性生活意识和真理性生活的意识时,文学也会缺乏人性关怀和真理关怀的意识。令人置疑的是:既然文学在本质上是人性的表现,文学对现实的真正关怀就应该是人性关怀,那么,缺乏人性关怀的现实何以能在时尚中国的文学中普遍发生并狂欢?因此,我们迷惑于时尚习性文学的现实关怀是否真实?一种缺乏人性关怀和真理关怀的文学对现实的关怀,肯定不是对现实的真实关怀,即是说,这样的文学关怀是对现实的虚假关怀。

中国生活现场中人性和真理的失落,使文学中的人性和真理精神受到了利益化现实深入而强大的破坏性侵蚀,并由此限制了文学对人性和真理的思考与发现。中国生活现场中的文学与现实一起获得资本解放的同时,也更深地陷入了资本逻辑与习性逻辑中的利益主义陷阱:大多作品失去了人性的敏感,失去了人性的悲悯和同情,它们或者偏重于那些为了利益而发生的贪欲、妒忌、争斗、算计的情景,或者专注于个人享受、漠然于真理和人性的表现。

反过来,人性感和真理感的远逝加剧了时尚文学向着习性的滑落。在平庸而琐碎的日常生活叙事与千人一面的类型化写作中,很少看到人性实现的整体性过程,平庸叙事和时尚叙事并没有给我们提供一种更强大的人性力量与人性信仰,也没有给我们提供一种更具有怜悯心和同情心的人性生活,也就没有提供一种具有人性和真理性的生活。

由于缺乏人性传统的资源依托,在时尚中国的文学中,我们经历着利益之手所推动的生活之恶层层演进、人性美好节节败退的人性困境,但这些作品却告诉我们这是人类或中国必然要经历的真实历史。这些作品高举真实性旗帜遮掩着虚假性生活,以偷梁换柱的方式公然瞒天过海,甚至把人性之恶作为最高的和唯一的真实加以认同,而来自真理、人性、理想主义的人性光辉却被任意涂改。

我们面临的文学困境是：文学本来是带动人性升华的，时尚中国的文学却和现实一起沉落，并不对现实中的人性溃败进行思考，而是漠视真理和人性甚至助长人性之恶。因此，如果时尚中国的文学不去主动意识、反省、思考和追求文学中的人性表现，要依赖现实而自动提升文学中的人性几乎是不可能的。

文学对人性的追求是真理性的，但却是非利益性的、抗拒现实的，它与时尚中国普遍广泛的利益性追求相对立。这种对立来自时尚中国现实，文学却不得不去改变现实，而要改变现实中人性追求与利益主义的对抗，文学首先要改变自身对现实的依附。妥协、退避都是投机或伪文学，真正的文学没有其他选择、没有退路，因为人性在时尚中国已经没有选择和退路。

在时尚中国的习性现实情境中，必须鼓舞文学去追求人性关怀的立场，将人们的功利性生命提升向更高的人性层次，提升往人性美好的理想主义层次，阻止生命在文学和习性现实中向粗劣丑陋的生活下坠。

三、向文学场域实施小农习性的资本逻辑

文学总是与生活紧密一体的，绝不可能有纯粹逃逸生活和社会意义的文学，也没有只为寻欢作乐、只作为现实工具而存在的文学。文学一方面是另一种生活，从而要去提升现场生活；一方面它就是现场生活，从而可能沉沦于现场之中。自从中国的资本化经济过程开始，资本化的中国习性过程也就开始，如今的中国生活和文学布满了小农习性与资本结合的情景。

自从小农习性与资本意识结合，生活和文学的每一个毛孔都透着小农与资本结合的气息。时尚习性文学现场和生活现场的欲望太多了——哪来那么多欲望？既是习性又是资本惹的祸，都是资本意识催发的小农习性膨胀的结果。资本化与小农性结合，再与时尚生活结合，就变成了时尚习性——资本化与小农性结合的时尚化性情是当代中国生活的普遍习性，这样的普遍习性必然要控制文学并被文学所扩张。

中国时尚生活现场布满欲望能量，人人都有欲望，人人都有渴望资本的习

性。过去的欲望只限于有限的农耕生活范围，在当代技术资源和社会结构的支持下，今天的欲望有了无限扩展的资本生活领域：一亩三分地是个人的、自家的，是看得见、守得住的，资本是社会的、无限的、无形的、流动的——你的可以成为我的，渴望资本、占有资本、积聚资本、扩张资本的意识与中国长期的小农习性结合，就产生了从未有过的欲望能量。

在资本化与小农性水乳交融的生活中，时尚习性文学并不能独立出现，其基本特征就是无法强调文学自身的价值，即无法强调形式重于功能、表达重于对象，无法考虑文学怎么出场和出场做什么，而是主要考虑文学表现与生活现场的呼应一致。作为20世纪90年代后中国社会的产物，资本意识不仅传递生活场域和文化场域的基本信息，而且带来了向各个信息场域——尤其是向文学场域实施资本逻辑的习性生活，它必然地转化为普遍生活性情，并由此参与资本化生活，从而推动资本发展与文学过程之间的联系。

在中国的资本变化过程中逐渐发生并且逐渐普遍的时尚生活与时尚文学，不过是整个过程中不间断的资本化新表现。在历史过程与文学过程的交融中，不论政治是否为经济所取代，政治立场都是生活立场，生活立场必然转化为文学立场，而当资本与生活意识以及生活方式密切相关时，资本也就与文学密切相关。

与中国生活改变相伴随的中国文学既与传统生活习性的时尚演变分不开，也从根本上与资本意识的蔓延分不开。市场化是一种经济手段和策略，资本化是一种生活形式，时尚化也是一种生活方式，而传统的小农习性也是一种生活形式长期积累的效果。但小农习性与资本化生活形式结合，就同时放大了小农习性和资本意识，并且不断地与时尚生活结合，就演变为时尚习性，时尚习性文学就在这样的与资本、习性、时尚的缠绕中变幻。

中国的时尚文学行为来源于逐渐被资本意识影响的社会结构和文化形态，资本至关重要地以进入时尚的方式进入文学。时尚对当代中国文学的真正影响是在资本化革命大举完成之后，资本力量让文学保持了与文化结构和社会意识的一致性，因此，以文学去表达来自时尚生活的经验，给人一种直接来自资本的重压感。

但习性却可以让人减缓以至摆脱这样的重压感：在当代中国的生活中和文学中，与资本断然绝交是不可能的，但与资本建立联系又是微妙的，只能以习性来应对猝然来临的资本化生活意识，并且以时尚生活为理由坦然将两者结为一体，这样就形成了生活形式，自然也形成了文学形式，也就生成了文学与时尚的结合。

在这样的时尚习性文学形成过程中，中国的文化、政治、经济、生存意识、社会习性等愈来愈紧密地与资本发生直接的关系，文学处于这一紧密关系发生的过程中。正因如此，在时尚中国文学中，各种普通事物：从田野阡陌到城市街头、从艺术行为到男女情感，都进入了中国时尚生活中，并体现为资本化过程中的中国形象。

这个资本化过程中的中国形象渗透着小农习性，在这个已经进入资本与习性交集的中国时代，要在文学中将两种不同的东西——神性想象与习性生活结合起来，是很困难的。这实际上是要将两种不同的趣味结合为一：要将一种狭义的、高级的文学趣味与广义的、普遍的时尚趣味或者生活习性结合起来，以形成适应社会变化的文学意义和文学形式。

于是，当经济资本不断转化为文学的资本化时，在逐渐被资本化生活意识影响以至控制的中国生活中，思考文学的诸多方面，就包含对中国的时尚、资本化、小农性三者结合的时尚习性的认识、体验、接受和思考。

在这样的与资本化、小农性融合而变化的时尚习性状态中，一切事物都可能转化为时尚习性表现、转化为时尚习性文学，而文学、资本、时尚、小农性有并立的相互自主性。由于文学中可能有神性想象的自主性或者引导，也会有神性想象形成的预设场域，神性想象在时尚习性场域中承认资本、时尚、小农性的自主作用的同时，也可能超越时尚习性的控制，让文学在带来神性想象的同时，也带来世俗想象。

在神性想象的引导中,文学虽然不可能占领一切,但也没有文学不可进入的事物,一切事物——即使那些最粗俗的事物也可能在文学中转化为神性想象,其中重要的,是想象什么和怎么想象的一体性,或者说是关注什么和怎么关注的一体性。由于神性想象或者说纯粹美学想象与时尚生活习性两者的结合,没有什么时尚生活事物不能出现在文学中,但必须有神性想象的引导。

四、小农习性给现实和文学都造成了迷惑

在乡村田野和小农意识中生存了近三千年的中国人,一夜间走进了资本化社会:忽如一夜春风来,千树万树梨花开,让这些没有见到过大场面的市民和农民欣喜万分:终于可以扬眉吐气、纵横驰骋地奔向欲望了,但这同时也使中国人进入了精神迷茫,这种迷茫是很多人不愿承认或者没有意识到的,这使中国人成为在资本意识和小农习性、现代化和古典性的不同逻辑之间的边缘人。

20世纪初,中国的社会意识第一次与以往的传统农耕意识逻辑实行了彻底决裂,但到了20世纪末开始的资本化时代,20世纪初建立的启蒙立场和人性立场都面临功利主义和实用主义的威胁,当代中国绝大部分知识分子几乎不放一枪就归顺新朝,与资本新欢和利益旧情欢乐共舞,极少部分知识分子只能在孤独中默默"为芬尼根守灵"。

由于有了这些守灵者的顽强坚守和微弱呼唤,也由于利己主义和实用主义酿成的恶果日见危害,精神上的威胁已演变成实际生活的威胁,一些人在渐渐清醒,并开始重新思考历史与人性的关系问题。当重新思考历史与人性的关系时,就会发现,中国在资本化进程中发生的精神困境和社会危害,主要不是资本化历史带来的,而是中国强大的农耕文化传统带来的,是小农意识逻辑在资本化中延续繁衍而生成的。

对于中国人,资本化逻辑是新鲜的,但利益化和实用化逻辑却并不新鲜,是小农意识本来具有的。中国的小农式利益主义和实用主义千百年来稳如磐石,资本化使它们变成了火山喷发,近三千年的小农意识猛烈喷发时,迅速把

第八章 资本与小农缠绕的时尚习性中的真理和人性

资本化熔化成自己所需要的,借资本的逻辑化而将小农的意识、行为、道德都逻辑化,这使得中国在经济上迅速现代化,但精神变革——包括作为人类精神表现的文学变革——尤其艰难。

资本逻辑本来应该使小农逻辑得到改造,但情况正好相反:近三千年的小农逻辑在资本化时代草船借箭般迅速张满,文学也大量地应和了这些小农逻辑而迅速繁衍。小农习性生活是农耕文化传统深厚积累的堡垒,这座堡垒顽强地停留在资本化活动中,延续着这样的生活逻辑,对资本化的正反两方面作用进行了全面和复杂的整合。

时尚习性文学不可能从资本逻辑中获得神性立场,也很难从小农习性逻辑中获得神性立场,而正是神性立场的缺失既让现实失去神性方向,又使文学失去神性依托。一些作者和批评者并不了解资本化的实质是经济发展、政治制度、社会意识与精神道德一体化的变化,他们单方面借用资本逻辑之壳而盛装带有浓烈小农习性的内容,去强调利益的和享受的幸福最大化,资本逻辑实际上成了一些生存劣根性爆发的借口和伪装。

同时,另一些文学作品单纯从经济繁荣发展角度欢呼历史胜利,与资本逻辑相互呼应,但却忽视了这个过程中的人性磨难和精神痛苦,以历史与社会的必然蜕变为由,掩盖了其中的精神问题和心灵问题,使文学有理由逃逸出精神立场,以文学的边缘化为理由不再介入现实中的人性和真理,真正的小农习性没有蜕变,反而扩大生长了。

最严重的人性瓦解和真理瓦解来自小农习性,小农习性给现实和文学都造成了迷惑,如何从小农文化传统中挣脱出来,也构成了文学的迷惑。小农习性与平民习性、底层习性、民间习性混合在一起,这是日常叙事和平庸叙事以及底层叙事甚至乡土叙事日益向下坠落和破损的重要原因,甚至那些时尚叙事、网络叙事、青春叙事以及类型化时尚叙事都沾染了小农习气。

小农习性的重要特点是看守个人幸福就像看守门前的一亩三分地一样,这种幸福观或生活逻辑遍及时尚中国的每一种作品。而且,伺机夺取邻居家的一

亩三分地是最高的理想主义,这种迷人的理想在时尚中国文学中受到了鼓舞,所以与小农习性相关的帝王权术、阴谋盘算的故事不断风流,因为它们能帮助现实中的人实现得到自己的利益以至侵占别人利益的感受和启示。

因此,时尚习性文学中有许多小农习性的表现,但披上了资本化、现代化、时尚化的华丽衣装。底层和农民并不等于小农习性,相反,市民倒表现出很强烈的小农习性。时尚习性文学表现市民生活的最多,但中国的市民与农民血缘相亲、相邻为伴,有割舍不断的深刻联系。底层和农民有很多纯朴伟大,但遇到资本化时,更多诱发的是其劣根性:一个穷乡僻壤的农民或者底层市民可能非常质朴,但遇到城市与资本后可能变得欲望无尽。

在时尚中国,乡村人变为城里人是一场巨大改变,不过,这样的改变是一种物质生活内容的改变,并没有多少精神品质或心灵品质的根本改变。做城市人,是为了得到更多利益、改变生活境遇,并不是为了心灵梦想和人性光荣。时尚中国的中国人,即使从农民变成了市民、从放牛娃变成了白领,其小农习性也无法从他们的骨子里和血液里清除,其小农习性立即在资本化时代转化为冷酷的算计和精心的占有,这样的情景在很多作品中都有所表现。

在时尚习性作品中,到处弥漫着占有和享受意识:花钱如流水代表了好日子,富裕和有闲代表了新的幸福,有钱成为无数人的生活目标,并为达到目标不择手段、不分正邪善恶。无数带着小农习性又抱着发财梦想的人卷进了资本化,却并没有脱胎换骨的习性改造,脱下布衣换上了名牌服饰、弃了驴车换上汽车、扔了平房住上豪宅、粗茶淡饭改为食不厌精的大餐盛宴,这些都不成为精神的区别和心灵的升华,从习性逻辑深处说,城市生活很像乡下人赶大集、资本化很像小农性放大。

五、文学逻辑怎么面对利益逻辑

在当代中国文学中,出现了一整套20世纪90年代后中国生活的形象,这些形象伴随着相应的符号性和逻辑性,从1990年前后文学中巨大的历史性变化,到 2010 年前后文学中内容、主题、形式的活跃,时尚中国文学完成了自身的形象构造过程,也完成了面对整个习性生活的逻辑系统。

时尚中国文学过程中的意象与习性逻辑相互连接,不仅涉及传统的固定习性生活体系,而且与资本逻辑相关,也与对当代中国时尚生活的理解方式相关。在当代中国文学自身的传统中,这样的习性逻辑体现为隐藏在文学中的具体习性观念和习性意象,而当代中国缺乏文学所要依托的历史稳定性和生活稳定性,即缺乏一种稳定的文学逻辑依托,由此也缺乏文学所形成的习性意象的稳定性,所以,在一种快速变化的历史中,时尚中国文学找不到确定的逻辑,只能着重表现眼花缭乱地变化的习性现实。

小农习性逻辑植根于中国大地的农耕生活,即使进入资本化时代,也与中国传统的习性文化气质藕断丝连。在资本化时代,文学终于有机会张扬压抑了几乎一个世纪的血缘相传的习性意识,开始放弃注重形而上的理想主义生活逻辑,转而注重形而下的过日子逻辑。

与小农习性相连的中国文学作为一种习性生活逻辑体系,缺乏三种精神传统:①明辨正义与邪恶、真理与谬误;②认识人本身;③追求人性与真理的文学性美好。习性中国文学与文化的传统意识主要考虑有几方面:①忠君尽义——包括愚忠愚义;②过上好日子;③处好人际关系。

可以看出,中国的习性文化和文学的逻辑中缺乏超越性思考,更多地关注在现场活得怎么样,所以,很多重要作品表达了不问苍生鬼神、随遇而安的中国式人生。这种传统的习性文化逻辑直接影响着时尚中国的习性生活立场,人们以获得每个人日常欢乐和幸福的逻辑为核心,纷纷名正言顺地忙于获取和享受,以此来证明幸福生活。

这样单方面注重形而下生活现场的习性写作,使文学获取一切都毫不费力,使文学和人生都变得轻松肤浅,让身体不必去承载沉重的头脑和思想。因此,平庸写实、日常琐事、拆解崇高、奇情异趣、轻浮粗浅的习性写作盛行,而更多的、更受欢迎的文学表现来源于中国的血缘习性生存图景和意识,即是

说，它们没有摆脱掉深藏于民性血缘中的小农习性，反而由此习性血缘在资本化现实中变得亢奋，与资本逻辑相互呼应。

近三千年的农耕文明使中国人的小农习性血浓于水，深刻在骨头上，正因为注重活得怎么样的逻辑，延伸繁衍在资本化中的小农习性无法舍弃那些血缘糟粕，它们在新时代条件下乔装改扮、重新出场。这种源远流长、代代培育的小农习性在资本化滋养下越来越丰厚：不仅眼界狭隘、目光短浅、贪婪嫉妒、功利实用，而且包藏祸心、窥人阴私、叛变投机、落井下石，进一步则上升为权术阴谋、反复无常，退一步则下降为卑劣鄙俗、冥顽不化。

在时尚中国习性文学中，这些习性变成一种鼓舞人心的生活逻辑，精神立场的消弭使文学无法产生美学意味的人性思考和真理追寻，不再展开和追问生活现场的为什么。一切早已在资本逻辑和习性逻辑的交织中混沌一片，让中国人在乔装打扮中重新品味陈旧习性，却忘却了这当中正义与邪恶、美好与丑陋的区别，也没有任何抵制意识。

这样的习性文学逻辑强暴了文学的纯净和神圣，情况有点像网络文学和青春文学的追捧一样，谁都可以任意宣泄，但却无法激发生命的美好和存在的神圣，但正是这种雾里看花使作品热闹、水中望月使人们欢乐，人们总想着那些渴望得到的东西，这鼓舞启示人们想办法在现实中予取予夺；若谁看得清楚，就会失去可能得到和已经得到的。

许多文学作品抚弄把玩陈旧习性意识，表明了作者和读者的共同心态：既然已失去精神尺度，生活中总要有一些可安慰寄托的意味，文学可能提供了这种意味，这种安慰寄托实际上在更加深入地刺激人们藏于阴暗处的欲望心理，于是许多畸形变态、丑陋下作的情景相继在作品中出现。文学暴力和习性暴力同出于一种现实心态：作者想要那样写，读者想要那样看，作者与读者眉目传情、心领神会；作者想要把自己钟情而又肮脏的东西写出来，读者也要借这些被写出来的情景宣泄自己的压抑，

在庞杂混乱的文学问题中，核心的问题是文学逻辑怎么面对利益逻辑，这

个核心决定了文学对身体与灵魂、正义与邪恶、利己与幸福的态度，也决定了写什么和怎样写的逻辑。资本化中国的文学家是这个时代真实状况的参与者、见证者、受益者，但更应该是思考者、批评者、启蒙者，而不是糊涂者、依附者、盘算者。资本化时代要思考的问题太多，文学却常常视若无睹或避重就轻。

时尚中国的幸福逻辑有利益满足和物质丰裕，却没有精神信仰和社会准则的基础，于是习性文学中缺乏社会正义和社会公平对利益限制的意识，只以小农逻辑来判断幸福得失，既不问苍生也不问鬼神，这很容易急功近利、任意获取而不问正邪善恶，这与农民守着一亩三分地而又时刻想成为地主的心态极为相似。在小农习性意识中，平民就是平常的市民，没有特别的约束，每个人都有理由像大家一样见利忘义、自扫门前雪、坐山观虎斗、与他人保持友好距离而不问世事。

由中国诸侯领地逐渐发展起来的市民社会是草民社会，市民必须服从一定的等级人伦秩序；而由古希腊城邦逐渐发展起来的市民社会是公民社会，市民享有一定平等的权利和义务。这两种市民与资本化结合时，就形成了具有很大不同的资本化情景，尤其是文学中的情景。中国的小农意识在资本化中急剧膨胀，与其他意识鱼龙混杂、泥沙俱下，迷惑了别人也得意了自己，却并非是公民化的市民社会意识。

六、思考并突破滋养自己的习性传统

在时尚中国的习性现实和习性文学中的人都可能因欲望而疯狂，并且振振有辞地不要人性。在时尚中国，为了利益，人们常常放弃与人性相关的价值，而在时尚中国的文学作品中，人们普遍感受到的，也是利己主义和享乐主义的狂欢，缺乏人性感受。由于文学特殊的影响力，那些具体的生活情景对生命极富于诱惑性，更加使人性溃败遍布普及于生活。

时尚习性文学悬置真理立场和人性立场的一个重要理由是：在资本化和世

俗化的时代,生活不需要更多超出个人幸福和欢乐的思考,个人具有不再受任何概念控制的生存自由,个人可以不关心人性与真理、尊严与高贵,可以远离人性同情和怜悯。

问题在于,时尚习性文学虽然被习性自由和资本狂欢所解放,其实主动陷入了习性现实与权衡得失的个人算计之中。习性生存与资本自由的结合、平庸生活与利己主义的结合,使时尚中国的文学不断地、越来越深地陷入崇高人性与平庸个人无关的误区。

可实际上,崇高的人性追求并不妨碍描绘人们的具体生存和日常情景,而是要将这些平常描写不断靠向人性的内在高贵。文学如果不能从个人命运和态度去揭示、思考与个人相关的人性问题,就不具备起码的人性精神,也就失去了真正的写作精神和诗性自由。

崇高的人性总是从一些微小生动的生命情景展开的,当灵魂、人性、高贵、尊严、真理、正义等在具体的生命情景中有力地出现,文学才可能具备介入生活、发现生活、提升生活的人性力量,才可能真正具有个人的生命力量。时尚中国的文学只有抗拒习性现实的鄙俗粗劣,细致地恢复优雅的悲悯心和人性感、恢复高贵的尊严感和崇高感,才可能唤回文学的力量和生命的活力,才可能去思考并突破习性现实境遇。

重要的是,人性的美好、心灵的向往、情感的纯净等,并非是朴素天成的,而是在人的自我历史中培养起来的,但传统中国的文学和文化并没有怎么去培养人性的优秀品质。因此,破坏时尚习性文学中人性的威胁不仅来自习性现实,也来自习性传统,而且,更深刻、更为严峻的威胁来自习性传统:习性现实中所有的个人欲望都被释放出来,而中国传统中的人性精神却不够强大,无力阻止人性衰落也无法去描写人性升华。

中国小农习性的生活传统使中国人看待人性与西方人不一样,并且缺乏西方的那种人性传统和人性土壤。欧洲文学与哲学的独特之处在于对人性和灵魂的不断探求,这种探求没有实在的功利性目的,这种不懈的探求不是为了找到确定有用的答案，而是要不离不弃地培育一种关注人性发展和灵魂幸福的精神，并形成和保持这种精神的传统。

西方文学艺术的重要作品都在这个传统之中，这个传统可能在不同情况下被称为人文主义、人本主义、人道主义，在不同情况下演变为神话、史诗、悲剧、小说、抒情诗、音乐剧、电影大片，但其本质性内涵都是对人的最高生存——神性生存或者更高人性生存的关注，而不是对人在具体处境中得失利弊的权衡。

时尚习性文学是从中国小农习性和与之相关的文化传统中成长起来的，不可能对鄙陋、浅近、食利以至贪婪不感兴趣。中国习性文化传统与当代资本化生活的结合仍然培养着小农习性，时尚习性阻止我们认识和深入与人性相关的自由、尊严、高尚、荣誉等内涵，而是更加看重与人性无关的眼前利益，并由此产生反人性的占有欲望和贪婪意识。

同时，中国农耕文化传统的基本立足点是向外关注人怎么样活着，去确立让自己活得更自在、更舒服的人际关系或者利益关系，而不是向内关注人为什么活着，这阻挡了中国文学对人性的深入思考。时尚中国的文学积极反射时尚中国人们如何活着的表面生存，常常不去思考人为什么活着的内在生存。只有当人去思考为什么活着时，才可能思考人性，人性的基本内核才会出现，人性品质才会升华。

要突破滋养自己的习性传统，对许多人来说几乎是不可能的，因为他们没有进行突破的精神资源。一方面，时尚中国的文学在人性资源日益贫瘠的土壤中孕育，人性更加普遍地趋于衰弱，难以担负起提升自身人性的工作；另一方面，这样的传统影响下的文学，却仍然有一种强大的聚集力，聚集着时尚中国的习性逻辑，能阻挡真理逻辑和人性逻辑。

人与人之间的区别，本来在于人的高尚与卑劣、尊严与无耻的区别，而不在于占有、权势、财富程度的差异，但时尚中国的大多文学作品却恰好颠倒了人与人的区别标准和品质标准，专注于利益与人事之间的纠缠。这样，时尚中

国的许多作品放弃了人性与非人性的区别,不辨正邪是非善恶,只要能获得利益和满足快乐、只要能寻到刺激和看点就都可以进入文学。所以,很多时尚中国的文学作品中的人物变成了同一种人:一致地缺乏人的尊严、理性和灵魂性,一致地趋利和贪利。

摘要

第九章

<<<<<<<<<<

>>>>>>>>>>

　　现场意愿控制生活，神性意愿创造文学，生存意愿就是写作意愿，面对生存的态度决定了面对写作的态度，作为独特精神意愿形式的文学有美学品质和对现实的超越性，那些以反抗人类普遍的情趣和意愿而试图确立的文学不可能成功，作为一种自我想象的当代中国文学意愿再次预设了意义的空茫和诗性的贫困。资本演化和习性延伸带来了思想消弭与意识混乱，文学知识分子受到资本和习性的控制而失去了言说文学的纯粹性，当以个人和粗鄙的名义去肯定当代中国文学意愿时，就会试图以分离宏大叙事和个人叙事而分离神性与习性去满足功利主义需要，文学的平庸、身体、底层、青春都来源于习性需要和个人满足，都与现实生存意愿保持一致的方向和层面。习性写作缺乏强大独立的审美和纯粹理性传统的支持，自己就是现实也是自我证明，被文学复制的现实情趣和生活感觉既成为观看内容和交流方式，也塑造了相互酷似的生存方式和生活风格。资本化习性生活模式对文学意愿既合法地提取现实性生存意义，又想象和超越地提取象征性生存意义，大量复制现实的策略表明文学家的身份正在被现实复制，新的习性意愿可能仍然聚集在旧的意愿方向中，而时尚习性文学可能建立了一种类似虚假性生存序列关系的叙事，继续耽搁在一种长期缠绕的非诗性意愿魅惑中，造就一种生存与人性、个人与社会的逻辑关系，按这种习性逻辑顺序去排列文学事件和行动，而不是依照诗性观念去排列事件和行动，这表明文学家正在不断失去诗性积累的可能与方式。

第九章
无法被神性意愿预设的生活现场

当代中国文学意愿实际上是难以确定的，当把思考和写作转向一种虚拟的当代中国文学成功时，就可能为中国文学再次预设了意愿的空茫和神性的贫困；现实成功如果无法被神性意愿所照亮，发生在写作中的价值就相当可疑。一个作家无法迷信成功的力量去写作，如果过分相信现场成功经验的准确性和概括性，他势必远离神性存在和精神的核心地带，最终被经验现场所奴役。

在时尚习性中国的情境中，生活形式所造就的生活经验与文学意愿时时混为一谈，在本质上，现场生活行动和事件常常直接形成了文学的自我言说和文学意愿的自我确立。因此，时尚中国诸种叙事对现实的散乱言说，只能形成社会整体短暂的现场体验，难以形成具有长久价值的、突破现实或者超越现实的诗性意愿，而一般化的现场生活经验对现实的感受是实惠的，对人类的普遍价值和文学的诗性品质却常常进行解构。

一、习性写作自己就是现实也是自我证明

在时尚习性中国新旧不断交替的生活形式中，文学像生活一样，欣喜万分又不知所措，一些原有的经验立场与叙事观念常常顷刻间被瓦解，我们能拥有的新意愿也多半被不断放弃和不断更替，很少能拥有持久和有效的意愿。2000年以后，由于有人总想要在新的世纪对过去总结和对未来展望，当代中国文学意愿似乎既产生于现实和文学的某种危机感，又有些时尚而含糊，但最终都不了了之。

在这个过程中,与对未来文学憧憬的意愿紧密相关,在一些文学写作中和知识分子中,断续发生着谈论当代中国文学经验的兴奋,这面对在不同程度上沦入衰落和变异的各种文学情景,寻找当代中国文学经验者可能由此激发了一种意愿,但寻找的目标和方向尚未定位,便无法有效寻找。

一方面,谈论当代中国文学经验可能是不失时机地重新找到一个文学话题,因为被反复絮叨的文学话题已遭到厌倦,也难以展示言语者的独步风流,于是寻找当代中国文学经验就很可能演变为对过去既不否认也不反思,只是换个说法予以确认。另一方面,这有可能对以往的文学经验进行选择,试图建立一种文学的立场和支撑,以此为文学挽回叙述经验和创造生活的好名声,但在充满了隐忧的同时,也处于迷茫之中。

这样,关于当代中国文学经验的描述就停留在一个朦胧的阶段,没有什么具体的经验内容,在多种表面的文学形式下,有效的经验给人空空如也的感受。更加令人猜疑的是,这些对当代中国文学经验的意趣本来就隐含着自我确认的危险以及重新复制过去经验的危险,这样的危险倾向很容易弥散开来、泛滥成灾。而时尚中国的特点就是:一切都很容易被感性追逐、随意演变,谈论当代中国文学经验的文学方式,可能也很快会变成一种过眼烟云般的时尚习性。

在很大程度上,作为整体性意愿过程的当代中国文学,在20世纪90年代以后开始崩解,从王朔现象和新写实小说开始,反对普遍原则和共同目标成为文学的流行时尚,在这种流行倾向的主导下,陆续变换出个人化、欲望化、平庸化、身体化以至底层化、青春化、网络化、类型化写作,这些倾向以一叶障目的方式轻易完成了从神圣到卑琐、从纯净到混沌的文学置换,为把文学还原为直接的现实镜像而找到了理由,但却遮蔽了文学创造和提升人类的一些根本意愿。

显然,我们无法将此前的个人化、平庸化、日常化、媒介化等作为一种诗性支撑,它们并不能正面地、直接地形成文学意愿的诗性推动,而只能将它们作为一种间接的、反省的现实起点,因为它们并没有给时尚中国的文学带来本质的繁荣,在某种程度上,由于它们主要作为推销现实的叙事策略出现,并不注重文学的诗性品质和精神性意愿,反而使20世纪90年代以后文学的精神品质比20世纪80年代下降了许多。

精神意愿与物质意愿的相似,以及各种不同文学的现象化意愿的相似,让我们多少感到了当代中国文学意愿的发生与当下文学情景之间呈现某种不对称。有一些文学意愿,是由引入西方一些概念而引发的,它们成为概念叙事的典型。有一些概念,如"宏大叙事""个人叙事""日常叙事"等,与中国文学的真实情景有明显差异,但在操作过程中被等同于西方概念上的艺术真实。这些概念一旦与中国文学结合,实际上进入的是现实,而不是文学,这些概念被中国现实所盘算利用,因此,这样的概念一旦进入中国,常常剑走偏锋。

西方的文学思想在中国转化成一种概念性伪装,概念性伪装的实质是与现实的亲密无间,在很大程度上,一些写作依靠这样的概念做支撑,从而去与其相异的文学倾向相对抗,以图建立其自身的文学理由。因为,这样的文学写作往往代表着时尚文化和流行思潮,与中国原有的本土文化会产生对抗,但又确实代表和诱发了更时尚激进的现实意愿。

引用西方概念进行写作,其实是推行自身、博得看点的一种有效手段,但从根本上看,这样的文学激发主要仍然是现实性的,很少有人能把它们作为艺术思考和历史思考去认真对待。实际上,西方的文学概念与中国现实的结合,使一些时尚中国的文学意愿得到了合法认证,又得到了推行理由。

左右这种合法认证和推行的,仍然是现实,并非是文学的诗性意愿。在时尚中国,真正强大的仍是现实,人们读文学就像在读现实,如果文学写作不给时尚中国一种直接的现实,使人们在文学中就如同在身边的真正现实中,就很难被现实接纳。在这个意义上,无论时尚中国的哪种文学,都变成了直接现实主义、表面现实主义、现象现实主义。

这样现实化的文学意愿可以从另一些情景得到证明:从欲望写作、身体写

作、底层写作到青春叙事、类型小说这样一系列写作现象,根本不需要外来概念的深奥莫测或者时尚先锋作为支撑,它们完全追随着时尚中国的现实迅速繁衍,就像一颗颗魔树那样生长迅速、变化多端,不断翻新的替身总是在重复着"种好一亩三分地"的古老格言。

这样的文学意愿往往直接来自浅俗粗鄙的生活,也包括由这种生活方式繁衍羽化出的小资和白领,因为他们保持着那些古老的秉性。他们往往是非常现实,非常冷静、非常实用主义的,他们与现实天衣无缝地贴合在一起,而由此发生的文学意愿也水乳交融地与平庸功利中的现实共存亡。

这样,这些文学写作自己就是现实,它们自己就是自己的证明,它们与中国广袤的土壤和古老的生存意识天然亲和,这让它们能不断变幻身形而不离真身,也由此与大众永远保持亲密接触:它们总是贴着平民意识和底层现实游走展现,由此被大众欣赏青睐,这也是习性文学意愿时时受宠的自然原因和传统原因。

二、资本演化和习性延伸带来了思想贫困与意识混乱

文学是人类意愿最重要的能指系统和象征系统,对已逝去的人类经验的文学感受使人们既合法地提取现实性生存意义,又经验地和超越地提取象征性生存意义。人必须要通过自己的叙事去生存,而就文学的本来品性讲,文学意愿来源于各种个人的不同事件和行动,也塑造了个人事件和行动,并建立了一种普遍性的文学经验或叙事法则,使进入文学意愿中的个人与他人结为一体,形成一个体系性的、符合诗性法则的整体性生存意愿过程。

所有的人类生存意愿都可能受到时尚中国习性生活模式的禁锢,时尚习性生活模式遵循着古老的小农式实用主义,也遵循着资本化的享乐主义价值趋势,这使文学意愿和生活方式共同成为使用快乐和技术的领域,以财富幸福为主题的生活方式给予文学以同样的主题意愿,并由此使诸种个人事件和行动转化为整体社会事件和生活行动。

在这种意识熏染下的个人事件和社会事件,都在文学中被序列化和逻辑化为普遍意愿。换句话说,历史意愿和个人意愿相混淆,以某种错觉方式获得整体性社会效应,这种社会效应直接代替文学效应,又转变成新的个人方式和生活效应,再次返回现实并再次鼓舞写作对这种效应的扩张,在某种让读者直接获取现实好处的幻觉状态中,占有与享受的意愿真实地被欣赏并普及。

这样,在时尚中国文学叙事的时间序列和逻辑关系中,资本与习性结合的文学模式普遍化为生存真实,这造成了当代中国文学意愿的偏误,于是文学很少为时尚中国生活提供更多的诗性事件和行动,也很少为生命提供超越性品质和思考。所以,尽管1990年以后的文学现象乱花迷眼,大部分领域的诗性意愿却一无所获,文学并没有成为生活的辨识者、创造者和提升者。

在时尚习性文学情境中,生活可能引发奇怪的文学感受,文学可能唤醒矫情的生活意愿。作为时尚中国精神意愿的主要形式,文学吸收也影响时尚中国的习性文化和必然现实,反过来,现实也不断向文学输送现成的信息和符号。习性化生活的发展逐渐呈现出急切的文学实用需要,并伴随着灵活的现实策略。在很大程度上,资本演化和习性延伸带来了思想贫困与意识混乱,也让生活重现浮华浅薄、喜好喧嚣纷繁,这使与之相应的文学藏有一股借助时代而趁火打劫的味道。

同时,时尚习性文学借助网络的便捷,复制和普及着习性生活情趣,使文学与现实处于同一平面、同一情景,而被复制的生活情趣和文学符号以几何级数快速扩张,不仅成为观看内容和交流方式,而且塑造了某些相互酷似的生存方式和生活风格。这样的生活风格已经形成新的文学意愿,它们可能是诗性发现,但更可能是非诗性的习性效果。

当生活把文学当作一种可供实用的事物时,当写作把文学当作一种可随意变换的生活策略时,诗性衰退使文学意愿缺乏对人类精神的敏感,这样的文学意愿很难对生活提供神性支撑和趣味提升。最重要的是,这个时代的意愿在更大程度上意味着富裕意义上的生活幸福,也在很大程度上意味着生活方式的坠

落和习性幸福的茫然，同样也意味着文学的坠落与茫然，因此，文学叙事进入了注重策略与效果而轻看观念与立场的年代。

于是，时尚习性文学面临这样的窘况：文学的非诗性化策略成为向社会传递叙事情趣与生存意愿的主流方式。当代中国文学意愿被习性功利挤压于艺术品质和生存欲望之间的边缘地带，它既是文学也是生活制造出来的价值取向，这种取向追捧时尚习性的火热煽情而扭曲意愿的神性品质，也扭曲文学的诗性品质，快捷地复制非诗性、非文学的习性生活情趣。

这样的文学往往成为对应现实的平面化镜子，文学映出的现实镜像常常与现实本身酷似，现实在文学的平面表现中已不具备需要寻找与发现的深度性意义，而文学也不必超越现实去向往神性的高度。

这使时尚中国的生活世界在繁复变化中暗含着单调片面，在多数情况下，我们可以将时尚习性文学意愿与时尚习性现场意愿对等互换：生活行动就是文学行动，但文学却以此为重要意愿继续推动文学，并以对这些意愿的制造为荣耀，总要去推崇新的表现、总有新的表现出现，如今对网络文学、青春文学、畅销文学和类型文学的推崇就是这样的延伸。

由此我们看到，20世纪90年代以后时尚中国的各种文学叙事多半没有使文学得到解放，反而更紧地将文学捆绑于现实之中，因此自由写作与文学解放并没有真正在文学中实现，反过来，在充分吸收与享受时尚中国的资本扩张、习性延伸和技术进步所构成的生活模式后，所有反抗人类普遍意愿的文学写作都在向习性情趣衍变。

但人类文学已经证明：人类文学总是有普遍原则和共同目标的，如果以反对普遍原则的方式来确定时尚中国文学自身，只能是为了确立新的普遍原则，否则，否定普遍原则的同时，也颠覆了否定者自身，因为这种行动自身也将因此而无以依附。

由此可以预设：以反抗人类经验和普遍情趣而试图确立的文学意愿不可能获得成功。

三、文学与现实的唯一区别是诗性蕴含的程度

　　文学叙事与生活现实的唯一区别就是诗性蕴含的程度。无法回避的是，人类从原始走向今天的途程中，诗性价值始终伴随人类，并构成人类存在的最重要原因或核心原因。人天性是浪漫的和诗性的，这种浪漫和诗性的意愿主要依靠文学记载下来，由此文学成为人类主要的神性意愿形式，尤其是诗性意愿。正是这种神性意愿的诗性品质和象征方式，使文学获得在人的生活中独特的神性地位，文学才能由此深广地影响人类生存。

　　任何艺术都是对人类生存的诗性言说，都是人类生存的诗性意愿形式。时尚中国的文学意愿，往往最大限度地排除了诗性，这样的文学结果很像虚假的文学价值表现：表面上文学价值很高，内在的诗性价值却没有上去。内在价值的缺乏，是因为诗性积累不够。依靠与现实直接置换而推动的文学，可以呈现一时的升势，却无法获得长足发展。

　　当代中国文学意愿有可能继续耽搁在一种长期缠绕的非诗性意愿魅惑中，由此，寻找真实的文学意愿至少就有了一方面的必要性：这种行动可以为内在价值空虚、缺乏诗性积累的时尚中国文学寻找持续发展的资源和动力，可以为表面欢腾而内里滞缓的文学寻找活水资源，也可以尝试为思想贫弱的习性现实寻找改变的可能。

　　但是，在由功利主义主导的时尚中国价值体系中，由外部现实直接发动的文学行动的问题，不可能由外部直接解决，时尚中国的现实无法直接进入文学内部而产生变革。时尚习性文学意愿的定位主要来自现实，并没有来自艺术本身，这决定了习性文学累积了很多非诗性意愿，也由此产生了这种意愿的可疑性：它们要将我们带向哪里？它们对现实构成多少真正有益的作用？当对其置疑时，只有注重文学意愿的内在价值，才可能发生文学意愿推动神性品质的内在行动。

　　任何文学意愿都依靠一定的话语去实现，作为言说的模式，也作为意愿的

模式，文学对生存的普遍性和生动性进行言说，这主要来源于对各种个人事件及其不同行动的叙述，这些叙述为生存建立了一种普适性规范，甚至建立了一种伦理性生活序列关系，而时尚习性文学可能相反，它们为人们建立了一种虚假性生存序列关系的叙事：它们造就一种生存与人性、个人与社会的逻辑关系，并将生活按这种逻辑序列排列。

人们不知不觉接受的这种逻辑关系在破坏社会、毒化人们的精神，人们却意识不到，因为这种逻辑关系已诱导人们进入其中，并强迫人们遵从按这种逻辑序列排列的生活关系，有时使时尚中国文学所表述的生存意愿造成了生存错觉：似乎权谋机变、侵夺占有、卑琐阴暗、争斗喧闹、调情卖笑是生活的必要元素，甚至是生活本质和生活风格。

这种生活逻辑顺序，不是依照诗性观念去排列的事件和行动，而是依照现实观念去排列的事件和行动，这表明文学家正在不断失去诗性积累的可能与方式。在这种窘况下，不断发生的习性文学情趣和意愿不仅面对着文学问题，也面对着生存问题，而这首先是文学家的身份问题。

在这样一个隐伏精神杀机的年代，一个试图寻找当代中国文学真实意愿的人，其身份不应该是成群结伙出没于资本与习性中的文明人，而更可能是一个像笛福所描述的鲁宾孙那样的孤独者。很难想象，一堆假设自己为文明人、并且自诩极为懂得或者娴熟文学的人成群涌上时，会有什么有益的结果。

现在可以证明的是：20 世纪 90 年代以来，所有非诗性意愿大都是被现在活跃的文学家自己制造的，是他们让非诗性意愿直接进入文学中，从而更加广泛和深入地进入习性生活，而习性生活更加让他们无法改变继续制造非诗性作品的行业习性。

时尚中国的文学意愿之所以采取大量复制现实的策略，是因为文学家自己的身份发生了变化，他们自己正在被现实复制。文学家的身份一旦转向功利身份，往往向社会提出他们的实际要求，是对习性生活的感性夸张，而不是提供诗性理解力，因为这面对习性文化和资本主义对当代中国文学意愿的挤压，谁能承受这种挤压，谁才可能具有谈论当代中国文学意愿的真实身份。

　　文学本来是像上帝一样救人的，但在时尚习性中国产生了难度，文学首先要自己获救，然后才能去提升现实。文学要获救，就要文学家救赎自己，如果文学家不能救赎自己，也就不能改变文学什么。时尚习性文学与现实关系的颠倒使文学软弱无力，文学家像文学一样没有内在改变的动力，而依靠不断变化的外部生活现场去改变相应的文学内在品质，是遥遥无期的。

　　文学家不是什么特异功能者，他能与普通人相区别的，只是他的精神力度、他的诗性内在品质。伊卡诺斯曾使用蜡制的翅膀飞出迷宫，但因飞得离太阳过近，蜡翅熔化使他掉入海中。文学提升要像伊卡诺斯用蜡翅飞翔那样有牺牲精神，这种像神性一样飞翔而俯视现实的艺术精神，从时尚中国的整体看，大致已经荡然无存。如果时尚中国的文学家不愿意、没有能力去不断提升自己的神性品质，他实际上已经被时尚习性生活所平庸化，不再具备文学家的神性身份。

　　找到一种文学意愿，无非就是找到一种可以确定自身存在的理由。在时尚中国的情境中，写作者、批评者、机构中的文学研究者、教育者以及受教育者，大都已经陷入现实的泥淖中，自己难以救赎自己，并且形成恶性循环、相互传染。

　　在现实救不了文学、文学也救不了现实的时刻，从习性需要出发寻找当代中国文学意愿时，新的习性意愿可能仍然隐藏在当代中国文学意愿中，功利性叙事仍然可能成为文学提取资本意义和输送习性信息的主流。

四、生存意愿是面对历史的美学意愿和梦想意愿

　　当代中国文学意愿对于文学，不仅是一个精神性主题的问题，而且是一个文学自身独立性的问题，从形式到技巧、从语言到内容，都面临复杂的形成元素。其中物质发展、技术进步、生活变迁、文化更替等都是文学的外部意愿，都可以被反映整合到文学内部，而文学的价值观和思维方式的变化是根本的，

但也与生活的价值观和思维方式的变化融合在一起。

当代中国文学意愿的资本化和习性化，使当代中国文学意愿始终面临僵硬的写作可能，问题在于，资本化意识影响下的习性写作永远朝向现实之内，很难采取现实之外的神性引导立场，这样也就难以产生相应的超越性的神性文学意愿。

一来时尚中国生活现场既难以支持纯粹的文学意愿发生，也不可能以自身替代文学；二来这样的文学附着于现实的表面，难以产生独立的文学意愿，因为这样的文学不是使生活更激情、更诗性、更理想化，而是常常去满足不同的习性需要和欲望。

然而，文学意愿不是需要和欲望，而是对历史与人性的美学梦想意愿，对现实的看法和思考，是对历史和人性的观照与交代，是对人类信心的持守。时尚中国文学由于过度搬移现实经验而愈来愈疲倦，对于生活现状与生活本质之间的关系难以深入，只有寻求生活现象与本质之间的关系，时尚中国文学才可能发现新的经验，才能创造新的文学意愿和文学价值。

怎样面对现实其实是怎样面对写作自我的问题，一种生存意愿，就是一种美学意愿、梦想意愿和写作意愿，面对生存的态度，决定了面对文学的态度。浮华时尚、俗恶肤浅的写作以及各种名目的概念化写作，来源于同样品质的生存立场、生存方式和生存风格。

如果写作自我继续陷于功利主义价值观和习性思维方式中，生活意愿和故事叙述都难以逃出肤浅俗恶的阴影。当自我意愿被设定在狭隘的现实理解中，就难以发现有价值的当代中国文学意愿。深入本质意愿与表面意愿之间的转换，其实只是自我意愿的转换，是面对自我生存的态度。

当代中国文学意愿不能仅仅成为确立自我、只照他者的镜子，而应同时成为自我观照的镜子，这个镜子更像是一个思想的或经验的支点，而不是一种自我确立的价值。换句话说，当代中国文学意愿不能构成现代性叙事的合法认证基础，不能成为当代中国文学意愿自我确认的前提。

第九章 无法被神性意愿预设的生活现场

在中国社会的资本化过程中，中国文学意愿始终面临传统继承、现代发展、世界联系的问题。虽然资本化意愿成为中国政治、文化和文学意愿的必然组成部分，但当代中国文学意愿不可能仅仅处于时尚中国的习性生活和资本过程中，不可能作为世界现代进程中的他者而存在，中国文学意愿只有置于普遍人类性的价值体系中、在人类总体精神的向度中，才可能构成独立话语。

在独特的当代中国文学意愿下的叙事，既在中国文学的传统体系中，又在当代中国的社会实践中，也在人类的总体思想进程和精神高度上，尤其是在人类的审美追求、诗意生存、乌托邦向往中。当代中国文学意愿应该在现代化进程中、全球化语境中去认识、思考、表述自身。每个民族和国家的文学意愿都有自己的传统因素和历史过程，中国不能以自己的民族性为借口，去标榜独一无二的文学意愿，民族身份和文化认同的唯一性并不能决定有价值的人类意愿。

事实上，具有人类历史总体性和全球性的文学价值是中国传统意愿中不具备的，因此，当代中国文学意愿必然应该包含人类性的现代品质，并必然构成当代中国文学意愿的主要部分，孤独的当代中国文学意愿必定不存在，否则，当代中国文学就无法融进现代化的全球文学进程。

在当代中国文学意愿的名义下，一些与人类和人性精神相反的事物招摇过市，被自以为是地当作国粹加以展览。当代中国文学意愿不意味着只展示个人的、平庸的，也意味着国家的、崇高的、整体的，也不是只能展示底层社会、民间立场、本土文化、地域风情，而是必须表现一种人类价值的共同性，审美意愿的共同性。反人类、反人性的，贬低人类、糟蹋人性的，不能作为人类的意愿长久保存。如果继续捧着民族招牌自斟自酌，忙着为每一部刚出炉的时新作品贴标签，当代中国文学意愿就难以与世界意愿汇聚。

中国的国家传统、民族风格、现实状况都成为中国文学意愿的一部分，但并不是绝对的部分，返回传统中国，就只能寻找现代性之外的意愿，而这与中国的现实状况是相违背的。既然无法回到传统中国，也就无法让21世纪的中

国文学意愿自我确立,自我确立的意愿只能是传统习性文学意愿,而当代中国文学一开始就处于与他者的联系中,资本化的文学意愿恰巧是由他者来确立的。

纯粹的时尚中国文学意愿无法从习性文学意愿中独立出来,因为我们缺乏一种强大的、独立的审美与艺术的传统,缺乏一种文学的纯粹理性传统和纯粹美学传统,因此,20世纪90年代以后的文学意愿无论怎么变化,仍然与现实生存意愿保持一致的方向和层面。虽然这样的文学有时与政治经济行程的具体节奏不一致,但其内在的核心意识却与这样的历史行程的本质保持一致。

五、再次预设意愿的空茫和神性的贫困

在水性杨花的时尚中国文学现场,层层时尚意愿相互替代而常常失效,而神性意愿的永恒会比随时产生的意愿更有效,文学的神性意愿使人类更美好、更神圣、更纯净、更诗性,它确认现在的生活,引导未来的生命。

神性意愿会与中国现场意愿很不一样,神性意愿创造生命,现场意愿控制生命。当代中国的文学现场常常是假相,文学的现场意愿也常常提供假相,这些意愿假相相互推动或相互对抗地错杂交织在一起,谁也无法脱颖而出。

当代中国文学意愿实际上是难以确定的,当把思考和写作转向一种虚拟的当代中国文学意愿时,就可能为中国文学再次预设了意愿的空茫和神性的贫困:现实意愿如果无法被神性意愿所照亮,意愿在写作中的价值就相当可疑。一个作家无法迷信意愿的力量去写作,过分相信现场意愿的准确性和概括性,他势必远离神性存在、神性精神的核心地带,最终被经验现场所奴役。

在时尚中国生活和时尚习性文学的意愿里,混杂着各种不同方向和品质的意愿:艺术意愿与生存意愿、个人意愿与族群意愿、国家意愿与民间意愿、知识分子代言的意愿与个人任意言说的意愿、无意识堆积的意愿与有意识引导的意愿,等等。

然而,无论哪种意愿,最终都会产生由知识分子代言甚至主导的声音,最

终的意愿总是由知识分子在言说,而文学当然是知识分子言说的重要领域,那些畅销文学作家、打工文学作家和网络文学作家都借其本身的名目发迹,最终跻身于作家协会,进入以文学知识分子为主导的行列。于是,当代中国文学既成为不同意愿交汇以至分庭抗礼的领域,同时也是主导当代中国习性意愿发生和繁衍的主要领域。

从 20 世纪 90 年代中期以后,当代中国文学就开始发生自身意愿,经常会发生一些命名、判断和预期,无论怎么样都没有明确结果。原因在于,从 20 世纪 90 年代起,中国的知识分子和文学已经开始从纯粹主体、纯粹理性、纯粹神性的层面撤退,在这种情况下,由于当代中国文学意愿必然涉及主体性和纯粹理性,就会像 20 世纪 90 年代初的人文精神讨论一样不了了之。

与时尚中国文学现状相联系,资本化行程前,知识分子和文学精神一体化表现,具有比习性文学更强烈的主体性倾向,具有更纯粹的人性、真理、理想主义的意愿,而从资本化行程开始,知识分子的主观意愿,或者说文学的主观意愿,往往追随并依附于习性化现实而失去纯粹理性和纯粹神性,浮于现实表面而难以发生更纯粹的文学意愿,文学主体被习性现实和习性文学的魔术变没了。

经历过 20 世纪 80 年代到 20 世纪 90 年代初的文学知识分子,可以深切感受到文学叙事曾经僵硬地挑战宏大叙事概念,不遗余力地拆解宏大精神,把一些个人琐屑夸张为人类精神。到了 20 世纪 90 年代以后,文学似乎变得柔软了,它似乎在抚摸现实,但却用的是媚俗迎合、粗鄙琐屑的方式。

当现在试图发现当代中国文学意愿时,仍然能听到两种不同时代的叙事喘息声。

文学知识分子作为意愿主体被瓦解,受到不同阶层集团的控制,也受到资本和习性的控制,但他们又不可能不加入他们的主观意愿。在时尚中国的实用主义和利己主义情境中,唯一剩下来的就是:文学的主观意愿代表了不同的功利主义倾向和生存态度。这是因为,资本化行程前,在知识分子以及文学意愿

中,没有自己的利益要保护,而在资本化发生后,知识分子以及被其主导的文学写作试图从中寻求自己的利益,从而开始放弃主体性追求和文学理性,向现实妥协:文学不再提升现实,而是开始向下坠落。

虽然国家意愿和民间意愿都交汇在文学表现中,但文学知识分子已经失去了言说文学意愿的纯粹性,而是受到不同利益倾向与功利主义的控制:在时尚习性现实中谁还能独立追求神性写作?有多少人能彻底放弃功利主义而致力于精神意愿的寻求?有谁还能拥有或愿意寻找真正的当代中国文学意愿?在时尚中国文学领域中发生或者汇集的意愿,是真正的文学代言还是某些人的自言自语或者自我表现?

以任何群体意愿或由小圈子代为言说的意愿来代表当代中国文学意愿,都是一种自我意愿,即使把它们都组合起来,也是一群自我意愿的集合,不完全是当代中国文学意愿的象征,因为更深入生存主体和艺术理性的意愿并没有被表述出来,反而被这种表述出来的现象所遮蔽和压制。由这些现象所发生的习性叙事意愿是一种出于表演需要而夸大的假象,至多,它们只能是被一部分写作和批评所强行命名的当代中国文学意愿,让它们作为人类意愿的代表是一种奢侈的夸张。

遍及时尚中国各个角落的散乱叙事的共同存在依据和特征,是丢弃了神性的或者人类性的普遍原则和共同理想,它们其实是一片丧失部分主体性的、散乱的个人叙事,而它们发生的依据,是利奥塔所述的个人叙事或者小叙事。但是,利奥塔的概念情景与时尚中国文学的真实状况是有差异的,即使作为单纯概念的理解,当代中国文学也是有偏误的:利奥塔的小叙事并没有放弃主体性追求,而时尚中国的放弃主体性却是一种普遍意愿。

利奥塔的小叙事,是指无须依靠普遍原则和理论体系而能深入并进行个别处理的某些社会行动和问题的叙事,但这不意味着彻底放弃普遍原则的立场。时尚习性文学意愿试图以个人叙事为名,将所有叙事都化为个体存在的现实依附,取消主体性追求和宏大叙事的价值,借此完成的是写作者的个人需要,包括名利双收与自我验证,并不是文学的本来意义。

这样的理解远离了利奥塔的小叙事的原义:利奥塔的小叙事实际上是要重新建立对历史的宏大关注,集合众多小叙事为新的宏大叙事,同时也从个别的小叙事出发建立关注社会的新视点。从历史立场看,任何宏大叙事最早都起源于个人叙事,个人叙事无法转变为宏大叙事的某种元素时,它会被历史强行取消。

六、从驱除宏大精神到放纵资本梦想

文学作为精神意愿的最独特形式之一,其美学品质与其他意愿不同,并超越了现实的限制。单纯的政治意愿和经济意愿是有所限定的,可以通过各种方式产生和描述,而具有无限空间的文学性意愿既有无限的形式,又有无限的内容。

在谈论当代中国文学意愿时,会发现多半所谓意愿没有美学品质和超越性,并不在人类意愿的物质与精神相互平衡中,也多不在宏大和激情中,而多在琐屑和实用中。因为,对当代中国文学意愿的关注,恰好与资本化带动习性化发展的中国行程同步,这使当代中国文学意愿总是亦步亦趋地被资本化和习性化现实牵着鼻子,被谈论的当代中国文学意愿只能受制于资本化和习性化现实情境,而寻找当代中国文学意愿作为一种神性向往行动,恰好与正在发生的时尚中国习性现实相剥离。何况,在时尚中国情境中,社会价值和思维方式都没有在人类的精神方向上确定,价值观的摇摆不定使文学意愿也难以确定方向。

说到底,文学意愿是一种文学主流对另一种文学主流的替换意愿,但这不是纷乱无绪、任意选择的替换。时尚中国的各种叙事意愿并没有构成一种神性方向,它们往往一出炉便成为种种习性需要的写照,并因这种写照的现场需求而成为不同人群的宠物,它们怀疑和放弃人类尊严、理想主义、真理、正义,并由此而产生它们的立身之地,也由此而博得某种欢心,同样由此博取虚假追

求终极生存的美名。

由于时尚中国突然遭遇了前所未有的个人欲望的释放,使一部分文学意愿把它误认为个人自由的解放,在这种误读中,中国文学偏离了个人自由也离开了历史的本质。这些叙事往往试图由反对宏大叙事起家,完成个人的名利双收——它们通过反对宏大化体制意识而在反体制化意识中获得好处,所以,在它们不同的叙事中,弥漫着相同气质的习性化生存意识,这使它们在朝着现实利益的方向上一致起来。

文学叙事就是神圣叙事,任何为人类提供新的生存空间和形式意义的叙事,都有一种神圣情结,不可能完全沦入自我实现以至利己主义,因此,任何个人叙事都潜藏着宏大叙事的倾向性,而个人叙事最终会整合出神圣性的宏大。作为人类精神表现和创造的文学叙事,融合了个人与历史两方面,它们互相交融而形成叙事,不可能绝对分离。

时尚中国的文学意愿事实上已经证明了:由于完全排除了宏大叙事,伪装的个人叙事失去了个人的精神本质,变成了琐屑叙事,由琐屑变为混乱,各种混乱的叙事现象变幻不停、相互取代,这让任何一种现象都不能长久,没有提供通向未来的诗性道路和精神依托。

当代中国文学的主要意愿,就是试图以宏大叙事和个人叙事的名义将神性与习性分离,这种意愿的危险在于满足功利主义的现场需要,但也并不是一开始就形成了这种不利于发展文学诗性与现实人性的趋势。

20世纪80年代是中国诸种叙事交融的年代,可以同时看到改革文学、寻根文学、先锋文学这些不同的意愿,但它们都有既相区别而又一致的人类普遍原则和价值方向,这是人文精神高涨的年代;20世纪90年代是诸种小叙事排斥和压制宏大追求的年代,各种散乱叙事大致都有极为关注自我利害得失的特点,这是平庸与狭小向人文精神挑战的年代;21世纪是财富梦想、占有欲望与世俗幸福结为一体缠绕在大批以现场习性制造的作品中,以至于网络文学和青春写作格外抢眼,这是习性欢乐驱逐神性精神的年代。

神性叙事意愿与习性叙事意愿的转换，是生存意愿的转换，也是生活内容和生活风格的转换。在这种生活意愿和叙事意愿的同时转换中，我们看到了物质上的良币驱逐劣币，也看到了精神上劣币驱逐良币，这就是时代转换给叙事提供的真实意愿。财富梦想和功利主义使宏大意愿被消解，个人意愿与人类意愿相对立，鄙俗叙事指向实用主义需要，实际上，诸种叙事意愿已经在指向习性生存的方向上统一起来，让文学作为个人可以自由运用的工具，由此也可以看出，它们一开始的起点就不纯正。

那么，什么能代表当代中国文学意愿？谁的当代中国文学意愿？21世纪以后当代中国文学中发生的意愿，与21世纪以前比虽然是全新的状态，但不一定拥有全新的价值。并不是只有出于时尚形式、纷繁内容、商业文化、资本推动才算当代中国文学意愿，对经典人类意愿的重新言说，不一定不是新的中国文学意愿，而在时尚表面之下更深入的，应该是人类基本精神意愿的状况。

繁复纷纭、灵活开放的文学变化，只是资本化行程里当代中国文学意愿的表面特点，更深处隐藏的，却是这种意愿发生的唯一性和单一化：资本与习性之手的推动。对此，甚至上帝之手也无法干预，但文学的天性却必须干预。人一方面是无尽欲望的习性生物，一方面是渴望灵魂飞升的神性生物，人类生存肯定不是单纯依靠物质之手的推动，而是有更深入、更潜质的精神之手推动。因此，当代中国文学中更加根本的，应该是人类的精神性意愿，而不是物质性意愿。

在文学中寻找当代中国文学意愿，必须要突破现实的限制和遮蔽，而不是追随现实，否则就会不了了之。如果谈论当代中国文学意愿是要借尸还魂，将过去的一切给以荣耀的肯定，或者，是要借此总结出一套还未显现甚至未产生的意愿，不是没有可能，但是，起码应该确定让文学在平庸和低俗中重回神圣和纯净。然而，这是难以做到的，让习性现实制造的文学自己提升自己，是以子之矛攻子之盾，难以找到真正的神性意愿。

七、习性气息以个人和时尚的名义借资本化弥散

如果单纯从历史意愿的角度谈当代中国文学意愿,那么当代中国文学意愿主要分为两种或两个历史阶段:一是社会主义计划经济的意愿,这一意愿特点对文学和生活的影响是集体、整齐、宏大、单一、激情、封闭。另一是市场经济的意愿,这一意愿特点对文学和生活的影响是零散、平庸、个人、灵活、多元、开放。

但这并不意味着平庸化、日常化、个人化、欲望化、底层化、偶像化、类型化的叙事以及意愿就一定主导出了新的生存价值,相反,其对经典价值的消解,并没有产生出新的整体性当代中国文学意愿,而只是对应着特定社会群体和文化群体的现实生存意愿,并将其作为当代中国文学意愿的代表,是将它们夸大、推广、普及的结果或错觉。因此,当代中国文学意愿不是以个人和粗鄙的名义来滥竽充数,而是需要对20世纪90年代以来的文学进行甄别和清算。

时尚中国的文学意愿发生过巨大转折。从20世纪70年代末至20世纪80年代中期,当代中国文学意愿主要从政治历史的遮蔽中苏醒,侧重于去发现人性意愿。20世纪80年代中期,现代派文学借助西方文学思潮,试图突破中国当代政治意愿对生存意愿的封锁,而寻根文学与之相反,试图借助回到本土传统意愿而发现生存意愿。

它们共同促成了先锋文学对历史、人性、生命、本土、世界的意愿性发现和融合,但这种乌托邦式的浪漫情怀被新写实小说轻易击破,新写实小说与平庸生存结成了强大同盟。从20世纪90年代起,中国文学始终掣肘于现实,变成了现象现实主义、表面现实主义、虚假现实主义,以现实主义之名行实用主义之实。

如今探寻当代中国文学意愿,似乎含有反拨这种虚假现实主义的意愿,因为,在很大程度上,这种意愿来源于对实用主义和利己主义的忧虑。但是,今天那些重提当代中国文学意愿的人,很多正是当初推动实用主义文学意愿的

第九章　无法被神性意愿预设的生活现场

人。并不是那些当年被推崇的意愿，例如平庸化、欲望化等，逐渐走向今天散乱的习性写作，而是一开始就来源于极为功利化的习性倾向。所以，当代中国文学要反省的是自身品质的败坏，要反省文学对主体性追求的放弃。

这不是进行总结，也不是进行逃避，不能把过往的一切归拢为所谓意愿就了事，也不能对过往的一切放弃就了事。谈论当代中国文学意愿，实际上可能借此对以往的文学量化积累进行一次价值否定，以不再重提旧事的方式回避过去文学辉煌的假想，但这其中仍然无法改变的核心意识仍然是：以习性现实为主导。这样去寻找当代中国文学意愿，就可能对过往文学进行一次新的技术化处理。

很大程度上，正在流行的类型文学、畅销文学、青春文学是一种人为的技术性概念，它们只是表达了时尚中国的一部分生存意愿和文学意愿。对于时尚文学，任何人都无法妄断它就是真正的时尚意愿，或者断言它代表了时尚生存。被看作代表了时尚声音的文学作品只是被看作是那样，其实它们可能恰恰歪曲了时尚意愿，在已有的时尚文学中，很少看到时尚的生命尊严和生命理性以及时尚人性，就是这样的证明。

不否认时尚文学是一些作家对时尚的看法，或者，是一些作家借时尚在说事，但是，这样的文学描述只代表了一部分当代中国文学意愿，无论如何难以将这样的文学制作成意愿标本，变成一种标志化的中国形象，因为它们常常是由少数人来论值定价、多数媒体来装点打扮的产品，不一定是真正有诗性价值的文学作品。

当代中国文学意愿的另一个标准化程式可能来源于所谓资本化意愿，但时尚中国的资本化恰恰可能是一种借资本化而生的习性化，由此而来的意愿可能也是伪资本化意愿。意愿是许多独立表达汇聚起来的，真实的意愿永远是普遍化和无边际的，但它必须得到个人的或个别的表达才能有效呈现，而这种个人表达必须独立于普遍发生的情景。

当普遍的事件和活动流于资本和习性的控制，它们就可能不再是真实的意

231

愿。由于资本化中国的个人独立性已被消解于统一而普遍的习性行为和意识中，个别和独立的文学的发生受到压制，当代中国文学意愿得不到个别和独立的有效表达，当代中国文学意愿也就难以言说。

这样判断是基于这样的事实：在所有20世纪90年代以来的文学意愿中，习性的意识形态化的倾向始终在发生着主导作用。表面零散生动的文学，其核心并不像表面那样灵活，而是处于一种僵化状态，不同阶段的当代中国文学意愿，都参与共建一个统一的习性生存核心，与此相应，在文学中，多半发生的是习性幸福最充分放大和表现。只不过，意识形态从政治决定走向了习性决定，文学也从神性形态走向习性形态、从崇高生活走进习性生活。

于是，时尚中国进程中的文学意愿，始终伴随着习性气息的弥散，平庸、日常、欲望、身体、底层都来源于不同的习性需要和个人满足。虽然我们经历了这样描写的习性文学意愿，但却并非是文学一定要经历的意愿，也不是文学必须满足的意愿，这样的内容描写与意愿难以形成真实的文学意愿。时尚中国崇尚的生存意愿并不是人类生活的全部意愿，也并非文学唯一的依存和使命。当习性文学意愿热衷于个人庸常的生活细节，琐碎意愿与宏大记忆、个人意愿与历史整体之间的复杂关系就不再存在。

人类的精神意愿就是某种世界隐秘的精神图景，意愿必须获得对世界和存在的一种深度，而不是简单地在生活表面滑行，但时尚中国的文学里一些贫乏的意愿正在反复地自我复制，简单、肤浅和粗糙正在成为新的文学偶像，文学被简化成了单一的个人意愿的自我展示，并日益统治着时尚中国的文学写作。

摘要

第十章

<<<<<<<<<

>>>>>>>>>>

　　不同的现实引发不同的文学意愿、体现不同的文学意识，也体现不同的生存立场，中国时尚习性文学正在不断失去神性想象以及独立生存，主题意识、形式表现、写作立场的相似和一致与习性领域中的普遍意识融为一体，文学不去追问为什么活着，却力图不是给作者带来实惠就是给读者和批评者带来实惠，因此建立一种神性想象立场的愿望迫切产生：必须用神性想象去反抗无区别的习性写作，神性立场不是面对现实任意取舍的职业立场或功利立场，而是去创造生命和另一种生活的立场。一些习性作品被确定了其对大众的引导作用和话语权力时，就制造了一个个蒙蔽自我和他人的文学洞穴，要改变洞穴控制就要用神性崇高来消解习性平庸，只有依赖世界与生命间的神性关系才会展开无边的历史、人性、真理和正义，这种神性关系的文学呈现会震撼生命、清洗心灵，从而轻淡诱惑甚至放弃实际利益，人靠物质或现实力量不可能超越自身，爱与美的诗性生存就是接引我们向上的神性力量，文学有神性和诗性之路通往现实与理想主义，文学所号召和创造的神性生存是生命向上仰视的伦理力量，文学就是创造一种诗性与伦理相接的神性秘密，神性秘密就是心灵胜于现实的秘密，不同作品是通向神性秘密与诗性生活的不同道路，文学始终需要对生存进行美学的神性发言，最终用生存发言突破习性语境，这种发言首先体现在对社会的发言，对社会的发言保证了文学对现实影响的来源，也保证了思想力量与艺术力量统一的神性力量，让文学行动纠正我们的错误和邪恶。

第十章

依赖神性关系无边展开的生命力量

一个人无法从他自己的生活本质中逃亡,一个入世的和尚做法事会说挣钱不容易,一个出世的和尚在闹市中会觉得很难去思考佛的问题,许多文学作品流连忘返于粗鄙委琐、恶行丑态,是因为作者和读者迷恋这样的生活,也因为这样的生活更容易、更自在、更能掩耳盗铃,因而不去对这样的生活进行思考。

有什么样的生活态度,就有什么样的生活和写作,生活方式就是精神方式、写作方式,生活立场就是写作立场,生活形式和观念不可能不影响文学态度,沉溺于世俗功利甚至卑劣生活,不可能书写出人性纯净和生命崇高的情景;过着声色犬马、荣华富贵的悠闲日子,不可能写出铁马冰河、含辛茹苦的生活。

文学写作不是生活技能和生活消遣,而是一种生存行为、生存事件、生存行动,是神性、诗性和审美的生命活动,如果想做一个真正有生活感觉和生活情趣的人,就要去了解文学、了解诗性立场,因为文学艺术所进行的诗性思考给人以特殊的生命感受,诗性思考把生命活动变成诗性生活实践、生活行动、生活风格。

一、用神性想象反抗习性写作

不同的现实引发不同的文学意愿、体现不同的文学意识,也体现不同的生存立场。

鉴于时尚习性中国文学的类似化、平面化、标准化的习性写作情景，建立一种神性想象立场的愿望迫切产生：必须用神性想象去反抗无区别的习性写作。要建立一种神性想象立场，就要建立一种独立生存立场或者神性生存立场，神性生存立场是非生活实用性的立场，它不会通过判断利益得失或者与习性意识一致而得到确定，它独立于现实操纵的可能之外，是具有浪漫性和超越性的生存立场。

但神性生存和写作意识不具备在时尚习性中国发展的传统基础，生活进程并没有真正让文学意识和生存意识现代化，而是在很大程度上让它们又返回到千年小农意识的狭隘、功利、短浅，并将其改头换面为日常生活、平民意识和世俗幸福，文学正在努力帮助现实将日常生活曲解为与鄙陋卑琐一致的东西。其实，日常生活本来包含高贵与尊严，日常生活叙事也包含崇高与宏大，但由于利己主义和实用主义的辩护，时尚习性中国的文学像现实本身一样，宁可尽快获得日常的占有而不愿去追求日常的伟大。

文学对日常生活的真正关怀应该富于人性力量和神性光辉，并由此形成独立的写作态度和精神立场。时尚习性中国文学一直缺乏人性与神性的立场与态度，自然也缺乏独立的文学意识与生存立场。当不再有个人尊严和自由的可能时，也就不再有真正的个人独立，当然也缺乏不依附于现实的神性想象意识。

这样的文学借助于关怀现实的名义，曲解了日常生活和个人叙事在历史中独立的含义，主动屈服并有意夸张生活中的个人份额，这意味着我们正在不断失去神性想象以及独立生存。一波波时尚概念笼罩下的各种文学写作：欲望写作、个人写作、私人写作、身体写作、青春写作、底层写作、网络写作等大都依附于现实，并不具备多少真正的现实关怀意义，最终演变为缺乏艺术个性的习性写作。

时尚习性不仅左右着个人的生活和命运，而且影响决定着社会主流价值、精神倾向、人性品质和心路历程，而时尚习性文学更加突出地显示了时尚习性的实用主义和利己主义。时尚习性文学在很大程度上依附于现实，因而失去了文学的精神意义和生存的独立立场，这些文学情景常常在主题意识、形式表现和写作立场上具有相似性和一致性，并且与习性领域中的普遍意识融为一体，这常常湮没了神性想象的精神状况与生存意识，也削弱了时尚习性文学叙事的艺术可能性。

文学写作的神性难度与个人的生存立场有关，神性想象立场实际上是生存的神性立场、心灵立场，而不是面对现实可以任意取舍选择的职业立场或功利立场。神性想象的立场只有唯一的选择——追求神性的生存，真正独立的文学写作首先是超越时尚习性中国现实的独立生存。神性想象的文学必须同时面对心灵和现实，而心灵追求与时尚习性中国的普遍生存意识常常不相融，于是在心灵与现实之间的文学有了神性生存与神性想象的难度。

神性生存虽然无法直接成为我们的实际生活和历史，但能够成为可体验的生活和历史，由此影响世界和生命的变化。纯粹的神性追求像宗教信仰一样吸引并升华人的生命，生命与人性因种种神性创造而闪闪发光。时尚习性中国的文学可以也应该去创造神性生命和另一种生活，这可以产生内在的坚韧去抵抗外在的诱惑，使我们在邪恶和苦难的压力下不至贪婪和鄙琐、不至软弱和无奈。

二、洞穴中的蒙蔽生存与习性生活

由于远离神性想象，在时尚中国生活习性和文学习性的控制下，时尚中国文学为自己制造了一个个蒙蔽自我的"文学洞穴"。时尚中国的文学写作和阅读都被一定的类群所控制，形成了各自的文学类群洞穴，这样的文学洞穴活跃于蒙蔽生存之中，不知一种更高的神性，因为文学洞穴中的人们不会主动走出洞外，看不到洞外的天空，自然不会意识到一种高高在上的神性。

柏拉图曾经以洞穴来隐喻人类处于走出洞穴和安于洞穴之间的处境，人们一般称之为"洞穴喻"。柏拉图在《理想国》中设计了一个耐人寻味的洞穴寓言，大意是这样的：

当我们与神相遇：用神性向往改变习性生活
Desiring for Divinity, Transforming with Habitus

有一些人世代居住在一个洞穴中，洞穴有条长长的通道通向外面。这些人的脖子和脚被锁住不能环顾，只能面向洞壁。这些人身后有一些火在燃烧，火和他们之间有人拿着各种各样的假人或假兽走动，火光将变动不居的器物影像投在这些人面前的洞壁上。这些人终其一生看不到任何别的东西，就把墙上的投影当作真实的存在，也将回声当成影像所说的话，甚至靠认知投影的顺序来竞争名利和权力。当这些人中有一个偶然挣脱枷锁回头看火时，发现以前所见只是影像，并非实体，他就走出洞口，眼睛受阳光刺激，致使他什么也看不见，只是一片虚无。当他看清了一切，就给他带来了更多痛苦，因为他看到了外面的真实世界，明白了主宰可见真实世界的是太阳，意识到之前他们在洞穴里的竞争是多么可笑，于是他宁愿忍受任何痛苦也不愿再过洞内生活。他重返洞穴去解救他的同胞，但是没有人相信他的话，他的同伴们以为那些影子是"实在"并习惯了这种生活，不仅不想出洞，甚至想把他逮住杀掉。

这就是整个洞穴寓言的基本内容。柏拉图这个著名比喻的直接目的是要揭示"受过教育的人与没受过教育的人的本质"的不同及相关问题，简单说，是要揭示对生活思考与不思考的区别。

一方面，柏拉图思考生活的隐喻对于今天的人类和文学仍然存在，并且直接成为今天许多文学的内容和文学对现实的思考，比如，根据"洞穴寓言"制作的电影有《黑客帝国》(*The Matrix*)、《第十三层》(*The Thirteenth Floor*)、《逃出克隆岛》(*Island*)、《阿瓦隆》(*Avalon*) 等。

在根据大卫·米切尔的文学《云图》改编的电影《云图》中，其他克隆人被罪恶所控制、戕害，却误以为在向往美好，而电影中的主要人物、女克隆人"星美451"就像那个最早觉醒的洞穴人一样，较早觉醒并获得独立意识，她反复传播一段话语："我们的生命不是我们自己的，从出生到死亡，我们和其他人紧紧相连。无论前世还是今生，每一桩恶行、每一项善举都会决定我们未来的重生。"这并不是所有的克隆人都能意识到的，但这段话语是这部电影的形式与主题的核心，这段话的意义更在于呼唤电影外的观众对生活中自我蒙蔽的觉醒。

另一方面，洞穴寓言对于今天中国文学启示的最重要之处，是警示一种蒙蔽生存或者习性生存。洞穴里的人是自我囚禁的人——没有人监管洞穴里的人，只有他们自己用他们看到的影像在束缚他们，他们在按照习性蒙蔽自己而生存。

当一些时尚中国的文学作品，如贾平凹、刘震云、郭敬明、韩寒、蒋方舟的作品，被确定了其对文学大众的引导作用和话语权力时，文学大众就被这样一些作品所控制，就像成人的智力已经弱化为儿童的智力，但仍要以成人自居一样，被这样一些作品所控制的读者已经丧失了自主能力，但仍然自以为是，他们从中更加充分地发扬自己的习性，并且培育和扩张这样的作品，使之更加习性化。

在蛮荒时代，原始人以洞穴来安置保护群体；在时尚中国，文学类群构筑了适应自己的文学洞穴，以让自己泰然处之。原始时代的人以神话为精神洞穴，来安置人类的精神和心灵，而时尚中国文学的一些作家为时尚中国生活制造了使人们安于洞穴、不愿走出洞穴的习性生存文学，并且，这种文学洞穴与习性生存洞穴的一体已蔚然成风。

然而，这种文学洞穴形成的习性对时尚中国生活和文学的危害极大。读写什么作品就成为什么人，时尚中国文学洞穴塑造了人们的生活，当人们局限于某个文学洞穴时，就仅仅成为某种文学习性的洞穴人，这限制了生活和自我的空间。

关键就在于如何理解洞穴寓言中的符号及符号在寓言中的特征。这个比喻中涉及太阳、洞穴、蒙蔽等多个符号方面，它们各是指什么？从洞穴喻的内容看时尚中国文学和生活，我们可以看到时尚中国生活和文学的两个特征：首先，时尚中国生活和文学已经被自我禁闭在洞穴中，成为蒙蔽生存和习性生活；其次，对每个人、每个作者、每个读者来说，他们都同时拥有"洞内"和"洞外"两个不同的世界，他们必须有所选择。

一些时尚中国作家正在努力制造文学洞穴,以蒙蔽别人而从中获得好处。同时,时尚中国文学洞穴一经形成,就会自我蒙蔽、自我维护,人们除了知道自己所要的和所处的洞穴外,对其他生活和文学一无所知,这其实就是诸多文学粉丝、文化粉丝的处境,一个崇尚某种作品或者某个作家的读者,其实是完全被其控制而不讲理、不懂事的。

于是,一个个人为制造的文学洞穴对人们的生活进行了隔离,它们控制人们陷于习性生存洞穴,不对洞穴外的生活进行想象,时尚习性洞穴中的中国人不了解,也不愿接受洞穴外的其他生活,因而,难以像柏拉图洞穴中的人一样走出洞穴。

三、像蝶蛹互化一样不断变身

在时尚中国,时尚习性文学把人们抛向一些空幻而不具有生存想象与生存意义的洞穴,就像在当代社会把人们抛向了一个个荒岛,然而,这不是鲁滨孙的延续文明、重建文明、回归文明的荒岛,不是威廉·戈尔丁的《蝇王》中以儿童失去纯真来演绎野蛮破坏神圣和完美的荒岛,也不是莎士比亚的《暴风雨》中呼唤人性的荒岛,而是《西游记》中充满神怪变异的荒岛。

在第30届伦敦奥林匹克运动会开幕式上,引用莎士比亚《暴风雨》中的句子,铭刻在开幕式现场,"不要怕,这岛上充满了各种声音,使人听了愉快,不会伤害人"。《暴风雨》是莎士比亚的最后一部传奇剧,表达了他对现实的传奇幻想,也是一种神性奇观。《暴风雨》有个"奇妙岛屿"的主题,叙述在一个岛上发生的人们由敌对、伤害到相互同情、理解的美好故事。

《暴风雨》讲述了这样一个故事:一个意大利王子被兄弟陷害,被流放到一个荒岛上。他在荒岛上修炼了魔法,降伏了岛上的一个可变任何形状的恶魔。十几年后,陷害他的兄弟和同谋们坐船经过小岛,他施魔法掀起暴风雨,把一船人吹到岛上。王子让他们分散成几个小组,然后用魔法挑逗他们,让他们相互猜忌,又不得不相互依靠;还派那个变形恶魔去折磨他们,用意是让这些仇人们在被折磨中自己悔悟当年做的错事。最终，王子把这些饱受考验的仇人们聚集在一起，揭示了自己的身份，满意地看到这些人忏悔。

《暴风雨》是莎士比亚本人告别伦敦的最后杰作，也是一个情节奇妙的魔幻剧，是一种传奇的神性奇观。这是一个传奇的奇妙岛屿，岛上充满了梦幻和精灵，精灵与魔鬼共现，主题是颂扬人与人之间的亲善，气氛欢乐热烈，充满对生活的神话式美丽想象和浪漫主义幻想。

大概，很多弄文学艺术的中国人都不会在意莎士比亚的传奇和幻想，因为，时尚习性中国的生活和文学都习性化了，时尚中国那些弄文学的大都职业化了，难得有人在意传奇、梦幻、精灵给人带来的美好感受。但一个真正追求神性生存、试图超越习性生活的人，读莎士比亚这样的作品、在这样的神性气氛中，忽然会觉得我们所希望的美好像一个与我们心有灵犀的精灵，在飞翔盘旋，也许当时会立即想到，那就是一个你的精灵，你将去他所在的岛上看他。

在这样的时刻，我们可以想象整个时尚中国文学的基本情景是一个大习性洞穴，当这样想象时，会是一种很可怕的情景，也会让身处其中的人们更加不愿承认性洞穴情景，因此这是不会被轻易想象的。实际情况比一个大习性洞穴的朦胧混沌还要具体：时尚中国文学是一个混乱交错相连的洞穴群，由一个个洞穴、一个个类群连缀而成，它们具有相似性、无差别性，你可以从中自由穿越换位，从一个洞穴到另一个洞穴，但前提是必须保证这些文学洞穴自身的绝对控制和话语权力。

在这些洞穴中，人们获得的是安全性和满足感，不同的文学洞穴提供不同的保护和认同：底层的、青春的、代际的、网络的，等等。重要的是，人们可能迷失在这些相互连缀的洞穴里，只要在穿越，就无法穿越出去，无法找到出口，反过来，相互的超越更连缀加强了这些洞穴间的联系，即是说，更扩展增强了这些文学洞穴的自我封闭意识，反而使人们更加走不出去。所以，人们不能只在时尚习性中国的诸多文学洞穴中穿行，而是必须走出洞外，看到洞外的天地，看到高高在上的神性，才会真正有走出这样的洞穴的意识。

另一方面，时尚中国习性文学的洞穴意识借助当代媒介环境而自我繁衍、自我扩张，像蝶蛹互化一样不断变身为新形态，并且作茧自缚地不断自我演化为其自身成长所依赖的环境，这必然对某个文学洞穴外的其他文学类群以至全部现实环境形成相互推动的影响，时尚中国的生活又促动了这些文学洞穴意识的生长，这使时尚习性文学和现实被这种洞穴文学所侵蚀，文学与现实间的边界也被侵蚀。

谁也不愿走出习性洞穴的重要原因，是他们惧怕外面让自己不安，在洞穴里尽可以混沌无知、丧失自我，只认一种朦胧不清的控制意识，只认一个结成一伙的群体。在这样的情境中，时尚习性文学的一个个洞穴类群排除类群限制时，只能走向更广泛的习性理解，就可能更加丧失真实的人性，也更加排除精神心灵历程，更加无法标榜人类精神和心灵抚慰，例如当一些作品偏执于人的刻毒、报复、嫉恨等时。

这时候，只剩下偏执狭隘的习性洞穴狂欢，由此发生的洞穴狂欢，就是洞穴文学类群最大的欲望满足和心理满足。排除了洞穴之外的其他可能，洞中仅数日，世上已千年，便自然乐陶陶于其中，迷不知返。因此，那些对某个文学洞穴最深入的解读、那些对某个文学洞穴代表作最赏识的见解，往往都是自由自在地为其挂上一顶桂冠，这些批评的可疑处，就在于他们自己可能也在洞穴之中穿行，往往只用一个习性意识去思考、一个习性角度去判断。

深度阅读和写作需要超越习性洞穴意识，需要洞穴之外的天空大地，它需要走出洞穴、破坏洞穴，但洞穴意识已成为时尚中国文学的现实氛围，在混沌弥漫中，难以反思，也就难以走出，反而可能更深地走向洞穴深处的狭隘自我，形成更狭隘的文学。

矛盾之处在于，祛除习性文学洞穴意识的自我想象焦虑时，只能通过文学精品去培养现实神性和文学神性，而不是在洞穴文学的狭隘有限中恣意想象、沉溺幻想。文学本来不仅培养想象，也培养神性，不能片面地将文学当成一种放纵习性自我想象的产品，何况，习性洞穴文学的想象是偏狭的，还可能是非理性的——这种想象的偏狭可能走向偏执，以至引导人们走向冷漠和恶欲。

四、寻找文学神性不是徜徉于袅袅晨雾中

　　神性生存与神性想象的难度并不妨碍人类追求理想主义和美的生存，神性生存是一个寻找的起点，也是一个生存的目的，还是生存的形式——美的生命形式。美并不是摆在生命之外被欣赏的，美的生存或者神性生存也并不是生活的旁观者，它就是我们的现实生存形式和生命内容本身，美和理想主义就是人性的呈现，它们一直遥远而又贴近地在我们的生存现场中。

　　人类不断提升自己在生存现场的生命品质，今天应该是一个更加看重理想主义和美的生存的时代。于是文学更加看重的，不是习性现场生活，而是世界与生命之间的神性关系，是这种关系对习性生活的超越，只有依赖这种神性关系，才会展开无边的历史、人性、真理和正义。

　　这种神性关系的呈现会真正震撼我们的生命，使我们清洗自己的心灵和生活，从而轻淡眼前看到的和感受到的诱惑，甚至放弃要得到和已得到的实际利益。如果要改变习性中国文学，就要用神性崇高来消解习性平庸，而不是把自己变成相互具有一致性的实用工具：用来印证、引发、依附习性中国的习性生存现场。

　　但是，习性中国的生活空间和文学空间都被实用主义和利己主义彻底改写，远离了激情生存的年代，日常生活中的理想主义也随风远逝。在时尚习性中国生活和文学中，吃喝住行的生存比中国历史上任何时代、比世界上任何国度都来得重要而激烈、迫切而疯狂，这种生存疯狂不但超越了生存理性，而且超越了战争和灾难带来的人性沦陷。

　　在这个疏远文学、让文学陌生化的年代里，文学不会清醒、神性难以安身，而无论现实中还是文学中，人们的安身立命早已演变为对利己主义至高无上的崇拜。

　　根据现实的功利得失来判断，这影响了确定习性中国的文学作品的地位、

方向、风格、内容、主题、价值、品位等,但这样判断只出于一种习性立场,与神性立场无关。文学作为神性生存的特殊形态,表达我们对生活的看法和判断,这样的生活判断既然是神性的而非实用性的,那就无法让人获利或食利,我们不可能用文学的神性来获取生活资料和实际利益,而是用文学的神性支持心灵生存、创造生命。

文学不能代替日常的实际生活,文学总是对灵魂问题和人性问题进行思考,并进入灵魂和人性在历史中的过程与变化,它要去追问为什么活着,而不是要解决具体的活着的问题,而习性中国的文学却力图让自己代替实际生活,并以此证明文学和作者的伟大。纯正的文学作品给现实生活带来心灵的沉思和变化,但不会给现实生活带来实际的满足,而习性中国的许多作品不是给作者带来实惠就是给批评者带来实惠,并且要让读者也在其中感受到实惠。

因此,习性中国的文学表现了很多占有和享受的景观,却很少具备心灵性和精神性意义。文学的神性气质变成了一个飘忽的身影,游荡在习性中国的现实与理想之间,灵魂不再走进生活和文学。所有的神性生存都可能是一种理想主义追求和诉说,而习性中国警惕着这样的追求和诉说,以避免伤害人们的现实幸福。神性生存即使在习性中国的文学中依稀呈现,人们也感到遥远、困惑和陌生,这种陌生让人们对神性生存提高了警惕。因为神性生存让人们警示并批判人们的生活,包括批判人们自以为是的幸福。

这样,在习性中国寻找文学的神性和生命的理想主义,就像穿越森然古魅之地,并不像在袅袅晨雾中徜徉于小树林中。由于占有和享受的现实意识限制,习性中国文学既体现了国家的发展意愿,又体现了个人的获取意愿,但很少体现历史与人性的意愿、心灵与神性的意愿。习性中国的文学与现实中的人们一起坠落尘埃,鼓舞起千年小农意识对物质和权力的当代贪婪,却没有鼓舞起勇士寻找公主那样经历艰险去寻找纯净人性与心灵的浪漫和勇气。

然而,这样的年代并不能成为神性秘密的阻隔,也不能成为神性堕落的理由。文学写作是神性生活和神性形式的同时创造,它所包含的生存经验、内容、形式、精神等无论有多少与现实的联系，都应该深入习性中国的人性和灵魂的空间。这个空间以神性与历史相接，也与人类的伟大艺术作品相接，既秘密又敞开，但却没有习性化的恶意理由能让神性与这个空间相隔绝。

无论如何，我们应该能在文学中得到一种对生命有益的神性生存经验或审美生存经验。但在习性中国，我们更无法拒绝种种物质化和欲望化的经验，它在现实中的强大足以消灭神性生存的浪漫。实际上，它们已经无可避免地渗入文学中，并遮蔽了文学应该呈现的神性生存，许多作家和批评家已经不再拒绝而是亲近这些让自己过得更舒服的经验，主动放弃那些让自己精神和灵魂痛苦的经验，他们的理由常常是：人具有生存和幸福的权利。

让我们与这样振振有辞的理由坚定对抗的是：人也天生具有提升自己、追求一种理想主义生存的责任，而神性总是与人的理想主义、与道德批判在一起的，神性不会给人的堕落以光荣。建立一种独立的文学写作立场和神性生存立场，就是重新唤起生命与文学的纯真天性，改变生命与文学的世俗圆滑，让生命与文学重返思考和创造现实的痛苦与激情，让生命与文学重返独立和自由而追求一种理想主义和美的生存。

五、创造一种连接神性的诗性生存秘密

人天生是一个必须靠美的精神来超越现实、靠灵魂的力量来超越肉身的精灵，但人靠物质的或者现实的力量不可能超越自身，也不可能接近最高的真善美境界，他必须有所凭借，爱与美的神性生存就是接引我们向上的诗性力量。

文学有自己的神性与诗性相接之路通往现实，也通往理想主义，并且文学的神性本身就是一个诗性过滤装置，它可以把那些伤害人类心灵和尊严的行为与意识过滤掉。文学所号召和创造的神性生存，是生命向上仰视的诗性力量，神性秘密就是心灵胜于现实的秘密，文学就是创造一种诗性与神性的生存秘密，不同的作品就是通向神性秘密与诗性生活的不同道路。

当习性中国的文学力图给作者和读者带来实际好处时，不可能使人独处或

冥思，也就不可能有神性写作的伦理立场。反之，没有神性写作的伦理立场就不可能去思考，因为作者常常不知道或者忘记了、放弃了文学的责任与使命。

文学并不是一个杂物罐以至垃圾桶，什么东西都可以任意往里扔，文学的形式与内容、美学与历史、神性与世俗是一体的，伦理与艺术的关系是有限定的，并不是随意的，文学既有优美的艺术表现，又有伦理的思考深度，能从日常意味中提炼出神性向往。

上帝没有恶意，但难以捉摸，生活没有上帝的难以捉摸，但也没有恶意。习性中国的文学不能将文学过失推诿于生活，实际上是难以具有神性的生存超越，也就难以具有文学的神性伦理底线。文学过错不是生活的过错，而是我们迷失本性的过错。作为伦理性的神性立场，我们不是用身体去选择，而是用头脑和思考去承担，用心灵和精神的伦理立场去承担。

文学不但在创造一种审美方式，而且在创造一种生活方式，作者缺乏一种伦理性的生存立场时，就会缺乏对生活的神性思考，其作品便缺乏独立的审美力量和生活力量。在个人散成利益碎片的习性中国，除了庸常琐碎，常常是低靡阴暗，心灵中的美好、人性中的纯洁常常被遗忘，很少有人渴望返璞归真，也很少有人敢于放弃利益感受而向往或者愿意向往崇高。这意味着，当现实生活缺乏伦理力量和思想资源时，文学也会呈现生命的窘态和神性的贫穷，在文学中的审美和生活一体的神性力量，也是与现实生活一体的。

文学是我们思考现实的一种形式，也是伦理价值的一种形式，有时这种形式比日常生活本身使我们更能贴切深入地发现社会。但文学形式是一种神性存在的形式，当我们失去了伦理思考的内在动力，便无法完成这种神性存在形式，艺术创造力便会枯竭。习性中国呈现的外在现实与内在叙事很少见到艺术创新，不但是精神创造力枯竭的表现，也是伦理思考缺失的表现，这是因为缺乏对现实的思考与认识，更深层是难以具有认识现实和思考自我的价值标准。

在习性中国，文学的神性伟大就像思想的伟大一样，是我们不能企及的。在神性的消解和灵魂的远逝中，在人性的冷漠和历史的逃离中，在利益的缠绕和权力的诡辩中，习性中国的文学更关心委琐生存的烦恼、利益争夺的苦痛、权术阴谋的斗法、欲望失败的积郁，而精神和心灵深处的烛火常常被人忘却，人们无法追寻也不愿追寻。

但我们能追求把文学的理想主义转换成具体的生存图像并传播给现实，使人们从中获得生命的自由和解放。文学的神性写作就是挖掘日常生活的人性内质，对其进行精神化处理，被文学呈现的生活是精神的存在和灵魂的沉思，它们形成了神性力量，融入了现实生命的体温、血液和呼吸。

处于一个历史敏感时期的文学也处于敏感状态，但问题在于，有些文学急于避开这种敏感，另一些文学则难于为这些敏感找到坚实的现实基础，以至有些空茫。呼唤文学重新点燃独立生存和神性写作之火，并不是为了今天某种批评故意召唤的概念，而是在习性中国的文学与生命中呕心沥血的感受。心灵与人性在习性中国备受轻视和折磨的经历，让一个真正的文学知识分子刻骨难忘，这才使人们意识到该以血的教训来唤起文学的神性之魂。

文学作为精神品质的同时也是审美品质、神性品质，如果我们不把文学当作人性和真理本身的显现，而只是当作现场生活幸福的工具，这种现场幸福也就崩溃了，或者根本不存在。在习性中国，骨子里的文学家是具有神性追求和人性温情的人，他们只会用写作举起自己的灵魂来燃烧，也许他们常常只能照耀自己而无法点燃他人。

然而，一个文学家必须追求以自己的灵魂点燃他人，偶尔游疑徘徊，却决不放弃、决不退缩，他们就如同不放弃人的尊严、自由和权利一样，决不放弃思考与表达、创造与追求，因为文学与生命中有让他们无限眷恋的人性光辉。

六、用生存发言突破习性语境

文学与现实的关系说到底是文学真实的问题，在时尚中国习性文学场景中，现实再现常因习性限制而被遮蔽真实，艺术表现陷于刻板、肤浅和被动，我们看到的只是成批面貌相近、风格相似的作品遍地风流，它们往往满足于平

面化地追随生活,激发人们娱乐的或者乖戾的情趣。

时尚中国任何新的文学言说都以真实为借口出现,实际上是新的迎合现实的方式,而有独特风格的文学感受是一般人不易发现的美学真实,这种美学体验让文学有了生存现场的美学意义:从美学的神性介入、发现和思考现实,独特的文学要对生存进行美学的神性发言,从而取得突破习性文学语境的独特美学体验。

文学始终需要对生存进行美学的神性发言,这种发言首先体现在对社会的发言,对社会的发言保证了文学对现实影响的来源,也保证了思想力量与艺术力量统一的神性力量。深入生活的神性发现,才能烛幽洞微地打开人类的复杂经验、情感和记忆,展示人类在具体生活中的沉思和勇气,而文学的发现将强大地介入现实,从而改变、提升历史与人性。

时尚中国文学亟须进行独到、犀利、有力的发言,而时尚中国文学没有真正震动人心的作品,能介入现实而独立发言的文学仍然太少,最根本的原因是缺乏思考现实和介入现实的意识,独立发言的力量不在于与现实的对等表现,而在于对社会生活和生存意识的独立承担,独立承担就是对现实介入、发现和纠正,这本来就是文学天然遗传的精神能力,独立的思想与文学水乳交融,共同撑起介入现实的责任感和使命感。

文学标志着某种人、某种社会的精神能力,文学的特性就是以精神力量介入历史过程与生命过程,人们一旦真正进入文学,就会被这种精神能力所影响。文学与现实常常发生神性与习性的冲突,因为文学要表达现实中正邪善恶是非的冲突,而文学往往倾向于正义的、人性的和美好的一方,这就是人类的神性真实,也是精神与现实、神性与习性的统一,有这种矛盾性和真实性,才有伟大性和超越性,才有创造人类生存的力量和影响人类生存的力量。

文学的本质就是介入生活,而不是浮于生活的表面,它不能像政治经济活动那样解决具体的人类生存必需问题,而是以精神方式、心灵方式影响人们的生存,其中包括对政治、经济活动的影响。但习性中国的文学缺乏介入、发现和纠正现实的精神能力，大多数作品沉浸于随波逐流的生活，它们常常只是一些华丽的时尚外衣，就像琳琅满目地垂挂在服装商场的层层衣装，最缺乏的是思考力量和介入意识，介入现实就是从历史与人性的角度去思考现实、发现现实。

思考力量和介入意识是文学的审美能力和神性表现的推动力，它们并不对题材有所限制，因此不影响和限制文学表现力的发挥，一些所谓尊重个人自由和艺术自由、张扬写作自我的作品，以此来贬低和轻蔑思想和责任，这其实和粗鄙化一样是为自己寻找放弃的理由，也为自己难以追求永恒、进入宏大或历史来寻找理由。实际上，每一种题材都包含超越性，巴尔扎克的《人间喜剧》算什么题材？福克纳的"约克纳帕塔法"系列算什么题材？作品永远在对题材本身进行超越，也就是对现实进行超越。

作为一种纯精神而没有实用效果的文学，不能变成改变世界的实际活动，但却介入世界的精神活动，给世界注入人的灵魂，这种介入立场注定了文学家的痛苦日益深刻而信仰日益坚定。真正介入、发现和纠正的作家，是文学神性的信徒，崇拜文学的精神力量像崇拜宗教信仰一样，他的道德倾向和精神立场都被文学的神性力量所引导和升华。

就文学本身以及文学家与现实的关系讲，勇士比懦夫难；思考比麻木难；放弃利益比明哲保身难；介入现实比自诩清高难。一个具有介入立场的文学家，既难以完全融入生活化社会，也不能弃之而去，因为他们的文学和梦想就在现实之中。但他们没有被现实弄得慌慷困惑，而依然坚定于理想和尊严，让现实在他们心灵中融化，让文学点燃生活亮色和生命梦想。

七、让文学行动纠正我们的错误和邪恶

20世纪80年代文学的宏大追求伴随着一种介入现实的精神，这种精神在20世纪80年代的中国曾经普遍被人们认同，不论其当时有多么局促和狭窄。20世纪90年代以后，习性中国为自己树立了一个错误的精神敌人，似乎宏

大、伟大、崇高、国家、历史、人性都是障碍,要发展经济就要扫清这些神性幻想,就要个人利益最大化,就要发展个人幸福,而个人与历史、精神与物质是对立的。这样的观念并没有意识到,历史正义原本与美学正义不分离,日常生活与神性追求也不分离。介入现实的使命感和崇高感同时被颠覆,美学正义感失落,使文学从历史的神性使者变为鄙俗习性的婢女。

在市场与资本推动的国家行程中,文学如何影响社会和社会如何影响文学已混淆不清,在生命被规模化、复制化、消费化的时代,文学已自己涂改了自己与现实的边界,变成了习性产品,失去了文学的神性品质,失去了历史与神性在文学行进中的美学推动力,而文学本来是由美学意味与现实划分边界的,但时尚习性现实已经侵入文学,把文学变成了与神性和审美没有多少关系的习性图像和观赏文字。

跨过现实边界而进入精神领域,会使文学的经济成本升高,这使重视现实利益的习性中国文学不愿意付出代价。于是在时尚习性生活与文学中,为理想主义的激情正义、权衡公正的秩序正义同时消失。理想主义与人性的瓦解改变了几代人,使他们庸常琐屑、注重日常欲望和实际利益,深刻的英雄主义和伟大高尚的生命意识开始消失,它们与肤浅的生活形成共谋而青楼梦好,而日常生活化的平庸利己并不激发对人性败坏的警惕。

真正的文学不能对人类正义、幸福、历史、人性这些核心精神价值默不作声,而是恰好用文学自身构成了这些人类核心追求的独立性。文学不是工具和传声筒,但这不可能成为时尚习性中国文学失去或放弃神性立场的理由,文学虽然不完全是载道言志的形式,但也不是花篮和娱乐场,它是人类神性的伊甸园,习性中国的文学应该描述那些伊甸园的神性美好,警惕那些毁坏伊甸园的罪恶。

习性中国的文学只有依靠其精神力量介入、发现和纠正现实,在其艺术和语言的自我空间或者神性空间里,才能有力地保护和创造人性的深刻与丰富,这既完成了现实升华的愿望,又发展和达成了现实没法自行实现的人性目标。

如果习性中国的文学不能发现被现实遮蔽、忽视和困住的人性，不能释放现实中的精神力量，就不能纠正现实的狭隘、偏误，不能突破习性中国现实对神性力量的限制。

习性中国需要用文学的神性力量颠覆文学之上的功利主义重压。纠正就是批判，习性中国需要颠覆和纠正的勇气，需要放弃实际好处的勇气，需要放弃现实的平庸实际、冷漠无情，也放弃文学家和读者试图从文学的字里行间读出利己主义与权术意识，让真正的日常生活充满文学的纠正力量和理想主义精神。

文学对神性力量和神性向往的生存追求，远比反映日常生活本身更重要，因为文学本来就是一种神性的精神行为，而神性生存就是人类最高的理想主义生存，它鄙弃一切实际生活中的肮脏鄙琐、芜杂沉疴，因此习性中国的文学需要一次重新的颠覆，彻底否定掉那些庸常鄙琐、丑恶卑劣的真实性借口——它们是文学精神本质的腐蚀者。一种真正的文学真实，是人类精神本质的真实，是人类生存的理想主义真实。

习性中国轻看了、侮慢了文学的神性，并用现实的琐屑和冷漠无情颠覆了文学的神性力量，但神性文学行动纠正我们现实中的错误和邪恶。作为对现实纠正的神性力量，文学的神性力量不但渗入了历史的实际进程，而且比实际日常生活的柴米油盐行为更重要，文学无法与一场历史颠覆的实际力量相提并论，但很可能几千年中它一直在促成这场历史颠覆。

文学的神性纠正力量，并不能产生实际的现实制度和现实行动，只是表明对历史、人性与个人生存的关切，这种关切可以促成习性中国现实中精神品质和人性品质的生长，促成从精神生存行为到实际生存行为的变化。习性中国的文学作为一种道德行为和心灵行为，并不可能成为习性中国实践中的纯粹理性行为，而是一种审美判断，它不能阻止习性中国的具体邪恶行为，但却有改变人们、使人们产生抵制利益主义邪恶的希望。

八、神性力量构成对现实的发现和介入

文学不一定能医治人们遭受具体生活伤害的伤口,但一定能医治真理和人性的伤口,并有责任去追求精神医治,从这个意义上说,文学的神性就是生活的神性。对时尚习性中国的意识和行为,作为介入现实和纠正现实的神性力量,文学应当鼓起认识、思考和批判的勇气,也需要放弃的勇气,在一个精神、思想和勇气都匮乏的时代站出来,站在正义、人性和理想主义的一边,站在受侵害和受迫害的人们一边,把真理的伤口揭开给人们看。

与权力化利益意识、利己主义、功利主义以及古老小农意识的一致,习性中国的文学不具备发现和介入现实的能力。任何时代的文学都需要发现和介入现实的精神系统,也需要发现、认识这种精神系统的自我存在,这种发现就是发现人类自身的精神存在,由此询问生命和探究世界。习性中国的文学在现实嵌制下生成的一套语言和想象以及精神系统,不具备对现实的突破力和超越力,它难以辨别和解释习性中国的现实及生命现象。

习性中国的颓变现实并不构成文学颓变的理由,不构成文学在利益和欲望面前溃退的理由。通常人们会说是生活化带来人们物质上的丰裕、快乐、幸福,也是生活化带来了人们的精神、道德和心灵的不幸。但不是生活化改变了我们,而是我们改变了生活化。生活化并没有对错是非、正邪善恶的性质,生活化在每个国家的情况都不同,是每个国家对生活化的态度形成了不同的社会生活情景。是中国人对待生活化的态度把它变成了中国的生活化生活,也是中国文学对待生活化的态度造成了习性中国的文学的倾颓。

习性中国文学中的一切都可以变得平庸实惠、琐碎日常或者丑陋卑劣、阴谋盘算,不再具有多少神性意味和审美行动能力,这种文学倾颓情景并不来源于文学本身叩问世界和生命的能力,而是因为时尚中国文学的习性张扬和神性崩溃,这样的生活与文学立场使文学缺乏反思和介入现实的能力。文学的任何事物本来都构成精神询问、构成审美行动和神性发现,细雨润物的事物构成询问和发现，壮怀激烈的情景也构成询问和发现，最轻微的和最重大的在文学中都会构成一种精神向度，都会产生神性意义和现实意义。

对现实处境的本质询问、深入发现和激情介入都来自灵魂深处的力量，它在文学中变为深刻的神性力量，以一种精神的高峰状态，照射出生命和现实的光芒，这种神性的生命高峰体验，使文学和现实反躬自问，从自在走向自为，以文学形象的独特神性呈现出普遍现实的自我面貌，这时文学从会从现实的限制中解放出来。文学的神性力量直指现实的强权和威严，这是人的尊严赋予人的力量，也是文学可依赖的根本力量，当习性中国的文学自行削减了人的尊严的力量，文学的尊严的力量也就无可依从。

文学的神性力量构成对现实的发现和介入，这种发现和介入将启开现实古老血液中人性最敏感、生命最神圣的部分，让文学去找到压制于习性中国深处的人性、尊严、灵魂和幸福。在习性中国，对历史命运的承担、对时代精神的思考、对灵魂世界的向往、对人性美好的深情、对生活之恶的批判，都是文学急需的，也是文学极其艰难追求的，这意味着文学必须要与习性中国的现实意识进行对抗，以至摧毁现实中强大的利己主义和实用主义，这是文学不得不在习性中国以特殊方式担负起的使命。

神性的精神立场将与具体的生命血肉相依，反映习性中国生存的真实影像。如果时尚习性中国文学既表达自己的神性，又表达世界的神性，它就必须有替世界和生命发言、反时尚习性中国生存意识的勇气和立场，才能建立起真正的神性精神立场。不管是有意还是无意，神性立场都会投射在写作中，如果要刻意去掉一种精神立场而表现自己的习性，那其实已经将神性精神与社会关怀一起放弃。

每个文学家都是时代的良心，每部作品也都是时代的良心。单靠社会精英以至文学的介入意识，承担不起全部的人类精神传统和命运，但精英和文学却有责任率先去做，依靠精英和文学去唤起全社会的承担意识是必要的。习性中国的文学作为一种人类精神的传承和表现，必须具有承担意识和介入意识，既承担起精神命运和国家命运，又介入人们承担人类精神和历史命运的个人活动。